AF254596

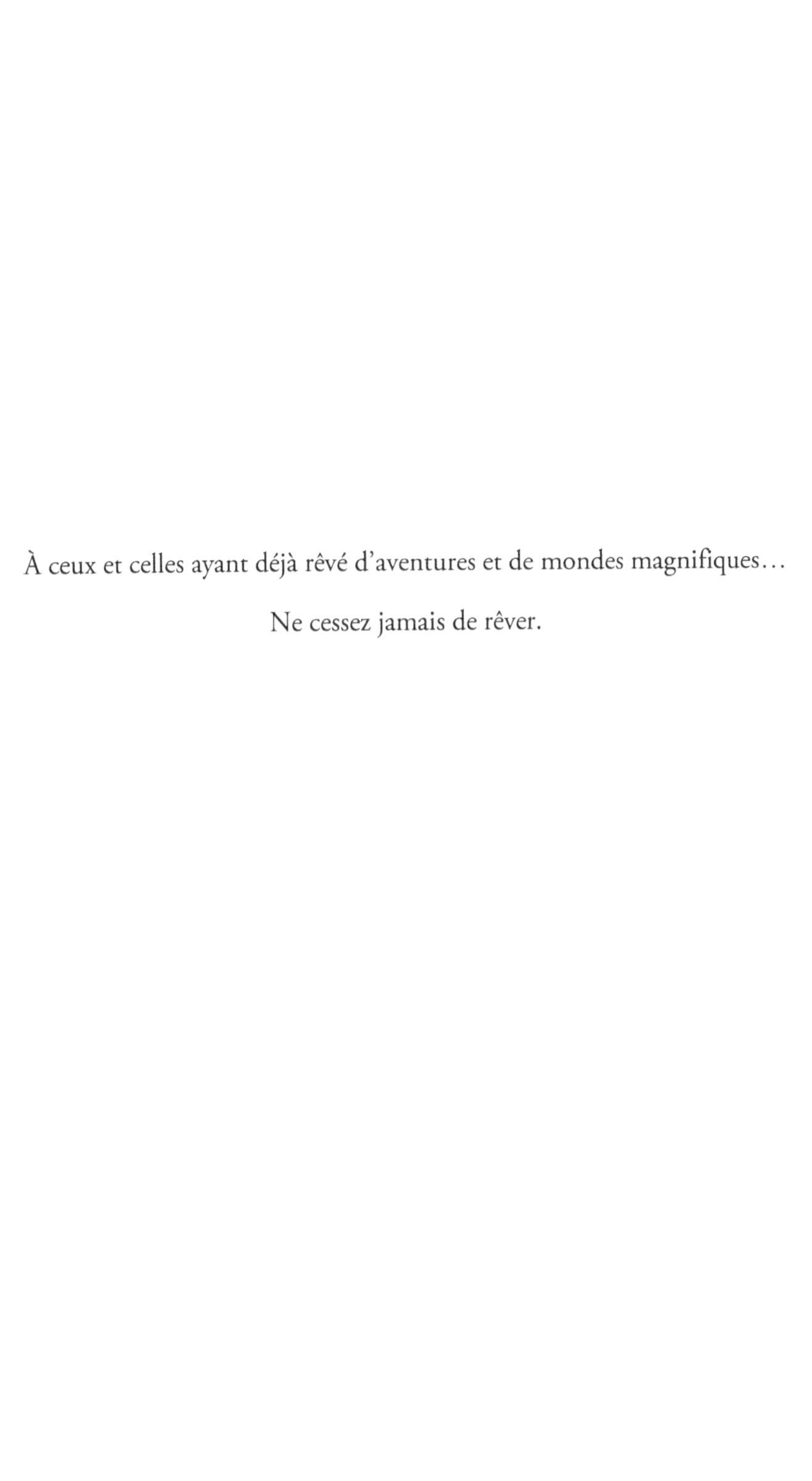

À ceux et celles ayant déjà rêvé d'aventures et de mondes magnifiques…

Ne cessez jamais de rêver.

NIGHTRUN © M. Helist, 2021
ISBN 978-1-7774894-1-0
Dépôt légal : septembre 2021

matthewhelist@gmail.com

L'OMBRE DES COULEURS

TOME I

M. HELIST

Dans un endroit reculé au sud de la Nouvelle-Zélande, la terre du long nuage blanc, un vieil homme au nœud papillon bleu, à la veste en tweed et aux favoris garnis, marchait entre les arbres d'une montagne isolée. Au bord des falaises escarpées, un Maori au corps et au visage tatoués le guidait.

– Ce n'est plus très loin, affirma celui-ci. Vous tenez bon, monsieur Walter ?

– Ne vous inquiétez pas pour moi, répondit le vieil homme. J'ai cherché des endroits tels que vous m'avez décrits toute ma vie. Alors, même s'il faut que j'y reste, je me rendrai à destination !

Le maori sourit, puis ils continuèrent l'ascension.

Une fois à mi-hauteur, face à une faille sombre de trois mètres de haut, le vieil homme sortit un appareil de son sac qui émettait des pulsations de couleurs vives, un écran illuminé de mauve de la taille d'un téléphone monté sur une base en métal.

– C'est ici, monsieur Walter.

Sans perdre de temps, les deux hommes entrèrent par cette ouverture dans le roc et les pulsations s'accélérèrent au point de ne laisser que du blanc, pouvant ainsi combattre l'obscurité presque totale.

– Bon sang, vous ne mentiez pas… Le signal est si puissant !

– Regardez, dit le Maori en pointant une faible lueur au loin.

Au fond de la grotte, ils atteignirent une intersection. Les yeux écarquillés, le vieux Walter fut aussitôt attiré d'un côté, là où des couleurs de toutes sortes scintillaient sur les parois humides et inégales. Les bras tendus, il avança vers la source tel un seul homme se dirigeant vers un dieu… Arrivé au bout, le Maori le rattrapa lorsqu'il fut sur le point de tomber, car sous son regard, une caverne surchargée de grains colorés incrustés dans la pierre fit son apparition, des veines de sables multicolores. Les jambes chancelantes, Walter se posa à genoux, à deux doigts de fondre en larme.

— M-Magnifique…, dit-il sous l'émotion. Tout simplement… magnifique…

— Mon peuple vous permet d'en rapporter autant que vous le désirez, mais vous devez repartir avec ce que nous vous avons remis. Ces choses ne peuvent pas rester ici. Elles ne devraient même pas exister.

— J'en suis conscient, soupira le vieil homme en sortant un étui à cigares double de ses poches. Vous en serez débarrassé, vous avez ma parole…

LA BANLIEUE

C'était la fin octobre et le soleil amorçait sa descente sur un dimanche après-midi comme bien d'autres avant celui-ci. Au sud de la côte est des États-Unis, les vagues s'échouaient sur la plage en bordure de Newport et de ses gratte-ciels démesurés en son centre bordé d'immeubles de tailles variées. Depuis les quinze dernières années, cette ville grossissait de façon exponentielle. La population ne cessait d'augmenter en raison de son port qui fut agrandi, accueillant désormais une multitude de bateaux de croisière. Les touristes affluaient de partout afin de vivre un moment de détente à bord de ces cités flottantes. En moins de dix ans, le résultat fut un monstre titanesque de métal, de verre, d'asphalte et de néons éclairant mille et un palmiers importés des quatre coins du monde.

À quelques kilomètres au nord, passé un ancien quartier résidentiel ainsi qu'une longue chaîne d'hôtels qui poussaient tels des champignons, la jeune Nora Clarke s'était assise sur la plage pour admirer l'océan, cette étendue qui paraissait infinie. C'était une fille de seize ans aux traits affinés qui s'habillait parfois d'un t-shirt et d'un jeans, ou encore, comme aujourd'hui, d'une robe simple et de bottillons en cuir. Dans tous les cas, elle ne sortait jamais sans sa vieille veste en jeans ornée d'écussons de groupes rock et grunge qu'elle avait récupérée dans le placard de sa mère. Dans le dos, en plein centre, Nora y avait peint un cercle jaune — sa couleur favorite. Avec ses cheveux brun clair ramenés en une queue de cheval négligée, elle observait un garçon et une fillette avec leur cerf-volant qui planait au-dessus des vagues. Au bout d'un moment, Nora sourit, car cela lui rappelait son enfance, tout comme cette vieille maison blanche juchée sur une butte d'herbes soufflées par le vent. Elle rêvait d'y habiter, puisqu'ici, le passé revenait à la vie… Soudain, son téléphone vibra, ce qui la ramena brusquement à la réalité. En raison de l'heure tardive, Nora se releva au rythme d'un long soupir, puis récupéra son vélo sur la crête en jetant un dernier coup d'œil à l'horizon avant d'entamer cette longue route qui la mènera chez elle…

Ses écouteurs dans les oreilles, elle roula sous les autoroutes surélevées qui longeaient la ville, puis emprunta un chemin vers le centre des terres, un vaste espace solitaire qui séparait Newport de la petite ville de banlieusards du nom de New Haven, sa destination. Cet immense champ de poussière parsemé d'herbes séchées ondulait sur des kilomètres, et au milieu, entre David et Goliath, une station de radio abandonnée et sa tour de transmission rouillée.

Près de deux heures plus tard, en début de soirée, Nora arriva enfin à New Haven, pédalant calmement sous les arbres verdoyants. Elle passa devant les commerces, la mairie, le parc, le centre commercial encore bondé de gens, puis elle remonta vers le haut de la ville sans se préoccuper des voitures qu'elle ralentissait à vélo sur le grand boulevard. Elle coupa à travers les ruelles, rejoignit la bibliothèque, franchit le stationnement du supermarché et se retrouva finalement sur une rue du nom de Paper Street au sommet de New Haven. Ici, il n'y avait aucune voiture, car il s'agissait d'un cul-de-sac aux limites de la ville. Un champ d'un côté, New Haven de l'autre en plongée. C'était le seul endroit d'où l'on pouvait admirer l'océan ainsi que les lumières de Newport. Nora habitait au bout de la rue, dans une maison grise de deux étages, entièrement rénovée. Elle avait perdu son cachet d'antan, à présent moderne avec des murs vitrés du plancher jusqu'au plafond. Cela offrait une vue spectaculaire, mais Nora la détestait. Elle préférait l'époque où des boiseries égayaient les fenêtres et qu'un foyer de brique réchauffait l'intérieur de cette demeure. Aujourd'hui, elle était froide et ennuyeuse.

— Je suis rentrée, dit-elle en déposant ses clés sur le meuble avant de se lancer la discussion d'un ton sarcastique en déambulant dans le couloir. Bonjour Nora. Bonjour mère et père ! Comment était ta journée ? Oh, excellente, comme toujours !

Elle dévisagea quelques photos de famille parfaitement cordées au mur, puis continua sa discussion.

— Mère et père, j'ai une grande nouvelle ! J'ai enfin décidé d'essayer la drogue et d'acheter une girafe avec vos économies ! Ou peut-être un éléphant… Qui sait ! Si jamais le salon n'est pas assez grand pour l'accueillir, aucun problème, vous n'aurez qu'à l'agrandir. Ou mieux ! Détruire toute la maison…

Arrivée dans la cuisine, Nora découvrit un mot de ses parents sur la porte du gros réfrigérateur en acier inoxydable. Encore ce soir, ceux-ci reviendraient tard — ou pas du tout, comme c'était souvent le cas. Ses parents travaillaient dans le tourisme à Newport, un emploi très bien rémunéré. En raison des départs constants des bateaux de croisière, ils rentraient à n'importe quelle heure et mangeaient rarement à la maison. Affamée, Nora regarda dans le réfrigérateur, suivi du garde-manger. Rien.

— Évidemment…

N'ayant pas d'autre choix, elle regagna la porte d'entrée en soupirant, attrapa ses clés et sortit faire les courses.

À nouveau dehors, Newport commençait à s'éclairer de mille feux. Nora pédalait sous les premières étoiles, les cheveux au vent. Devant une maison bien banale et modeste de l'autre côté de la rue, elle tomba sur Ethan Blake, son meilleur ami, qui retournait chez lui à vélo. C'était un garçon de dix-sept ans aux courts cheveux foncés placés n'importe comment. Il portait toujours un t-shirt et un jeans troué, quelle que soit la température. À première vue, il avait l'air d'un adolescent qui cherchait les ennuis.

— Hé, hé ! Ils ont encore oublié ? demanda-t-il d'un air taquin en croisant son chemin.

— Tout comme la semaine dernière… et celle d'avant…

— Besoin d'un coup de main ?

— J'dis pas non, répondit-elle d'un clin d'œil.

— On est parti !

En route vers le supermarché, Nora remarqua son ami qui se tortillait discrètement l'épaule.

— T'étais où aujourd'hui ? lui demanda Ethan.

— J'ai longé la plage de notre ancien coin.

— Toute la journée ? s'interrogea-t-il. Pourquoi ?

— Je sais pas, souffla Nora. Une envie de revenir dans le passé…

— T'aurais pu m'appeler, grogna-t-il. Jacob est resté chez lui tout le weekend, Thomas travaillait et Zoe se… se prenait probablement en photo ou quelque chose comme ça.

— Tu sais comment elle est.

— J'y pense. Les parents d'Addison ont vendu leur maison.

— T'es sérieux ?! sursauta Nora. Encore une famille qui quitte la banlieue…

— Pas étonnant, avec tout ce monde à Newport qui cherche à sortir de là. Tu savais que la population a atteint les trois millions ? C'était aux nouvelles.

— Beuh…

— Ce matin, mon père a reçu une offre d'un agent immobilier. Il était prêt à payer deux fois la valeur de ce taudis.

— I-Il a accepté ? demanda-t-elle, terrifiée à l'idée que son ami parte loin d'ici.

— T'es malade ! rigola Ethan. Mon père l'a retourné à coup de pied. Il ne va jamais quitter cet endroit. Il est trop fier de sa carrière…

À nouveau, son épaule sembla le déranger. Intriguée, Nora remonta la manche de son t-shirt pour voir ce qu'il cachait, puis découvrit une grosse ecchymose jaunâtre de la taille d'un poing. Ethan retira brusquement son bras, à deux doigts de faire tomber son amie de vélo.

– Qu'est-ce qui te prend ?! répliqua-t-il.

– C'est quoi cette fois ? demanda Nora, furieuse.

– Oublie ça…

– Laisse-moi deviner. T'as fermé une porte trop fort ? Ou t'as simplement respiré en sa présence ?

– C'est pas important…, soupira Ethan.

Sachant très bien qu'il s'agissait d'un sujet épineux, Nora n'insista pas. Beaucoup de gens savaient ce qui se passait chez les Blake, mais personne n'osait agir en raison de monsieur Blake, ou plutôt, le fier sergent Robert Blake du service de police de New Haven. Il avait un caractère fort déplaisant, mais un officier admiré de ses confrères. Pour cette raison, tous s'abstenaient de commentaires, laissant ainsi un fils subir les colères de son père.

– Parlant de lui, dit Ethan. On ferait mieux de se dépêcher avant qu'il se réveille pour son service de nuit.

– Dans ce cas… Une course, ça te dit ? demanda sournoisement Nora qui fonça aussitôt.

– Hé ! Tricheuse…

Ils traversèrent une partie de la ville, puis firent les courses durant près d'une heure. Enivrés par une amitié sans bornes, ils se racontaient de vieilles histoires, puis souriaient à de vieux souvenirs, et pendant un moment, leurs tracas s'envolèrent…

De retour du supermarché, le soleil s'était éclipsé. En plein centre de cette rue déserte, sous le regard de la lune, ils revinrent avec leurs sacs accrochés à leur guidon en rigolant. Lorsqu'ils passèrent devant la maison d'Ethan, le sourire de celui-ci disparut quand il remarqua les lumières allumées, le signe que son paternel était réveillé. Sa mère l'attendait sur le perron, une femme maigrichonne aux courts cheveux et au sourire gêné. Nora ne l'avait pas vue depuis longtemps — quelques mois. Madame Blake passait le plus clair de son temps à la maison. Elle sortait uniquement pour entretenir le jardin et acheter de quoi manger pour la semaine. Quand des gens la croisaient au supermarché, elle s'excusait d'une voix tremblante, puis s'enfuyait à petits pas.

— Bonjour, madame Blake.

— B-Bonjour, Nora, répondit-elle maladroitement. E-Excuse-moi, je dois rentrer. Ethan, essaye de ne pas tarder.

Celui-ci répondit d'un signe de la main, puis ils continuèrent leur chemin.

— J'en reviens pas comme elle a changé. Elle est si maigre…

— Ouais, soupira Ethan, les yeux rivés vers le ciel. Tu te souviens quand nos mères nous amenaient à la plage les weekends ?

— Comment oublier, souffla Nora.

— La mienne qui attrapait un coup de soleil à la seconde où elle posait un pied dans le sable.

— Et la mienne, rigola-t-elle. Toujours en train de s'engueuler avec ceux qui nous grondaient parce que notre cerf-volant s'écrasait à deux doigts de leur tête.

— Hé, hé ! C'était le bon temps.

— Ce sont ces moments qui me manquent…

— Moi aussi, avoua-t-il, songeur. La vie est rendue si froide… Mais je présume que c'est ça vieillir. Tout perd de sa saveur.

— Peut-être…

Une fois chez les Clarke, Ethan empoigna tous les sacs d'un seul coup et se dépêcha de les poser à l'intérieur, puis s'arrêta dans le cadre de la porte, prêt à repartir.

— Bon, j'dois y aller, dit-il en regardant les photos de famille fixées au mur.

— On se voit demain matin ? demanda Nora comme si son ami se volatiliserait au beau milieu de la nuit. Et merci d'être venu avec moi.

— Sans problème, dit-il d'un clin d'œil. Et Nora…

— Hmm ?

— Appelle-moi la prochaine fois que tu retourneras à la plage. T'es pas la seule qui aurait bien envie de « revivre le passé ».

Elle sourit, puis il ferma la porte et s'empressa de rentrer chez lui… Nora détestait le voir partir de la sorte, tel un mouton à l'abattoir qui acceptait son sort. Pour elle, ce n'était pas normal. À quelques reprises, elle fut témoin des actes de monsieur Blake envers son fils, dont certains la perturbaient encore, car cet homme avait depuis longtemps franchi une ligne qu'aucun individu ne devrait atteindre…

Absorbée par ses pensées, Nora déballa ses sacs sur le comptoir de la cuisine en dévisageant la maison de son ami par les fenêtres. Que pouvait-il s'y passer en ce moment ? Elle se secoua l'esprit, puis jeta son regard à l'horizon. À cette heure, Newport ressemblait à une cité de verre coloré, étincelante, issue d'un autre univers. Ses yeux vacillèrent avant de plonger sur une maison au bout de la rue, à l'écart des autres ; une immense demeure victorienne mal entretenue que les voisins détestaient en raison de son apparence, celle d'un vieil homme excentrique au nœud papillon bleu que Nora connaissait bien.

Vers vingt-deux heures, elle se fit couler un bain. Les yeux fermés, elle écouta le son de l'eau résonner dans cette grande maison vide, et chaque goutte, aussi petite soit-elle, lui rappelait sans cesse le temps qui passe… Par la suite, elle se retrouva dans le salon, les cheveux encore humides, à contempler une dernière fois la ville de Newport comme si elle pouvait y apercevoir ses parents. Au bout d'un moment, une odeur se rendit à ses narines. Elle renifla trois petits coups, suivis d'une grimace. Sur la table basse du salon, elle vit un bouquet de lavandes. Nora l'attrapa sans perdre de temps, puis le balança dans la poubelle avant de remonter l'escalier et d'aller se coucher pour la nuit…

Le lendemain matin, à sept heures, dans une chambre aux murs inondés d'affiches de jeux vidéo et de films fantastiques, un jeune homme maigrelet de dix-sept ans du nom de Jacob Middleton ingurgitait une cannette après l'autre devant son ordinateur en s'essuyant la bouche sur son t-shirt noir. Avec ses cheveux blonds, ondulés jusqu'au menton, il ressemblait à un chanteur rock britannique des années 70 après une soirée bien arrosée. Sa chambre était un vrai foutoir, avec du linge répandu du dessus de sa bibliothèque jusque sur sa télévision qui défilait des films en boucle.

– Non, arrête ! s'écria-t-il farouchement avec les écouteurs sur les oreilles et le micro à la bouche. Pourquoi t'es là-bas ?! Mais utilise ton… NON ! Pourquoi tu… AH !! Merde ! Bravo…

– Jacob ! cria quelqu'un à l'extérieur.

– A-Attendez, je reviens, dit-il avant d'aller voir qui l'interpellait.

Il ouvrit la fenêtre de sa chambre au deuxième étage, puis vit Nora et Ethan qui l'attendaient sur leurs vélos.

– QUOI ?! hurla Jacob sans se préoccuper de la voisine qui bondit de peur sur son balcon.

– Huh ?! s'interrogea Ethan. C'EST ÉCOLE, IMBÉCILE !!!

– DÉJÀ ?!

– Mais… OUI !

– ON N'EST PAS DIMANCHE ?

– Il se fout de moi…, soupira Ethan en regardant Nora hausser les épaules. ON EST LUNDI !!

– Oh, merde ! sursauta Jacob en se fracassant la tête sur sa fenêtre. J'ARRIVE ! U-Une minute !

Il se propulsa dans sa chambre et s'habilla en deux temps trois mouvements. Il renifla une paire de souliers d'un air dégouté et l'enfila malgré tout sans trébucher sur ce qu'il piétinait. Après un bon coup de poing pour forcer ses livres dans son sac, il mit sa casquette et partit rejoindre ses amis.

– Merde, merde, merde, merde ! grogna-t-il en dévalant l'escalier dans un vacarme à tout cassé.

– Ça va, mon poussin ? demanda madame Middleton en robe de chambre, une femme rondelette aux cheveux bouclés et à la poigne de fer.

– Je suis en retard !

– Maintenant que t'as ton permis de conduire, pourquoi ne

prends-tu pas la fourgonnette ? On ne travaille pas ton père et moi aujourd'hui.

— Et arriver à l'école dans cette magnifique carriole de Middleton Electric ! dit-il d'un ton sarcastique en embrassant le front de sa mère. Non merci… Mais bonne journée !

Il attrapa son skateboard d'une main et percuta la porte d'entrée de l'autre dans un tel fracas que madame Middleton en renversa son café.

— Il était temps, souffla Ethan lorsque son ami sortit enfin. À te voir la tête, t'as joué toute la nuit… Ou tout le weekend.

— Que veux-tu ! s'exclama Jacob d'un sourire. Certains s'amusent à l'extérieur, tandis que d'autres profitent du calme intérieur !

— Quelle sagesse…

— Allez, on va être en retard, affirma Nora.

Jacob monta sur son skateboard, puis s'accrocha à un deux mètres de corde enroulé sous le siège d'Ethan. Il releva le pouce tel un athlète de sport extrême prêt à faire le grand saut, et son ami le remorqua en direction de l'école.

— Alors Nora, ton voisin est revenu de voyage ? demanda Jacob. Le vieux gars un peu sénile qui habite la maison au bout de ta rue.

— Walter ? Non.

— Ça fait longtemps qu'il est parti, ajouta Ethan qui tentait de prendre de la vitesse avec tout ce poids qu'il tirait. Un mois je crois.

— D'habitude, il revient au bout d'une ou deux semaines. Je me demande dans quel coin du monde il est cette fois…

— J'aimerais bien être comme lui plus tard, dit Jacob. Explorateur. Aventurier. Chercheur de trésors !

— Je t'imagine avec un nœud papillon, rigola Ethan.

— Il a quand même la classe pour un vieux bonhomme sénile.

— Arrête de dire qu'il est sénile ! riposta Nora. Il a… seulement quelques problèmes de mémoire, c'est tout.

— Et arrête de gigoter ! fulmina Ethan, incapable de rouler en ligne droite en raison de son ami qui se balançait tel un surfeur sur une vague.

— Des râleurs… Que des râleurs !

Ils arrivèrent quelques minutes avant la cloche. Des autobus scolaires débarquaient encore des élèves face à l'entrée circulaire menant au lycée de New Haven. Sous deux palmiers, devant l'enseigne entourée de fleurs, leurs amis les attendaient. Il s'agissait de Thomas Erickson et de Zoe Lancaster. Thomas était un garçon de couleur, un grand gaillard de dix-sept ans, solide comme le roc, qui portait toujours un chandail vert et blanc de l'équipe de football dont il faisait autrefois partie. Zoe, elle, malgré une vie passée au soleil, reflétait la blancheur absolue. Maigre comme un pic avec ses courts cheveux noirs, cette jeune fille excentrique de seize ans s'habillait au goût du jour avec tout ce qui lui tombait sous la main. De plus, vu son immense garde-robe colorée en raison d'une famille fortunée, les résultats étaient surprenants, voire originaux, mais bien souvent cela frôlait la folie.

— La faute à qui cette fois ? demanda Zoe, montée sur les supports arrière du BMX de Thomas en filtrant ce qui se passait sur son téléphone.

— Probablement l'ermite décoiffé, rigola celui-ci.

— La mienne ! acquiesça Jacob d'un air surexcité. Vous avez regardé cette série dont je vous ai parlé ?!

— NON !! répondirent-ils à l'unisson.

— Ça fait deux semaines que tu nous casses les pieds avec ça, grogna Thomas lorsqu'ils se mirent en marche afin d'aller ranger leurs vélos.

— J'ai regardé le premier épisode hier soir, répondit Ethan. Mais mon ordinateur a… disons… eu quelques problèmes techniques.

— Je peux te le réparer, proposa Jacob.

— Non, c'est bon ! Je vais m'arranger…

Nora dévisagea son ami, certaine que le père de celui-ci avait eu son rôle à jouer. Aussitôt, la cloche sonna et les élèves se traînèrent péniblement vers l'école.

– Bon, c'est l'heure d'aller somnoler ! s'exclama Jacob en s'étirant.

– T'es vraiment pas croyable, souffla Zoe. Comment, réussis-tu tes examens ?

– Je suis un génie !

– Intelligence ou chance…

– GÉNIE !!

– Un génie incompris…

En chemin, les écouteurs dans les oreilles, Thomas en tendit un à Nora afin qu'elle écoute ce qu'il venait de dénicher. Tous les deux raffolaient de musique, de vrais fanatiques. Chaque matin, elle découvrait un nouveau groupe, un nouveau style, et ils marchaient vers les classes en battant la mesure. À l'arrière, tandis que Jacob radotait au sujet de sa série télé dont personne ne se souciait, Zoe montrait à Ethan toutes les photos qu'elle avait prises durant le weekend. Zoe dans un parc. Zoe au magasin. Zoe à côté d'un graffiti. Zoe devant son immense demeure. Zoe aux toilettes… À vrai dire, elle prenait rarement des photos d'autre chose qu'elle-même — au grand plaisir de ses admirateurs.

Une fois dans le corridor principal de l'école bondé de monde, Ethan et Zoe partirent d'un côté, puis Nora et le reste de ses amis de l'autre afin de se rendre à leur classe respective…

À midi, comme d'habitude, ils se rejoignirent dehors pour profiter du soleil et déguster leur repas. Alors qu'ils observaient les élèves qui s'amassaient sur la pelouse en bordure du long chemin surplombé d'arbres menant à l'entrée du lycée, Jacob s'endormait sur la table, la casquette sur les yeux afin de bloquer les rayons du soleil qui traversaient l'épais feuillage. Il grogna lorsqu'un élève déguisé en corbeau — la mascotte de l'école — hurla dans un porte-voix un communiqué de la direction à propos des évènements qui auront lieu prochainement.

— Il va se taire à la fin…, bredouilla Jacob, la tête appuyée sur son bras. Ça fait dix minutes qu'il nous casse les oreilles !

— Ça t'apprendra de jouer tout le weekend au lieu de dormir, rigola Ethan, son sandwich à la main.

— Si seulement il arrêtait de croasser à chaque trois mots…

Zoe prit une photo de son ami sous son meilleur angle, une coulée de bave à la bouche.

— Arrête ça ! ronchonna Jacob.

— Ne sois pas aussi grognon, répliqua-t-elle en admirant le résultat. Un jour, t'apprécieras ces merveilleux moments que j'immortalise !

— Je vais t'immortaliser moi…

— Faudrait déjà que tu te lèves les fesses du banc…

Soudain, une annonce de la troupe de théâtre retentit, cherchant des élèves pour prendre part à un spectacle qu'elle organisait chaque année. Évidemment, très peu étaient intéressés, et donc, la liste des rôles disponibles n'en finissait plus. Mais quand les mots « vieux magicien » furent prononcés, Jacob releva la tête telle une chouette au son d'une proie et partit en trombe en bousculant ses amis.

— Qu'est-ce qui vient de se passer ?! sursauta Nora en retirant ses écouteurs, la bouche à moitié pleine.

— Encore notre cher Jacob qui va ENCORE s'essayer pour le rôle du vieux magicien dans cette pièce ridicule, soupira Ethan.

— Il a toujours pas compris depuis la dernière fois ?

— Il veut uniquement le rôle pour avoir le droit de se pavaner dans ses cours avec son chapeau pointu et son bâton, ricana Thomas lorsque quelque chose lui traversa l'esprit.

Pendant plus d'une minute, il dévisagea Nora, l'air perdu.

— Quoi ? demanda celle-ci avant de prendre une autre bouchée. F'as finis de me refarfer comme fa ?!

— Euh… C'est aujourd'hui notre examen de biologie ? demanda-t-il enfin.

Les yeux de Nora s'ouvrirent grands. En un éclair, elle s'élança sur son sac à dos et en sortit un énorme bouquin. Paniquée, le nez dans son livre, elle s'engouffra le reste de son lunch d'un côté sans quitter les pages des yeux.

— Ne me dis pas que t'as oublié ? rigola Zoe pour ensuite la prendre en photo. Bonne chance, ma vieille !

Au loin, Jacob revint vers eux, la tête basse. Abattu, il se posa à sa place.

— Hmm, laisse-moi deviner, commença Ethan d'un air moqueur. T'as pas eu le rôle ?

— Ils m'ont dit que j'étais trop intense, souffla-t-il. Trop enthousiaste ! Rah… Comment c'est possible d'être trop enthousiaste…

— Probablement à cause de l'année dernière quand tu t'es mis à leur lancer des carottes comme si c'était de la magie, puis à frapper leur table avec un ballet pendant un bon cinq minutes en hurlant : À MORT, SALES GOBELINS !!

— Tu crois ? demanda Jacob, surpris.

— Ouais… sans aucun doute…

— Parlant de gobelins, grogna Zoe lorsqu'elle vit deux filles de son âge qui se dirigeaient dans leur direction.

Ils s'agissaient des sœurs Bradford : grandes, belles et fières de le montrer. Victoria était blonde avec un sourire agaçant sur le visage, d'ordinaire vêtue d'un pantalon moulant et d'un débardeur pour mettre en valeur ses courbes qu'elle exhibait fièrement. À son cou, une magnifique chaîne en or assortie aux boucles d'oreilles et aux multiples bagues qui cognaient les unes contre les autres chaque fois qu'elle gesticulait. Contrairement à sa sœur, Scarlett était plus simple ; de longs cheveux bruns, aucun bijou et très peu de maquillage. Une silhouette parfaite, des jambes dont même les meneuses de claque rêvaient. À son habitude, celle-ci portait du rouge, une jupe aux motifs fleuris qui s'agençait avec sa blouse blanche. Les sœurs Bradford se tenaient ensemble en permanence, avec cette fâcheuse manie de ridiculiser ceux qui croisaient leur chemin, surtout Victoria, la plus vieille des deux. Scarlett, elle, ne suivait que son ainée en riant à chacune de ses blagues — forcée d'agir de la sorte, selon les rumeurs.

— Et si ce n'est pas « miss vieilles babioles » et sa veste rétro, se moqua Victoria en dévisageant Nora. La pollution visuelle, tu connais ?

Scarlett ricana avec sa sœur.

— Et si ce n'est pas « miss va voir ailleurs si j'y suis » avec ses faux ongles et sa tignasse blonde, répondit Nora sans même la regarder, la tête enfoncée dans son bouquin de biologie. Fous-moi la paix, tu connais ?

— Pff ! Toujours aussi grossière, souffla Victoria en replaçant sa coiffure.

— Salut Ethan, lui dit timidement Scarlett.

Ethan répondit d'un clin d'œil, puis lorsqu'elle tenta d'engager la conversation avec Zoe, Victoria vit rouge et l'attrapa par le bras.

— Arrête ! lui ordonna-t-elle, offusquée. Qu'est-ce qui te prend ?!

— J-Je voulais juste lui demander pour mon…

— Allez, on a d'autres chats à fouetter ! affirma Victoria qui tira sa sœur à l'écart. Au revoir, les ploucs !

Jacob se posa sur la table et les observa se dandiner au loin.

— Ah, les sœurs Bradford ! s'exclama-t-il en jouant la comédie. Deux belles filles, élégantes, mais au caractère fort méprisable…

— J'me trompe ou tu viens de complimenter Victoria et Scarlett ? ricana Zoe.

— Bah quoi ? Elles sont mignonnes.

— Eh bien, depuis que t'as ton permis de conduire, ça s'agite dans le pantalon !

Thomas et Ethan éclatèrent de rire, puis la cloche sonna.

— On fait quelque chose après les cours ? demanda Thomas.

— Tu travailles pas ce soir ? s'interrogea Jacob.

— Non, le patron m'a donné congé le temps qu'il nettoie les conduits de ventilation. J'espère juste que ma mère aura suffisamment pour payer le loyer.

– Que c'est excitant la vie dans une quincaillerie !

– Arrête, c'est pas drôle ! s'interposa Zoe, furieuse. Si tu veux, je peux demander à mon père de vous prêter ce qui manque pour ce mois-ci.

– Ah, les jeunes filles riches et leurs…

– La ferme, Jacob !

– Merci, mais on va se débrouiller, répondit Thomas en se gonflant les muscles d'un sourire. On est des Erickson ! On s'en sort toujours. Alors, on fait quelque chose ?

– Le garde-manger de Nora est rempli, fit remarquer Ethan.

– Traître…, soupira celle-ci en refermant son livre, nullement prête pour son examen de biologie.

– Soirée films dans ce cas ? suggéra Zoe.

– Si vous voulez, mais essayez de ne pas vider le réfrigérateur…

– Génial ! s'exclama Jacob. On commencera cette série dont je vous parlais !

Plusieurs soupirs se firent entendre.

SABLE COLORÉ

Vers seize heures, tous les cinq revinrent de l'école, Jacob tiré par Ethan et Zoe conduite par Thomas telle une demoiselle à carrosse. Celle-ci avait bien sûr un vélo, mais il n'était jamais sorti du garage. En fait, tout le monde suspectait qu'elle ne savait pas en faire, une grave accusation qu'elle niait dans la seconde.

Sur Paper Street, avant d'arriver chez les Clarke, le groupe remarqua deux camions au bout de la rue face à cette maison victorienne mal entretenue. Des hommes d'une compagnie de transport débarquaient un nombre impressionnant de caisses en bois de bonne taille, soit environ un mètre cube.

— Le vieil homme sénile est enfin de retour de son périple !

— Jacob ! rugit Nora.

— Ô gloire à cet intrépide aventurier d'un certain âge aux genoux mal graissés et à la caboche dérangée !

— JACOB !!

— Walter était où cette fois ? demanda Zoe, le nez collé sur son téléphone.

— Aucune idée, répondit Nora. Il ne le dit jamais à l'avance. J'ai hâte qu'il me raconte.

— Ouais…, soupira Ethan. Et vous allez encore passer des heures à en discuter. C'est pas comme si son répertoire « d'aventures » réduisait avec les années.

— Jaloux ?

– Non…

Curieux de voir ce que Walter ramenait de son voyage, ils décidèrent de lui rendre visite.

– OH !!! Nora ! Les enfants ! s'écria le vieil homme en gesticulant lorsqu'il les vit descendre la côte vers sa demeure. C'est magnifique ! MAGNIFIQUE !!

C'était un personnage d'une bonne grandeur à la chevelure argentée et aux longs favoris. Toujours avec son nœud papillon bleu attaché au cou par-dessus une chemise hawaïenne mal boutonnée, il avait l'air d'un scientifique un peu cinglé, ou d'un vieux professeur irlandais en raison de sa veste en tweed brune.

– Bonjour Walter, dit Nora, heureuse qu'il soit de retour. Et votre voyage ?

– Quel voyage ? s'interrogea Walter. Oh, mon voyage ! Ha, ha !

– Vous allez bien ? demanda Ethan en le regardant sautiller sur place.

– Enfin, je les ai trouvés ! répondit le vieil homme. Non pas « eux », quand même. Mais j'ai trouvé ! C'est fascinant… Oh, Nora ! Il faut absolument que je te raconte tout ce que j'ai vu ! Oui bon… Presque tout.

– Ce sera avec plaisir, répondit-elle, impatiente.

– Bon, à plus tard les enfants ! C'est trop excitant, je ne peux pas… HÉ VOUS !! Gros lourdaud ! Faites attention à mes caisses !

En un clin d'œil, il repartit en maudissant un homme ventripotent qui venait de laisser tomber par mégarde son chargement.

– Bon sang, il est plus bizarre que d'habitude, affirma Thomas.

– Je l'ai jamais vu aussi surexcité, ajouta Nora. D'ordinaire, il cogne à ma porte avec une tasse de thé pour me raconter son voyage, mais la… Je me demande ce qu'il rapporte.

– Des armes vikings ! soupçonna Jacob. Des armures vikings !

– Ou juste des assiettes en morceaux, ajouta Ethan. Un gros paquet même… Où est-ce qu'il va mettre toutes ces caisses ? Il doit y en avoir une centaine.

– Bonne question, souffla Nora. J'ai la dalle… Pizza faite maison ?

Jacob et Thomas salivèrent de plaisir.

Avant de rentrer, Nora jeta un dernier coup d'œil en direction de Walter et de ses mille et une caisses. Elle était heureuse qu'il soit là et non à des milliers de kilomètres. Pour elle, il s'agissait d'un membre de sa famille, car elle avait passé plus de temps en sa compagnie qu'avec ses propres parents, qui ceux-ci, encore aujourd'hui, n'étaient pas à la maison…

En fin de soirée, dans le salon des Clarke, posés sur un canapé modulaire aussi droit et terne que les murs, les cinq adolescents regardaient une série quelconque sur le grand téléviseur.

– Pourquoi des zombies ? demanda Zoe d'un air dégouté. C'est toujours des zombies… C'est écœurant…

– L'apocalypse ! s'exclama Jacob en s'engouffrant du popcorn plein la bouche. Ce serait génial !

– Des morts vivants dans les rues ! ajouta Ethan. Nous, avec nos armes !

– Tuant horde après horde ! continua Thomas.

– Vous êtes malades, soupira-t-elle. Bon, Nora, je peux emprunter ta douche ?

Absorbée par la télé, celle-ci répondit d'un signe de la tête.

– Encore ?! s'écria Jacob. T'en as pris une il y a deux heures.

– Et alors ?! riposta Zoe, furieuse. Je t'emmerde moi à chaque fois que tu vas aux toilettes ?!

– J-Je…

Sans lui permettre de répliquer, elle grogna un bon coup, puis monta l'escalier vers la salle de bain en écrasant chacune des marches.

– Qu'est-ce qui lui prend ? demanda Jacob.

– T'arrêtes pas de l'embêter avec ça, fit remarquer Ethan tandis que des hurlements jaillirent du téléviseur. Laisse-là se laver vingt fois par jour si ça lui chante.

— C'est juste… bizarre… Ça doit être un truc de riche.

— Tu vois. C'est à cause de ce genre de commentaire qu'elle a parfois envie de te faire avaler ta casquette.

— Parfois ? rigola Thomas. Tout le temps !

— Oh, ça va…, pleurnicha Jacob.

Soudain, on cogna à la porte. D'un soupir, Nora piétina ses amis affalés sur le canapé et se rendit jusqu'à l'entrée en essayant de ne rien rater de ce qui se déroulait à la télé. Lorsqu'elle ouvrit la porte, elle tomba sur un vieux Walter en panique.

— Nora, c'est horrible ! s'écria-t-il en l'attrapant par les épaules. Il me manque une caisse !

— Heu… d'accord… V-Vous avez besoin d'aide pour la retrouver ?

— Non, non, elle est à l'aéroport, mais je dois aller remplir des formulaires pour la récupérer. Fichue paperasse inutile ! Est-ce que tu pourrais surveiller mes caisses pour moi ? Une heure, promis ! Mais ne touche à rien, c'est très important !

— Oui, sans problème, répondit Nora.

— Merci ! … Tu te rappelles où se trouve la clé ?

— Bien sûr, sous les fleurs à côté de la porte arrière.

— Exact ! Attends… elle n'est pas sous la pierre du jardin ?

— Vous avez changé d'endroit l'année dernière.

— Oh, j'ai fait ça ? s'interrogea Walter. Ma parole, c'est exact. Bon, je vais retourner chez moi… NON !!! C'est vrai, ma caisse ! Sapristi, je dois y aller !

Tel un pantin désarticulé, il courut vers son énorme bagnole beige qui avait survécu à plus d'une génération, puis entra directement par la fenêtre passagère.

— Bonne chance, Walter, ricana Nora en le voyant les jambes en l'air. Vous ne voulez pas prendre un taxi plutôt ?

— Pas le temps ! s'écria-t-il avant de faire crisser les pneus, un bras à l'extérieur. RAPPELLE-TOI, NE TOUCHE À RIEN !!!

Lorsqu'il disparut au bout de Paper Street en dérapant pour éviter un homme mécontent qui promenait son chien, le reste du groupe vint rejoindre leur amie.

— C'est quoi ce chahut ? demanda Ethan, un popcorn à la main.

— C'était Walter, répondit Nora. Il veut que je surveille sa maison le temps qu'il récupère une autre de ses caisses… Vous venez ?

— Ouais, d'accord, accepta Thomas. Aussitôt que notre princesse reluisante aura fini de se laver…

Quand Zoe sortit enfin de la douche, ils descendirent tous les cinq vers la vieille maison victorienne et firent le tour à l'arrière pour retrouver cette clé de secours enfouie sous les restes desséchés de quelques fleurs, étant dans le même état désastreux que la pelouse. L'épaisse porte en bois s'ouvrit dans un grincement de douleur, puis se coinça dans le pot d'une plante verte, à présent grise, dont les feuilles se décomposaient sur le parquet. Lorsqu'ils parvinrent à se frayer un chemin, le groupe tomba nez à nez avec un désordre monstre. Il y avait des caisses dans chaque recoin, sur chaque meuble. La cuisine, les chambres, le salon, le couloir, la salle à manger et même la salle de bain en étaient remplis. Malgré ce fouillis, Nora souriait de bonheur, car elle adorait cette demeure avec ses boiseries antiques, son escalier sculpté et son cachet d'autrefois. Sur le papier peint rougeâtre, des photographies de Walter à travers le monde y étaient accrochées, ainsi qu'une de Nora, plus jeune, qu'elle s'empressa de déposer face contre terre sur un meuble. Dans le salon, aux côtés de vieux canapés poussiéreux ; un lecteur cassette, une table tournante jaunâtre, ainsi qu'un téléphone à roulette dont Zoe ne comprenait guère le fonctionnement. Rentrer dans cette maison était comme retourner dans le passé. Bien que ce ne soit pas la première fois que ces jeunes la visitaient, une porte en particulier restait fermée en permanence, celle menant à la cave. Mais aujourd'hui, elle était grande ouverte.

— Hé, regardez ! s'exclama Thomas devant les escaliers.

– Il y en a même jusqu'en bas…, soupira Ethan. On va voir ?

Attirés par la curiosité, ils descendirent. Cependant, il n'y avait rien de mystérieux ; autres que des outils sur une table tachée d'huile et des dizaines d'étagères remplies d'objets de provenances diverses. Au centre, un large canapé troué devant un téléviseur des années 90 toujours fonctionnel, et autour, des montagnes de caisses.

– C'est quoi ce bordel…, dit Ethan. Il y en a jusqu'au plafond.

– Des caisses, que des caisses… partout ! répéta Jacob d'un air découragé.

L'une d'elles était recouverte d'un grand morceau de soie rouge brodée d'or, et Thomas s'assit dessus lorsqu'il remarqua le manifeste des douanes dont Zoe s'empara aussitôt.

– Voyons voir, dit-elle en feuilletant le document de trente pages.

– Des armes vikings ! supplia Jacob, les doigts croisés.

– J'en doute… Sauf si des Vikings ont visité la Nouvelle-Zélande.

– Des armes maories !

– Non, que du… du… sable coloré…

Tous se regardèrent, un sourcil en l'air.

– Du sable ? Juste du sable ?! s'interrogea Jacob, déçu.

– Apparemment, répondit Zoe quand elle vit autre chose. Et une boîte contenant du verre…

– Je l'ai trouvé ! s'exclama Ethan.

Il s'agissait d'une simple boîte en carton épais que l'on se sert pour les déménagements, remplie de verre fragmenté tel du gravier.

– Du sable et du verre brisé… Génial…

– C'est léger comme une plume, fit remarquer Ethan en déposant la boîte sur le rebord du canapé.

– Lâchez ça ! répliqua Nora. Walter a dit de toucher à rien.

– Ce n'est que du verre, soupira Jacob en fouinant à l'intérieur. Et je veux pas dire, mais on risque pas de le briser davantage avec ce…

Soudain, la boîte bascula sur le côté et son contenu se déversa sur le plancher en béton dans un boucan interminable.

— Bravo, imbécile ! rugit Nora, furieuse.

— Rah ! C'est pas ma faute si le…

— Ça y est ! s'exclama Zoe à la dernière page du manifeste. Boîte en métal de trente centimètres de large, vingt de profond et huit de haut. Pierres précieuses ! Trouvez-moi ça, les garçons !

— Sérieusement…, soupira Nora, découragée.

Au grand désespoir de leur amie, ils cherchèrent cette boîte, mais sans succès, du moins jusqu'à ce que Thomas réalise ce sur quoi il était assis. Caché sous ce large morceau de soie rouge, un coffret bien banal en métal brossé fit son apparition. Un seul problème…

— Pas de chance, souffla Jacob. Verrouillé à clé.

— À toi l'honneur, mon beau, dit Zoe en donnant à Thomas l'une de ses épingles à cheveux.

Celui-ci examina le loquet, entortilla l'épingle et commença à tricoter l'intérieur.

— Arrêtez ça ! ordonna Nora. Il doit y avoir une raison pour que Walter ne…

Un déclic se fit entendre.

— C'est fou ce qu'on apprend dans une quincaillerie, ricana Ethan.

Tout excitée, Zoe souleva le couvercle du coffret, puis en sortit un vieil étui à cigares double en acier. Lorsqu'elle l'ouvrit, ses yeux s'écarquillèrent, la bouche grande ouverte ; et elle resta ainsi…

— Ma mère m'a mise au monde plus rapidement que ça ! s'impatienta Jacob. Alors, c'est quoi ?!

— Waouh ! c'est… c'est juste deux cristaux noirs, dit-elle d'un air moqueur en les faisant glisser dans sa main. Pas mal, ils ont la taille d'une bille cabossée.

— On dirait des cailloux de verre vos trucs, dit Ethan. C'est quoi à votre avis ?

— Diamant, onyx, supposa Jacob. Des opales ? C'est irisé.

— Regardez, dit Zoe en levant l'un des cristaux devant l'ampoule du plafond. Ils sont noirs comme du goudron, mais aussi translucides que du verre. C'est illogique… À travers, on a l'impression que quelqu'un est passé avec une cannette de peinture…

– Bon, assez, on devrait même pas être ici ! s'écria Nora quand elle tenta de leur reprendre.

– Ah, arrête, ce n'est que des pierres ! grogna Zoe.

– Donne-les-moi.

– Un instant, je veux juste…

– Non, donne-moi ça !

Nora attrapa enfin l'un des cristaux, mais d'un coup, sa tête fut frappée de plein fouet et elle tomba sur le dos. Lorsque son corps percuta le sol, l'intégralité de la pièce, ainsi que tout ce qu'elle contenait, se recouvrit de noir jusqu'à en perdre chaque parcelle de couleur…

Nora se releva tant bien que mal, confuse.

– Z-Zoe ? demanda-t-elle en s'apercevant que ses amis avaient disparu. Où êtes-vous ? A-Allo ?

Aucune réponse.

Le changement fut si abrupt, que son esprit ne comprenait pas ce qui l'entourait. Elle fit quelques pas dans cet endroit familier, à présent inconnu.

– C'est une blague, c'est pas possible…

Son cœur palpita.

– ALLO !! Quelqu'un ? … N'importe qui !

Toujours aucune réponse.

– Répondez-moi, merde ! grogna-t-elle, une main sur le front, la tête brûlante. C-C'est pas drôle…

Une désagréable odeur de lavande vint lui picoter les narines, voguant dans l'air quasi irrespirable. Nora s'avança du vieux téléviseur devenu ébène dont l'écran bombé reflétait le néant. Une fine couche de cendres le recouvrait. Elle essaya de l'enlever. Rien à faire. Plus elle frottait, plus ses mains se tachaient de cette poudre immuable. À cet instant, la panique l'envahit telle une violente nausée.

— ETHAN ?! hurla-t-elle de peur. E-Ethan… S'il te plaît…

Soudain, au-delà des murs, un bourdonnement se fit entendre, un murmure. Nora tenta de bouger, mais son corps refusa de lui obéir. C'est alors qu'elle remarqua que la pièce s'agrandissait, les murs s'éloignant de plus en plus… Ce murmure devint plus clair. Une voix l'appelait, lointaine et presque inaudible. La respiration de Nora s'accéléra, son cœur voulant jaillir de sa poitrine, et le plancher en béton craqua sous son poids.

— EETTHAANN !!! cria-t-elle dans un dernier effort avant que le sol ne cède sous ses pieds et qu'elle tombe vers un océan d'une noirceur absolue…

— NORA !!! cria Ethan au côté de son amie inconsciente dans le sous-sol du vieux Walter.

— Mais qu'est-ce que tu lui as fait ?! s'interrogea Jacob en regardant Zoe.

— Rien du tout ! se défendit celle-ci, traumatisée. E-Elle essayait de me prendre le cristal, p-puis elle est juste tombée comme ça, raide !

— Il est bien arrivé quelque chose !

— Merde !! J'sais pas moi !

— Nora, tu m'entends ?! s'acharna Ethan pour la réveiller. Elle est blanche comme un drap… Jacob, va chercher de l'eau !

— Je m'en occupe !

— Sa main…, dit Thomas d'une voix tremblante. R-Regardez…

Ils se tournèrent vers la main de leur amie qui tenait toujours le cristal noir. Une lueur de plus en plus frétillante s'expulsait d'entre ses doigts, une lueur rosée qui se répandait sur cette surface irisée.

— C'est quoi ce bordel, dit Ethan qui tenta de lui retirer, sans succès. J'arrive pas à lui ouvrir la main. Viens m'aider !

Thomas se mit aussitôt à la tâche ; mais même à deux, rien à faire.

— TIRE ! ordonna Ethan en criant de rage.

— J'fais ce que je peux ! répondit Thomas, les dents serrées et les muscles gonflés.

Soudain, à la suite d'un effort surhumain, les doigts de Nora s'ouvrirent enfin et le cristal s'éteignit avant d'être catapulté au loin ; ainsi que Thomas qui alla s'écraser derrière le canapé, la tête à l'envers.

Nora se réveilla dans la seconde, suivie d'une grande inspiration.

— Bon sang, tu nous as fait peur, souffla Zoe, soulagée.

Elle reprit des couleurs, mais son regard inquiéta Ethan au plus haut point.

— Ç-Ça va ? lui demanda-t-il.

Une larme coula de son œil, puis Nora s'effondra dans les bras de son ami.

— T-Tu n'étais pas là, susurra-t-elle en sanglot. Tout était noir… J-Je t'entendais, mais tu étais si loin…

— Qu'est-ce que tu racontes ? s'interrogea Thomas tandis que les autres ne surent quoi penser à la suite de ces quelques mots.

— Tout est fini, dit Ethan pour la réconforter, malgré ne pas comprendre. T'as rien à craindre…

Peu à peu, Nora recouvra ses esprits, et tel un mauvais rêve, le souvenir de ce moment commença à disparaître.

— V-Vous n'auriez pas quelque chose à boire ? demanda-t-elle.

— JACOB !! hurla Zoe. Dépêche-toi !

— J'arrive ! J'arrive !

Celui-ci apparut avec une chaudière d'eau rouillée provenant du jardin.

— T'as rien trouvé de plus encombrant ? lui lança Ethan tandis qu'il dévalait maladroitement l'escalier.

— C'est pas de ma faute, la cuisine est remplie de caisses !

Sans s'attarder, Nora attrapa le sceau à deux mains pour y plonger directement la tête. Au bout de quelques secondes, elle en ressortit rassasiée, lavée de ses tourments.

— Ça fait du bien ! dit-elle en se ramenant les cheveux détrempés vers l'arrière.

– Ça va mieux ? demanda Jacob, un sourcil en l'air.

– Merci pour l'eau… Je… Hmm, de quoi je parlais ? J'ai oublié… Il est arrivé quelque chose ?

Perplexes, ses amis la dévisagèrent.

– T-T'es tombée inconsciente deux ou trois minutes, répondit Ethan. Et après tu parlais de noir, je crois…

– Sérieux ? J'ai l'impression d'être parti des heures… Je suis vraiment tombée dans les pommes ?

– Hmm… Oui ?

– J'arrive pas à me rappeler, continua Nora en scrutant le fond de ses pensées. Il y avait un truc, dans le cristal. Je sais pas… Une sorte de rêve, un vide… Ou plutôt une respiration. Une présence… C'est frustrant, j'me rappelle pas ! On dirait que je me réveille d'un cauchemar. C'est juste… bizarre…

– C'est le moins qu'on puisse dire, souffla Thomas.

– Ta tête s'est pris un coup, ma vieille, ricana Zoe dans l'espoir de détendre l'atmosphère.

Nora renifla tout à coup ses vêtements.

– Beurk !

– Quoi ? demanda Ethan.

– J'empeste la lavande…

C'est alors qu'une pétarade de pot d'échappement d'une vieille bagnole beige retentit.

– Oh, merde ! s'exclama Zoe, les yeux écarquillés. Walter est déjà de retour…

En un éclair, Jacob rangea le verre dans sa boîte, et tandis qu'Ethan prêta main-forte à Nora pour se relever, Zoe retrouva les deux cristaux noirs qu'elle se hâta de remettre dans l'étui à cigares. Thomas le déposa dans le large coffret, le verrouilla, puis le dissimula sous le morceau de soie.

– Nora ? Les enfants… Vous êtes là ?! s'écria Walter depuis la porte d'entrée. Venez m'aider !

Et comme si de rien n'était, ils remontèrent l'escalier…

– T'es certaine que ça va ? demanda Ethan, derrière avec Nora.

– Oui, répondit-elle d'un sourire. Ça doit être la pizza que j'ai mal digérée. Pourtant, ça avait l'air si réel… même si je me rappelle pas vraiment. Ne t'inquiète pas, je vais bien.

– Si tu le dis…

À l'extérieur, Walter les attendait à côté de sa voiture, le coffre arrière grand ouvert avec une autre caisse.

– V-Vous avez fait vite ! fit remarquer Zoe.

– Ouais, moi qui croyais que votre vieux tacot ne dépassait pas les soixante kilomètres à l'heure, ajouta Jacob en replaçant sa casquette.

– Il n'y avait pas de temps à perdre ! affirma Walter en se secouant le nœud papillon. C'était une urgence ! Malheureusement, dans cette urgence, j'ai écrasé un écureuil à la sortie de l'autoroute…

Il y eut un moment de silence, puis les garçons décidèrent de décharger la caisse. Curieusement, un seul d'entre eux suffit. Il s'agissait tout de même d'une caisse en bois de bonne taille, par contre, elle donnait l'impression d'être vide. Tout excité, Walter les dirigea jusque dans son salon, puis fit de la place au centre. Sans effort, le vieil homme déplaçait les caisses aisément, les glissant sur le plancher tel des meubles.

– C'est léger pour du sable coloré, constata Zoe. Avoir su…
Walter sursauta.

– V-Vous avez fouillé dans mes caisses ?! demanda-t-il.

– Non ! Non… C'était écrit sur le manifeste des douanes…

– Oh, je vois ! rigola-t-il. Eh bien, les enfants, ça s'appelle de la poussière. Je l'ai trouvée en Nouvelle-Zélande grâce à un petit groupe de Maoris.

– Pas besoin d'aller jusqu'en Nouvelle-Zélande pour de la poussière, vos étagères en sont déjà pleines.

– Jacob ! rouspéta Nora.

– Quoi ?!

D'un sourire, Walter leur fit signe d'attendre, puis se précipita à la cave avant de revenir avec un pied-de-biche. D'un bon coup, il retira le couvercle de la caisse et en sortit un sac de lin qui ressemblait à une gigantesque poche de riz. Quand il l'ouvrit, des milliards de grains de sable vert scintillèrent sous la lumière des lampes. Le vieil homme y plongea la main, faisant resplendir cette couleur sur les murs et le plafond.

– Et si je vous disais, les enfants, que cette poussière est en fait la trace d'un peuple qui a disparu il y a longtemps. Un peuple qui, jadis, foulait le sol de ce monde. Un peuple… dont vous ne trouverez aucun détail dans vos livres d'histoire… Cela ne serait-il pas excitant ?

– Sans doute, mais peu probable, répondit Thomas, tout de même fasciné.

– Et pourtant, les enfants… Et pourtant !

Sur le point d'éternuer, Jacob se ramena la tête vers l'arrière avec peu de courtoisie, la bouche grande ouverte. À ce geste, Walter ferma violemment son sac de lin à deux mains, l'air terrifié.

– C'est bon, c'est passé, souffla Jacob en se frottant le nez. Faudrait vraiment ramasser toute cette poussière.

– Oui, eh bien, n'éternue pas sur CETTE poussière ou c'est toi qui risques de la ramasser celle-là ! répliqua le vieil homme.

– De la poussière c'est de la poussière…

– Ha, ha ! Mais celle-ci n'est pas comme vous croyez.

– Qu'est-ce que c'est ? demanda Nora, hypnotisée par cette couleur chatoyante.

– C'est une parcelle du passé, une énergie, prisonnière de la terre depuis tant d'années. Elle est la survivante d'une époque lointaine. Et elle est extraordinaire… presque magique !

– Magique ?! s'étonna Jacob d'excitation. On peut faire de la magie avec ?!

– Ce n'est pas ce que j'ai dit ! rétorqua le vieil homme lorsque le doute s'installa dans ses yeux. Attendez… qu'est-ce que j'ai dit ? Oh non… Je crois que j'ai trop parlé…

– Walter, vous allez bien ? demanda Nora.

À cette question, il ne répondit pas. Aussitôt, il referma le sac de lin et le rangea dans sa caisse en regardant autour de lui d'un regard apeuré comme si quelqu'un l'épiait par les fenêtres.

– Oui, oui, tout va bien ! répondit-il enfin en les dirigeant vers la sortie. Bon, les enfants, j'ai du travail qui m'attend ! Vous allez devoir m'excuser. Mille mercis, Nora, d'avoir surveillé mes caisses.

– D-De rien…, tenta-t-elle de dire lorsqu'elle fut poussée sur le balcon. Vous me raconterez votre voyage demain ?

– Oui, peut-être… Je… On verra ! Dors bien !

D'un sourire maladroit, Walter claqua la porte d'un air embarrassé. Dû à cette réaction inattendue, le groupe ne sut quoi dire. Il est vrai que leur vieil ami était parfois bizarre, excentrique, mais jamais à ce point. Néanmoins, malgré les questions qui les rongeaient, ils n'insistèrent pas… Sur le chemin du retour, Nora suivait lentement derrière, préoccupée par ce qu'elle venait de vivre dans ce sous-sol poussiéreux. Elle avait beau chercher dans son esprit des détails concernant ce cauchemar… Rien. Un mauvais rêve, ni plus ni moins, se disait-elle.

De retour chez les Clarke, Jacob et Thomas décidèrent de rentrer en raison de l'heure tardive, ainsi que Zoe qui voulait absolument se laver avant d'aller au lit. Comme d'habitude, Ethan fut le dernier à partir, car il savait que Nora détestait être seule dans cette grande maison vide — celle-ci assise dans le salon à regarder le bout de ses doigts.

– Tu veux dormir ici ce soir ? lui lança-t-elle subitement d'un air timide.

– Que… Quoi ?! dit-il, pris de court par cette question.

– Dormir. Ici. Nuit.

– Je…, soupira Ethan en baissant la tête. J'aimerais bien, mais…

– Ton père ?

— Il va faire une autre de ses crises si je rentre pas.

— Je comprends, répondit-elle d'un sourire. Hé, hé, vas-y ! J'ai vraiment pas envie qu'il te fasse quoi que ce soit.

— D-Désolé… T'es sûre que ça va ? C'est curieux ce qui t'est arrivé tantôt.

— Tu restes si je dis non ? plaisanta-t-elle. Je vais bien. Allez, oust !

Déçu, ayant voulu acquiescer à sa demande, Ethan laissa son amie assise devant la télévision éteinte. Celle-ci lui sourit une dernière fois lorsqu'il rejoignit l'entrée, puis il rentra pour la nuit. Durant de longues minutes, Nora dévisagea son reflet déformé dans l'écran sombre, et ensuite, elle décida d'aller se coucher, sans quiconque à l'intérieur de cette demeure…

Au beau milieu de la nuit, Nora se réveilla en sursaut à la suite d'un mauvais rêve. Elle regarda l'heure sur son téléphone… 2 h 44. Assoiffée, elle descendit à la cuisine, puis se prit un verre d'eau en observant Newport à l'horizon, cette cité de néons, de métal et de verre. Soudain, un homme attira son attention. Il marchait au centre de la rue, un long manteau sur le dos. Il passa devant la maison et continua son chemin jusque chez Walter. Trois petits coups à la porte et elle s'ouvrit sur un vieil homme qui s'empressa d'offrir une accolade chaleureuse à son visiteur nocturne. Intriguée, Nora ingurgita son verre d'eau et retourna au lit.

À nouveau sous les couvertures, elle se remuait dans tous les sens, incapable de se rendormir. Elle regarda l'heure… 3 h 50. Tout à coup, une vive lumière bleue éclaira la chambre, suivi d'une autre, cette fois de couleur jaune. D'un air maussade, Nora se releva, puis se cogna le pied sur sa table de chevet avant de tituber jusqu'à la fenêtre de sa chambre en injuriant l'homme qui avait conçu ce fichu meuble. Elle vit alors la maison de Walter s'illuminer de mauve, ensuite de vert. Les yeux à moitié ouverts, elle grogna en refermant violemment les rideaux, puis s'écrasa dans son lit tête la première sur l'oreiller pour le reste de la nuit…

LES SIX COULEURS

Le jour suivant se déroula comme tous les autres, sauf pour Nora, épuisée à la suite d'une nuit infestée de cauchemars. Son esprit la grugeait de l'intérieur. Ce qu'elle avait vécu dans le sous-sol de cette vieille maison victorienne ; ce qu'elle avait vu dans ce cristal noir, était-ce réel ? Sans doute que Walter savait quelque chose, mais elle n'osait pas lui en parler. Craignant de perdre sa confiance, elle tenta d'oublier cet incident étrange.

Après les cours au lycée — et un résultat d'examen de biologie désastreux —, Nora passa du temps avec ses amis, puis rentra chez elle en soirée. Cela ne lui ressemblait guère, rester seule. Néanmoins, elle se sentait tourmentée, non pas par la solitude, mais par quelque chose d'autre, tel un souvenir effacé que l'on tente désespérément de revivre, en vain… Avant d'aller au lit, elle croisa sa mère qui revint pour se changer en récupérant quelques documents, et, comme un coup vent, celle-ci repartit aussitôt, laissant Nora à elle-même au cours d'une nuit où ses émotions semblaient incontrôlables, les larmes aux yeux…

Le vent était froid et le ciel sombre. Les pieds dénudés, Nora déambulait sur une plage de sable noir, sa peau s'écorchant à chacun de ses pas. Ici, il n'y avait rien ni personne, sauf un cerf-volant planté dans le sol telle une croix. Malgré tout, une odeur vint l'embrouiller, car des centaines de tiges de lavande en fleurs jaillirent sous ses pieds.

Affolée, Nora tomba à genoux en pleurs, puis poussa un hurlement si terrifiant que cette végétation se pétrifia dans une bourrasque de flammes. Bien sûr, ce n'était qu'un cauchemar, et à travers le mal, une figure traversa le brasier… Devant elle, à peine visible dans la fumée âcre, un jeune garçon l'observait… Un vide… Une respiration… Une présence… Cependant, le calme l'envahit soudainement telle l'étreinte d'un être cher. Et ainsi, dans le chaos et sans raison apparente, son esprit s'apaisa un court instant…

Mercredi matin, d'humeur plus sereine à la suite de quelques heures de sommeil, Nora préparait un sandwich au beurre de cacahuète et confiture dans la cuisine avant de partir pour l'école. En raison de ses cauchemars, elle était debout depuis l'aube. La télévision allumée, la chaîne des nouvelles de Newport communiquait les incidents de la nuit. Rien d'important, comme d'habitude. Mais un reportage attira son attention, celui d'un chauffeur d'autobus porté disparu après avoir abandonné son véhicule en bordure de New Haven. Soudain, son téléphone vibra. Encore Ethan qui tentait de la rejoindre, déjà en route vers chez Jacob. Nora ne lui avait pas parlé depuis hier après-midi. Elle ignorait pourquoi, car d'ordinaire, elle lui envoyait un texto lorsqu'elle ouvrait les yeux au matin… Une fois son sandwich complété, elle le posa dans une assiette, prit son sac à dos, enfila sa veste en jeans et sortit de la maison.

En cette chaude journée d'automne, les arbres sur Paper Street semblaient épuisés, tout comme Nora. Elle tenait son vélo d'une main, son assiette de l'autre, se dirigeant vers chez Walter. Ce matin, il faisait un va-et-vient incessant afin de sortir une quantité faramineuse de caisses vides de sa maison. Une montagne de débris s'amassait à l'avant de son terrain que les voisins dévisageaient en bougonnant. Combien de fois ceux-ci tentèrent-ils d'expulser ce vieil homme dans l'espoir de mettre cette horrible demeure en miette. Par contre, quelque chose avait changé… Aujourd'hui, sa pelouse sèche et moribonde fit place à une pelouse rayonnante d'un vert si vif qu'elle rendrait jaloux n'importe quel paysagiste. Et ne parlons pas de ses fleurs ! Des plates-bandes colorées dégageant d'innombrables parfums.

– Bonjour Walter, lui dit Nora lorsqu'il lança un restant de caisse sur la pile.

– Oh, mon enfant ! Comment vas-tu ?

– Ça va… je crois, répondit-elle. Qu'avez-vous fait à votre gazon ?

– Une pelouse c'est comme une femme. Il suffit d'une bonne dose de… pour que…

Nora releva un sourcil, curieuse d'entendre les détails.

– Tu sais quoi, tu es un peu jeune pour ça.

– Pour de la pelouse ? s'interrogea Nora, déroutée.

– Mais non, je veux dire… Oublie ça ! Alors, tu as bien dormi ?

– Si on veut… Et vous faites quoi avec vos caisses ?

– Un peu de ménage, car cela devenait invivable ! répondit Walter en se replaçant le nœud papillon. Cette nuit, j'ai passé dix minutes à escalader ces sapristi de caisses uniquement pour aller à la toilette ! Déjà que mes genoux n'ont pas apprécié ce voyage en Nouvelle-Zélande. Moi ! Perché au bord des falaises. Tu imagines ça ? Plus d'une fois, je me suis demandé ce que je faisais là. Ce n'est plus de mon âge… J'y pense, il faudrait que je te raconte mon périple au pays du long nuage blanc. Les Maoris… un peuple extraordinaire !

– Et à ce que je vois, vous ne vous êtes pas déplacé pour rien cette fois.

– Oh ! Mais je ne me déplace jamais pour rien, rétorqua Walter d'un sourire. À chaque voyage, des souvenirs se forment dans mon esprit, et ma tête en est remplie ! Même si celle-ci me fait la vie dure. Si seulement je pouvais te les montrer avant qu'ils disparaissent… Des montagnes aux pics traversant les nuages. Des forêts si verdoyantes et des déserts si vastes que nous avons l'impression de ne plus être sur Terre… J'aimerais tant te faire découvrir les richesses de ce monde. Un jour, peut-être…

– Quoi, vous m'emmèneriez ?! demanda Nora, surprise.

– Bien sûr ! Pourquoi pas ? Je connais tes parents depuis qu'ils ont emménagé ici, et crois-moi, ils seraient ravis que leur fille voyage quelque peu.

– J'en doute, soupira-t-elle. Ça fait longtemps que vous n'avez pas parlé à mes parents. Et avec raison, ils sont jamais là… Je suis certaine que si je partais avec vous aujourd'hui, ils ne le remarqueraient pas.

– Hmm, j'avoue qu'ils n'ont pas été très présents pour toi ces dernières années… Mais ils t'aiment, je peux te l'assurer… Il n'est pas toujours facile d'être un père ou une mère. Aucun mode d'emploi n'indique la marche à suivre, et donc, leurs actions, leurs choix et leurs décisions nous semblent parfois absurdes ou irréfléchis, car un enfant vit dans le présent, tandis que ses parents préparent son avenir.

– Mon avenir ?! Ils ne savent même pas ma couleur préférée… Difficile de préparer l'avenir de quelqu'un quand on ignore une chose aussi banale.

– Le jaune ! s'exclama Walter.

Nora resta surprise.

– Vous voyez, lança-t-elle d'un air abattu. Vous en savez plus sur moi que mes propres parents…

– Ne dis pas cela. Ce n'est qu'une question parmi d'autres. Même moi je ne connais pas ma couleur favorite.

– Le bleu ! dit-elle en regardant le nœud papillon de son vieil ami.

– Ma foi, je crois bien que tu as raison, rigola Walter.

– Mais soyons francs, soupira Nora. Mes parents, ils n'ont jamais été là pour moi à aucun moment de ma vie. C'est vous qui m'avez appris à faire du vélo. À faire la cuisine. C'est même vous qui avez peinturé ma chambre. Eux, ils ouvrent leur portefeuille en disant : tiens, t'as qu'à te débrouiller !

– Ne sois pas si dur, dit-il en posant la main sur son épaule. Eux aussi peuvent avoir des problèmes, une raison d'agir ainsi.

– Je serais curieuse de savoir quoi…, grommela Nora quand un mal de tête la foudroya un vague instant.

— Tu vas bien ? s'inquiéta Walter.

— Oui, oui… C'est rien.

— Parlant de tes parents. Il faudrait que je te présente une « amie » à moi qui habite non loin de Newport. Vous en auriez long à vous dire toutes les deux à ce sujet, et sur bien d'autres choses que… je…

Walter s'interrompit lorsqu'il remarqua le sandwich.

— C'est pour moi ? demanda-t-il d'une petite voix, les yeux ronds.

— Oh ! Oui, je me suis dit que vous deviez avoir un petit creux, répondit Nora en lui tendant l'assiette.

— Beurre de cacahuètes et confiture ?

— Bien sûr !

— Mes préférés… Merci, ma grande, j'en avais bien besoin !

Nora sourit, puis le vieil homme consomma le sandwich en quelques bouchées à peine avant de retourner à la tâche comme si son cerveau se remit à zéro, amenant l'assiette avec lui jusque dans la cuisine.

— Euh, Walter…, dit-elle en le suivant.

À l'intérieur, la maison était presque vidée de ses caisses, qu'une énorme bute de sacs en lin dans le salon.

— Walter…

— Oui, l'assiette ! s'exclama-t-il quand Nora arriva à l'entrée de sa salle à manger. Je vais la laver et je te l'apporterai à ton retour de l'école, soit sans crainte.

— Pas de problème, dit-elle en remarquant cette plante à moitié morte non loin de la porte extérieure, maintenant resplendissante, ainsi qu'une centaine de petits cristaux de couleurs variées de la taille d'une bille de verre difforme étalés sur la table. Qu'avez-vous fait de votre poussière ?

À cette question, Walter devint blanc de peur. Dans la panique, il courut dans le salon, revint dans la cuisine, ouvrit chaque porte d'armoire, agrippa un vieux sac en cuir brun, puis se pressa d'y fourrer les cristaux à l'intérieur.

– Q-Q-Qui t'a parlé de poussière ?! demanda-t-il, affolé.

– Vous… l'autre soir, répondit Nora, intriguée par cette réaction.

– Ma parole, mes trous de mémoire qui refont des siennes, soupira-t-il en tenant le sac en cuir qui semblait peser une tonne.

Il se déplaça tel un pingouin jusque dans une autre pièce, puis balança difficilement le sac, faisant vibrer les murs lorsqu'il percuta le sol. À son retour, Walter s'épongeait le front dégoulinant de sueur avec son mouchoir de poche.

– Hmm, écoute Nora, à propos de l'autre soir. Il se peut que j'aie dit une chose ou deux qui… Euh, disons seulement que je divaguais ! C'est ça ! J'étais si agité ! Ce n'est que de vieilles reliques que j'ai rangées à la cave, rien de plus. Ha, ha ! Il est plus facile de franchir les douanes en écrivant n'importe quoi sur les formulaires, voilà tout !

– D'accord…

Dans un silence inconfortable, tous les deux se dévisagèrent, puis Walter fronça ses gros sourcils en broussailles.

– À cette heure si, n'es-tu pas en retard pour l'école ?

– Merde, c'est vrai, l'école ! sursauta Nora qui trébucha dans les meubles en tournant à cent quatre-vingts degrés avant de courir vers la sortie. B-BONNE JOURNÉE !!!

– Toi aussi, mais fais attention à la…

Nora s'écrasa le visage de plein fouet dans la porte d'entrée, se releva tant bien que mal, sauta les quelques marches et bondit sur son vélo tel un mousquetaire sur sa monture. Sans une minute à perdre, elle remonta Paper Street et se propulsa en direction de l'école.

Elle roulait à vive allure, dépassant les voitures sur son chemin. Malgré la chaleur accablante, le vent était frais sous l'ombre des arbres de New Haven. Bien qu'elle soit en retard, Nora prit le temps d'admirer les mille et une maisons à la pelouse verdoyante dont les propriétaires prenaient grand soin. Celles-ci n'avaient rien à voir avec celle de Walter ce matin, mais tout de même, elle adorait traverser la banlieue et respirer cette odeur d'herbe que l'on arrosait religieusement. Contrairement à Newport, cette ville était calme, paisible. Jadis, ses parents voulurent déménager afin de se rapprocher de leur travail, mais Nora s'y opposa, car une maison grise et des amis étaient mieux qu'être prisonnière d'une cité de verre. Soudain, non loin de l'école, elle croisa un homme aux yeux bleus d'une cinquantaine d'années. Celui-ci attira son regard, puisqu'en dépit de cette chaleur, il était vêtu d'un costume trois-pièces noir avec un gilet brodé d'un fil d'or par-dessus une chemise blanche attachée à son cou, sans cravate. Ses cheveux ondulés d'un brun grisonnant donnaient l'impression d'être mouillés, ramenés grossièrement en arrière jusqu'à sa nuque. Lorsqu'il aperçut Nora rouler devant lui, il sourit. Il était élégant, un visage taillé avec soin. Son sourire était hypnotiseur, charismatique, mais à la fois effrayant… et sans s'en rendre compte, Nora arriva en trombe à l'école. Elle évita de justesse les autobus scolaires, monta sur le trottoir en zigzaguant entre les élèves et s'enfonça dans les arbustes à pleine vitesse avant de tomber les jambes en l'air sur le gazon en face de ses amis.

– Quelle entrée fracassante ! s'exclama Jacob en applaudissant tandis que Zoe la photographiait.

– Ça va ?! lui demanda Ethan en l'aidant à se relever. T'étais où ?

– C-Chez Walter…, répondit-elle en cherchant cet homme qu'elle venait de croiser. Vous avez vu ce gars, au coin de la rue ? Un homme en noir avec…

Mais celui-ci avait disparu.

– Quel gars ? s'interrogea Zoe qui portait aujourd'hui un tutu de ballerine arc-en-ciel avec un béret. T'es en train de nous dire que t'as brouté la pelouse à cause d'un gars ?! … Il était mignon ?

– Mais non ! riposta Nora. Il était… Bah ! Oubliez ça…

Soudain, un grand gaillard de dix-huit ans du nom de Tyler Hoffman se pointa à côté d'eux en compagnie de sa copine, Grace Blackwell, une rousse au visage affriolant. Tyler n'était à cette école que depuis deux ans. Fils d'un homme d'affaires important à Newport, il avait eu droit à des études de haut niveau dans un établissement prestigieux à la grande ville. Mais d'après les rumeurs, il fut renvoyé à la suite d'une bagarre avec l'un des enseignants, redoublant ainsi une année. Cette histoire lui valut une certaine réputation de dur à cuir, et sans effort, il se lia d'amitié avec la presque totalité des élèves ; de l'équipe de football en entier, jusqu'aux dirigeantes du journal de l'école. Une fois par année, il organisait une immense fête sur la propriété de son père.

— Alors, tout va bien de votre côté ? demanda Tyler en tapant sur la casquette de Jacob avant de replacer le collet de son polo rouge cerise. Et la belle Nora ! J'espère que tu ne t'es pas fait mal, ce serait dommage…

Celle-ci releva un sourcil en le dévisageant. À ce commentaire, Grace fulmina, puis se colla sur son petit ami de peur qu'il aille voir ailleurs. Ses cheveux étaient d'un orange vif qu'elle tentait jour après jour de défriser, mais sans succès. Avec son petit nez pointu, elle ressemblait à un personnage de manga japonais, toujours habillée selon la dernière mode.

— Tyler ! s'exclama Ethan d'un ton sarcastique. T'aurais pas un fan-club à énerver quelque part ? T'es si populaire avec ta splendide chevelure ! T'as changé ta coloration dernièrement ? C'est quoi cette fois, châtain doré blond clair nuancé d'acajou ?

— Au moins j'ai la cote auprès des dames. Toi, t'as l'air de sortir d'un refuge pour sans-abris.

— Rien de nouveau, ricana Grace.

— Alors, champion, dit Tyler à Thomas. T'as reçu ce que mon père a commandé ? Ça fait deux semaines qu'il attend.

— Il va devoir attendre encore un peu, marmonna celui-ci, sachant très bien qu'on tentait de le traiter comme un moins que rien.

— Pardon ?

— T'es rendu sourd maintenant ? s'interposa Ethan. Il est commis dans une quincaillerie, pas postier. Ton vieux va attendre comme tout le monde.

Tyler sourit.

— Et ton père à toi, comment va-t-il ?

— Va te faire foutre, Tyler…

— C'est ce que je pensais.

— Et où est James ? demanda Ethan. Il joue encore au petit soldat quelque part ?

— Fais gaffe, ducon, dit celui-ci, juste derrière, en remontant les manches de sa vieille veste kaki.

Il s'agissait de James Perkins, avec ses cheveux d'un noir anthracite, rasés sur les côtés. Étant un fils de militaire, il n'avait qu'une seule ambition dans la vie, terminer le lycée et commencer son service afin de poursuivre la tradition familiale. Lui et Ethan avaient un lourd passé, constamment en train de se chamailler depuis l'enfance. En passant à côté de Nora, il la reluqua d'une drôle de façon, son sourire de tocard habituel sur les lèvres.

— James, enfin ! s'écria Ethan, les bras tendus.

— Dégage, couilles molles !

— Rah, arrête ! Je sais que tu m'aimes bien. Un jour tu t'en rendras compte. Ou pas… Je m'en moque.

— Seigneur, Ethan, soupira Tyler. C'est fou comme tu peux être un emmerdeur parfois ! Depuis le temps que cette rivalité avec James persiste, c'est étonnant qu'il ne t'ait pas refait le portrait.

— Pff ! Il peut toujours essayer…

James cracha aussitôt sur lui et une étincelle jaillit dans les yeux d'Ethan qui fonça tête baissée. Tyler l'agrippa par le collet avant qu'il ne frappe son camarade, puis le balança au sol. Sur ce geste, Thomas s'avança, et vu sa taille, chacun des garçons figea sur place. Lui et Tyler avaient le même gabarit, mais avec Thomas, ce n'était pas une bagarre gagnée d'avance, loin de là.

— On se calme, réclama Tyler lorsqu'il vit le gros monsieur Jackson sortir de sa voiture, le professeur d'histoire. On allait partir de toute façon. Pas vrai, James ?

Celui-ci fit un grognement sec et Grace éclata de rire en dévisageant Nora d'un regard agressant. Ainsi, ils remontèrent tous les trois le long chemin sous les arbres en direction de l'école, maltraitant un ou deux élèves au passage.

— Grace te déteste toujours à ce que je vois, soupira Zoe. Elle est tombée bien bas, la pauvre… Dire qu'elle était notre…

— J'veux pas en parler ! répliqua Nora.

— Elle me manque quand même notre petite rouquine débordante de taches de rousseur… Au moins, j'avais quelqu'un avec qui discuter de mode.

— Dis aussi que je sais pas comment m'habiller.

— Disons seulement que tu pourrais laver ta veste à l'occasion…

— Jamais !

La cloche se fit entendre.

— Allez, si j'arrive en retard au cours de mademoiselle Peterson, elle va me coller en retenue jusqu'au mois prochain ! dit Jacob.

— Dis pas que ça te déplairait, ajouta Thomas en souriant.

— De quoi tu parles ?

— Petit coquin ! J'ai vu comment tu la reluquais. Un pas à gauche, un pas à droite… T'adores ça !

— QUOI ?!

— Notre cher Jacob qui en pince pour la séduisante mademoiselle Peterson ! rigola Zoe. Elle n'est pas un peu vieille pour toi, mon beau ?

— Oh, ça va ! riposta Jacob. Elle est… simplement plus agréable à regarder que le plafond.

— Tu diras ça à ton pantalon la prochaine fois, ajouta Thomas.

— AH !! Mais fermez-la, tous les deux !

— Ha, ha, ha, ha !

Continuant de se moquer de leur camarade, Thomas, Zoe et Jacob se mirent en marche ; suivi d'Ethan et de Nora à l'arrière.

— T'es sûre que tout va bien ? lui demanda celui-ci, intrigué que son amie soit en retard. Tu répondais pas à mes textos.

— C'est rien, j'ai juste de la difficulté à dormir ces derniers temps, soupira Nora. Et mes parents… J'ai croisé ma mère hier soir. Elle m'a demandé comment j'allais pendant qu'elle se changeait, puis elle est repartie. Mon père n'a même pas daigné sortir de l'auto. Si ! Il était dans l'auto… Honnêtement, j'ai plus l'impression de les connaître. Chaque fois qu'ils sont là, on dirait que j'habite ailleurs avec deux étrangers qui rôdent dans la cuisine.

— C'est de pire en pire. À croire qu'ils ne dorment plus à la maison.

— Parfois, je vois des factures d'un hôtel à Newport dans leurs papiers.

— Eh bien, rappelle-moi de pas me lancer dans le tourisme plus tard… Mais tu devrais en discuter avec eux.

— Ouais, si on passait plus de cinq minutes ensemble…

C'est alors que Nora remarqua une autre ecchymose sous le t-shirt d'Ethan, mais cette fois de la couleur d'une aubergine trop mûre, du haut de son bras jusqu'à son dos, comme si une pelle avait croisé son chemin.

— Et moi qui te parle de mes petits problèmes…, souffla-t-elle en rabaissant la manche de son ami.

— Ne dis pas n'importe quoi. C'est tantôt avec James et Ty…

— Pas de ça avec moi, Ethan !

— Ça pourrait être pire…

— C'est justement ce qui m'inquiète. Il faut que tu fasses quelque chose. Regarde-toi. Tu lèves à peine le bras.

— Et que veux-tu que je fasse ? demanda-t-il d'un ton sec.

— Je sais pas…, soupira Nora.

— Appeler la police ?!

— Et pourquoi pas, hein ?!

Ethan vit rouge, puis serra le poing.

— Nora, bon sang, c'est LUI la putain de police ! cria-t-il, dévisagé par des camarades de classe.

Il y eut un moment de silence et Ethan regretta aussitôt son geste.

— D-Désolé, s'excusa celui-ci d'un air gêné. J'aurais pas dû te crier dessus.

— Ce n'est rien… J'aimerais seulement pouvoir t'aider…

— Y'a rien à faire, c'est comme ça, dit-il dans l'espoir de se remonter le moral. Avoue qu'on est loin de ces journées sur la plage avec nos mères…

— Si tu savais à quel point ces moments me manquent, ajouta Nora, bercée par de lointains souvenirs.

— Plus le temps passe et plus je me demande si je ne deviens pas comme lui…

— Jamais tu ne seras comme ton père. Jamais !

— Peut-être… Mais un jour, il me brisera pour de bon…

Sans dire un mot, Nora lui prit la main, et ainsi, ils continuèrent leur chemin. Une fois à l'intérieur de l'école, elle l'enlaça, puis il partit dans ce long couloir tel un chiot battu — ce qui n'était pas loin de la vérité.

Dans la classe de mademoiselle Peterson, assise entre Jacob et Thomas, Nora était toujours troublée par cette conversation avec Ethan. Elle aimerait tellement le soulager de sa peine, ce supplice qu'il endurait, mais aucune solution ne lui venait à l'esprit. Chaque fois qu'elle pensait à quelque chose, elle se disait que les répercussions seraient pires. Il ne restait que la fuite, pourquoi pas… Mais encore là, ce serait la pauvre madame Blake qui en subirait les conséquences.

Avec sa chevelure d'un blond vénitien, ses petites lunettes sur le bout du nez, sa blouse blanche et sa jupe plissée, la séduisante mademoiselle Peterson écrivait au tableau en se dandinant l'arrière-train que Jacob ne pouvait s'empêcher d'admirer. Elle se tourna ensuite vers Emily Brown, la seule qui avait l'habitude de porter une attention particulière à ce qui se passait en classe, et lui posa une question. Emily ne répondit pas. Mademoiselle Peterson, d'humeur calme en temps normal, l'interrogea à nouveau. Aucune réponse… Assise sur sa chaise, les yeux fixés droit devant, Emily avait l'air distante — un regard vide —, jouant avec ses cheveux tout en tirant sur son t-shirt comme si elle n'arrivait pas à les placer correctement, telle une obsession. Mademoiselle Peterson s'impatienta et lui reposa la question d'une façon plus directe. Cependant, avant même qu'elle n'ait fini sa phrase, Emily éclata en sanglots et s'effondra au sol. La pauvre mademoiselle Peterson, qui se sentait coupable d'une telle réaction, s'empressa d'aller voir la jeune fille en s'excusant. Au bout de quelques minutes, incapable de la consoler, elle décida d'amener Emily à l'infirmerie…

Dans la classe d'Ethan et de Zoe, le gros monsieur Jackson parlait, gesticulait et postillonnait, toujours avec sa règle en bois qu'il adorait frapper dans sa main quand personne ne l'écoutait — ce qui était très souvent le cas. Il le faisait depuis tant d'années, que sa main gauche était devenue plus grosse que la droite. Soudain, des pleurs se firent entendre du couloir et tout le monde vit mademoiselle Peterson avec Emily Brown en larmes qu'elle soutenait de ses bras. Monsieur Jackson se secoua la moustache, remonta ses bretelles et ramena l'ordre dans la seconde, puis poursuivit son exposé interminable sur la Deuxième Guerre mondiale. C'est alors que Zoe interpella Ethan en pointant en direction de Kyle Evans, un garçon sans histoire un peu dodu, qui fixait la porte d'un regard vide en se grattant comme s'il avait une crise d'urticaire… Quand monsieur Jackson l'aperçut lui aussi, il frappa sa règle dans sa main. Rien à faire, Kyle continuait de dévisager la sortie, les bras égratignés par ses propres ongles. Le visage du professeur tourna au rouge, à deux doigts de la crise cardiaque. Au moment où monsieur Jackson se mit à crier, durant ce bref instant de colère, Kyle se retourna et cria à son tour en lui balançant son manuel scolaire en pleine tête. Monsieur Jackson tomba à la renverse, pris de peur. Kyle se leva de sa chaise, une étincelle dans les yeux, et s'avança du professeur, les poings serrés. Il lui prit brusquement la règle des mains, la brisa en deux et lui fit un doigt d'honneur avant de sortir de la classe…

À l'heure de la pause, dans le couloir principal face aux mille et un casiers, Nora et Thomas discutaient calmement lorsque Ethan et Zoe vinrent les rejoindre.

— Vous avez entendu ce qui s'est passé dans notre classe avec monsieur Jackson ? demanda Ethan à ses amis.

— Non, raconte.

— Kyle a brisé sa règle avant de lui faire un beau et grand majeur ! s'exclama Zoe en leur montrant une vidéo sur son téléphone. J'ai inauguré ce moment merveilleux !

— Waouh, il a pété un câble.

— Et vous, avec Emily ? demanda Ethan.

— Aucune idée, elle s'est mise à pleurer… comme ça, sans raison, répondit Nora lorsque Jacob arriva en courant.

— Hé ! Je viens de parler à Grace et…

— Tu parles à Grace maintenant ?! grogna Zoe.

— Quoi ? Elle était avec nous avant, répondit-il.

— Avant !

— Oui bon, elle me disait que Scott dans son cours de biologie a chialé comme un bébé au beau milieu de sa présentation. Regardez, elle m'a envoyé une photo.

— Mais… c'est Scott Howell ! sursauta Thomas.

— Notre quart-arrière qui se laisse abattre sous la pression, ajouta Ethan. Ses fans ne vont pas s'en remettre de celle-là… Ça doit te faire plaisir qu'il se ridiculise, surtout depuis qu'il a pris ta place dans l'équipe.

— Pas vraiment, répondit Thomas. Je l'aimais bien. Il joue au dur à cuir, un peu comme Tyler, mais lui au moins c'est pas un connard.

— C'est bizarre, non ? demanda Nora.

— Quoi ?

— Bah, j'sais pas. Trois élèves qui réagissent de la sorte et il est à peine 10 h 30…

— La journée va être longue dans ce cas, soupira Thomas.

– Ça doit être la pleine lune, affirma Jacob.

– On est en plein jour, imbécile, fit remarquer Zoe.

– Hé, oh ! Je suis un génie ! C'est une période, pas une nuit… Et toi, t'aurais pas une douche à prendre ?

À cette question, Zoe fronça les sourcils et lui sauta dessus, le fouettant avec sa propre casquette tel un jockey sur un canasson trop lent. Malheureusement pour leurs amis qui appréciaient le spectacle, la cloche mit fin à l'altercation.

En fouillant dans son casier afin de récupérer ses livres pour son prochain cours, Nora aperçut un élève à côté d'elle, un joueur de l'équipe de football qui généralement la saluait d'un sourire. Sans aucune émotion, il fixait l'intérieur de son casier, son sac à dos entre les mains qu'il pressait de toutes ses forces, les bras tremblants. Voulant savoir si quelque chose le tracassait, elle s'approcha, mais ce garçon claqua la porte et partit aussitôt. Intriguée, elle le regarda un instant avant qu'il ne disparaisse au fond du couloir, puis elle retourna en classe avec ses amis…

Le reste de la journée se déroula sans problème. Sauf à midi quand un élève martela les tables de son plateau-repas en hurlant, ce qui déclencha une ruade de purée de pomme de terre et de viande hachée à la grandeur de la cafétéria. À la fin des cours, Nora, Ethan, Jacob et Thomas déambulèrent dans les couloirs de l'école à la recherche de Zoe. Ils finirent par la retrouver à l'extérieur en train de se disputer avec les sœurs Bradford devant le large escalier principal. La conversation semblait si tendue que les autres élèves les évitaient de quelques mètres.

– Merde ! s'écria Zoe, enragée. Je t'ai juste demandé si t'avais déjà vu des pierres noires comme ça, j'ai pas insulté toute ta famille !

– Elle a raison…, soupira Scarlett.

– AH TOI ! La ramène pas ! aboya Victoria à sa sœur qui baissa la tête. Zoe, j'en ai rien à foutre de tes pierres !

– Ça va, j'ai compris.

— C'est probablement que de la camelote, comme tout ce que tu portes ! T'as vu ta dégaine… T'es qu'un clown, ma pauvre !

— Répète ça pour voir ?!

Avant que la situation ne dégénère, Nora attrapa son amie par le bras et l'amena à l'écart. Le nez en l'air, Victoria évacua la pression, puis elle partit avec sa sœur qui tentait de démarrer la conversation avec Ethan.

— Tu leur as parlé des cristaux de Walter ?! lui demanda Nora.

— Bah quoi ? J'ai juste demandé à Victoria si elle en avait déjà vu, répondit Zoe en replaçant ses habits colorés qu'elle adorait malgré les insultes. Elle et ses bijoux à profusion… Et cette habitude agaçante de tout connaître ! Je me suis dit qu'elle savait peut-être quelque chose à propos de ces cristaux.

— J'espère que tu ne lui as pas dit où elle pouvait les trouver.

— Quand même, j'ai pas été jusque-là… De toute façon, j'imagine mal Victoria se changer en cambrioleuse. Elle aurait trop peur de se briser un ongle. Et ses cheveux sont d'un blond si éblouissant qu'on pourrait la voir en pleine nuit.

— Hmm, bon point…

— Hé, vous deux ! s'interposa Jacob. En parlant de ces cristaux. J'ai fait des recherches sur internet… et Walter n'est peut-être pas aussi sénile qu'on croit à propos de sa poussière.

— Raconte, dit Thomas.

— Cela m'a pris des heures et des heures. J'ai cherché dans les recoins les plus grotesques des sites les plus tordus !

— Ça promet, soupira Ethan.

— Faut que t'arrêtes la porno, ricana Zoe.

— Non, écoutez ! Des peuples vénéraient autrefois une sorte de sable coloré et des cristaux en forment de bille bosselée comme ceux qu'on a vus, mais de six couleurs différentes, telles que rouge…

— … orange, jaune, vert, bleu et mauve, continua Nora devant les regards étonnés de ses amis. Quoi ?! Il y en avait une centaine sur la table de Walter ce matin. Et ce sable dans ses caisses c'était… volatilisé… Bon, continue…

– Ce qui est bizarre, c'est que ces peuples ne se trouvaient pas aux mêmes endroits, mais à des milliers de kilomètres les uns des autres.

– Et alors ? demanda Ethan. Le marchandage, c'est pas nouveau.

– Explique-moi dans ce cas, petit malin, comment un peuple en Finlande pouvait marchander avec un autre qui vivait au Chili il y a plus de mille deux cents ans ?!

– Aucune idée, dit-il en rigolant. Magie !

– Ha… Ha… Ha ! Très drôle… Mais si c'était le cas ? Oh ! Et c'est pas le seul exemple. Encore plus bizarre. Tous les sites que j'ai visités à propos de cette poussière ou de ces cristaux avaient disparu le lendemain… Aucune trace de quoi que ce soit !

– Reviens sur Terre, on n'est pas dans un de tes jeux ou un quelconque complot gouvernemental.

– T'as bien vu ce cristal scintiller ! ajouta Jacob. Et toi, avec Thomas, qui n'arrivait pas à ouvrir la main d'une gamine de seize ans ! Rien de personnel, Nora…

– Je te pardonne… pour cette fois.

– Ça ne prouve rien ! répliqua Ethan, un peu énervé par la conversation. De plus, j'comprends pas pourquoi on parle de ça.

– Il est juste curieux, dit Nora. Moi aussi d'ailleurs… Tu peux pas dire que c'était pas étrange. Et quand je suis tombée sans connaissance. E-Et ce truc dans le cristal…

– Tu t'es cogné la tête, voilà tout, affirma Zoe.

– Il y avait quelque chose ! J'en suis certaine. C'est juste que… j'ai oublié…

– De toute façon, vous avez déjà vu un cristal ou une pierre qui s'illumine ? demanda Jacob.

– Oui, bon, les souliers du petit frère de Thomas aussi s'illuminent, et c'est pas pour autant surnaturel, rétorqua Ethan.

– Ça dépend, ajouta celui-ci. Pour mon petit frère, ses souliers sont magiques… Depuis le jour où je les lui ai achetés, il croit qu'il est capable de sauter plus haut, de courir plus vite.

– Et alors ?

– Ce que je veux dire, c'est qu'il voit ce qui l'entoure d'une façon bien différente de nous. On sait tous que ses souliers sont pas magiques, mais je te mets au défi de le faire changer d'avis… Et si ces peuples étaient comme mon petit frère, capables de contempler le monde de la même façon que lui. Ils verraient peut-être des choses que nous sommes incapables de comprendre. On est parfois aveugles face à la réalité… Ou sans doute qu'on refuse juste d'y croire, contrairement à Walter.

– Mon Dieu ! sursauta Jacob d'un air ébahi. Mais c'est qu'il est un grand penseur notre cher Thomas. Bien heureux de voir que ton cerveau n'a pas subi trop de dégât après ces coups répétés à la tête durant toutes ces années à jouer aux gros bras avec tes petits camarades de ballon.

– Viens ici, toi ! dit Thomas en l'attrapant par la casquette.

– Non, arrête, je plaisante ! supplia Jacob en se mettant à courir, pourchassé par un ancien joueur de football. Merde, lâche-moi ! J'suis trop jeune pour mourir !

Sans broncher, leurs amis les regardèrent comme s'il s'agissait d'une banale course de lévriers.

– Il est rapide, fit remarquer Zoe en filmant cette folle poursuite. Je suis étonnée que personne n'ait recruté Jacob pour faire partie de l'équipe.

Soudain, le téléphone d'Ethan vibra, puis encore… et encore.

– Mais qui donc cherche-t-il à te contacter ? demanda Zoe, toujours en train de filmer Jacob qui parvenait à tenir ses distances.

– Scarlett…, répondit-il.

– T'as donné ton numéro à l'une des sœurs Bradford ?!

Nora et Zoe se dévisagèrent.

– C'est rien… C'est à cause de Victoria qui l'empêche de me parler au moment où elle ouvre la bouche. Je me suis dit que ce serait plus simple.

– Plus simple pour quoi ? ricana Zoe. Vous envoyez de jolis petits mots d'amour ou pour que Scarlett t'emmerde jusqu'aux toilettes ?

– Arrête, réclama Ethan en pianotant sur l'écran. Elle n'est pas comme sa sœur. Enfin j'espère… Et non, on s'envoya pas des mots d'amour !

– Ah ouais ? dit-elle en regardant Nora qui épiait discrètement cette conversation.

– « J'aimerais bien que tu me donnes une photo pour que… »

– HÉ !! riposta Ethan en fourrant son téléphone dans ses poches.

– Pour que quoi ? demanda Zoe. Raconte !

– Vous êtes vraiment deux pestes…, ronchonna-t-il.

– Ne fais pas la tête, ricana Nora en se tournant vers leurs amis qui gambadaient toujours autour de l'école. Hmm… Combien de temps croyez-vous que Jacob peut tenir avant que Thomas lui fasse avaler sa casquette ?

– Maigrichon comme il est… tout l'après-midi…

À la longue, cette course dut se terminer, étant donné que Thomas devait travailler à la quincaillerie et que Zoe avait envie d'une douche. Comme très souvent, le reste du groupe passa l'après-midi chez les Middleton. Dans la chambre de Jacob, pendant qu'Ethan tentait de battre son ami à un jeu vidéo quelconque, Nora s'était étendue sur le lit entre un vieux t-shirt et un restant de muffin, un immonde casse-croûte périmé qu'elle aurait d'ordinaire jeté à la tête de son propriétaire. Néanmoins, elle n'en fit rien… Ses pensées étaient ailleurs, car cette discussion à propos de cette poussière colorée lui rappela cette soirée chez Walter, ainsi que ce qu'elle avait vu dans ce cristal noir… Mais tel un mauvais rêve, le souvenir de ce moment s'estompa presque aussitôt, ne laissant que de vagues émotions. Sa conscience vagabonda un instant, puis son regard s'ouvrit sur une statuette d'un personnage fantastique posée dans la bibliothèque qui représentait un être de chair sombre, un monstre, un homme, une présence… une respiration… un vide…

LE REVENDEUR

Le jour suivant, et en raison de ses cauchemars, Nora se leva très tôt dans le but d'avoir une discussion sérieuse avec ses parents. Ils avaient l'habitude de rentrer après l'aurore pour se changer ou ramasser quelques papiers avant de retourner à Newport. Elle regarda l'heure… 5 h 53. À la seconde où elle entendit une clé glisser à l'intérieur de la serrure, elle ouvrit subitement la porte.

– Maman.

– Ha, heu… Nora ? bredouilla sa mère, encore penchée, la clé à la main et les yeux remontés vers sa fille. Tu es matinale…

– Dois-je t'appeler Katherine ou madame Clarke ?

– Maman fera l'affaire…

– Il faut qu'on parle, et tout de suite ! dit-elle d'un ton autoritaire en se dirigeant vers la cuisine.

– D'accord…

C'était une femme très grande, élégante, toujours habillée d'un tailleur noir avec des cheveux bruns comme sa fille. Le côté gauche de sa coiffure était plus long afin de cacher une brûlure sur sa joue, une vieille cicatrice. Elle suivit Nora jusque dans la salle à manger, puis se posa à table tandis que celle-ci regardait en direction de la voiture familiale, garée devant l'entrée.

– Je t'écoute, dit Katherine.

– Papa n'est pas avec toi ?

– Non. Alors, dis-moi… Que se passe-t-il ?

Nora soupira longuement.

– Il me manque…, murmura-t-elle avec tristesse.

– Qui ? Ton père ?

– Oui…

– Il est passé à la maison hier soir. Tu ne l'as pas vu ?

À cette question, Nora sentit une rage immense l'envahir.

– Hier soir ?! Il était une heure du matin, maman ! répondit Nora d'un ton insolent. Bien sûr que je l'ai pas vue !

Sa mère comprit aussitôt de quoi il s'agissait.

– Vous arrivez comme ça, une fois de temps en temps, puis vous repartez d'emblée ! continua-t-elle, en colère. C'est quand la dernière fois qu'on s'est assis à cette table tous les trois ? Manger un repas, tu sais… comme une vraie putain de famille !

– Ton langage, dit Katherine, les jambes croisées.

– Mon langage… À croire que tu m'écoutes pas !

– Évidemment que je t'écoute, mais cela fait à peine cinq minutes que je suis à cette table et tu t'enflammes déjà. Comment veux-tu que je réagisse ?

– Je… J'sais pas…

– Veux-tu que je me lève à mon tour, puis que je frappe sur cette table en te sermonnant ? Ou préfères-tu que je te prenne dans mes bras en te disant : voilà, tout est réglé, ton père et moi serons à la maison à chaque seconde !

– C'est toujours blanc ou noir avec toi, grommela Nora.

– Et ainsi va la vie ! Le gris n'est qu'une chimère que les gens inventent pour se donner bonne conscience… Chaque choix, chaque décision que nous prenons n'est que blanc ou noir. Oui, tu es en colère contre moi, contre ton père. Oui, il est difficile pour nous d'être plus présent. Nous t'avions prévenue lorsque tu as refusé notre proposition de déménager à Newport. Tu croyais quoi, que le trajet entre ici et la ville rétrécirait ?

Nora resta silencieuse, car chaque phrase que sa mère lui disait enivrait cette rage qui la consumait.

– Nous avons essayé de te donner la meilleure vie possible, continua Katherine. Oui, je suis d'accord avec toi, ce n'est pas idéal. Néanmoins, c'est le mieux qu'on peut faire dans les circonstances. Que veux-tu de nous ? Qu'on trouve du travail à New Haven ? Bibliothécaires. Gérants d'épicerie peut-être. Ou vendeurs au centre commercial, pourquoi pas… Sois réaliste. Avec un tel travail, on finira au quartier sud dans un appartement grand comme le salon.

– Et alors, c'est quoi le problème ? s'interrogea Nora, perplexe. Thomas y vit très bien !

– Oh, tu crois ça ? Je connais sa mère depuis longtemps. Elle a deux emplois et deux bouches à nourrir. Fort heureusement, ton ami à un travail pour arrondir les fins de mois. Mais la prochaine fois que tu le verras, demande-lui s'il souhaitait renoncer à son poste de quart arrière dans l'équipe de ton lycée. Et un coup parti, demande-lui aussi s'il ne préférait pas quand il vivait sur Oakhurst Street dans cette charmante petite maison lorsque son père était encore en vie !

– ARRÊTE !! hurla Nora, une main sur le front. Arrête de parler… S'il te plaît… A-Arrête…

Katherine s'interrompit, suivit d'un soupir. Elle se leva enfin, puis tourna en rond dans la salle à manger, soucieuse de l'état dans lequel se trouvait sa fille.

– Ce n'est pas ce que ton père et moi voulions pour toi, dit-elle d'une voix apaisante. Mais c'est ainsi, Nora…

– Je devrais déménager chez Walter, marmonna celle-ci, croyant que sa mère ne l'entendrait pas. Au moins, j'aurais quelqu'un à qui raconter ma journée en rentrant de l'école…

– Eh bien, vas-y ! Va vivre chez lui. Je ne t'en empêcherai pas. Comment le pourrais-je à t'entendre. Je ne suis jamais ici… Mais sache une chose, Nora. Il faut faire certains sacrifices dans la vie, qu'on le veuille ou non. Et parfois, ce n'est pas à nous de choisir ce que l'on doit sacrifier. C'est ainsi, on n'y peut rien. On essaye seulement de faire du mieux qu'on peut avec ce que l'on a.

– Ouais… si tu le dis, bougonna-t-elle. Mais malheureusement, « maman », c'est pas suffisant ! Je suis tannée de revenir à la maison et de trouver un mot sur le réfrigérateur. De manger à cette table, seule. D'aller au lit sans avoir quelqu'un à qui dire bonne nuit… C'est quand la dernière fois que t'as pris une journée de congé juste pour passer du temps avec moi ? Tu te rappelles quand nous allions à la plage ? Je… Je suis… épuisée de… J'angoisse quand…

Surprise, Nora vit la silhouette d'un jeune garçon au bas de l'escalier et elle fut soudainement prise de vertiges. Dans la seconde, sa mère la rattrapa avant qu'elle ne tombe au sol, puis tenta de savoir de quoi il en retournait.

– Détends-toi, dit-elle en lui remontant le menton.

– Je vais bien…, répondit Nora en dévisageant l'escalier. C-C'est qui lui ?

Katherine se retourna, mais il n'y avait personne.

– De quoi parles-tu ? demanda-t-elle en posant la main sur son front. Légère fièvre… Allez, regarde-moi…

Ce petit bonhomme était toujours là, avec son visage et son corps floutés, s'évaporant lentement jusqu'à disparaître. Qu'une hallucination, rien de plus.

– Je l'ai déjà vu… d-dans un cauchemar, murmura Nora. I-Il était…

Perplexe, sa mère se tourna à nouveau. Rien.

– As-tu mangé ce matin ?

– Je… Je pensais prendre un fruit avant l'école, répondit Nora tandis que sa mère la fixait droit dans les yeux.

C'est alors que celle-ci eut l'air intriguée.

– Hmm…

– Quoi ?

– Dis-moi… est-ce qu'il s'est passé quelque chose récemment ?

– N-Non, répondit Nora. Pourquoi ?

— Aucune raison…

— Et depuis quand t'es médecin ?! rétorqua-t-elle avant de tourner la tête. Et qu'est-ce que ça peut te faire de toute façon…

— Grande nouvelle, jeune fille, ta santé m'importe.

— C'est nouveau…

— Je te demande pardon ?

Nora détourna le regard à la suite de cette remarque, honteuse de ses propos. Elle se releva tant bien que mal, puis se posa à table sur une chaise. Katherine replaça son tailleur, puis alluma la télévision dans l'espoir de changer les idées de sa fille tourmentée.

— Écoute…, commença-t-elle d'un ton calme, ne cherchant guère l'affrontement. Ton père et moi avons fort à faire les jours qui viennent. Je n'y peux rien… Toutefois, lorsque ce sera plus tranquille, je te promets de m'asseoir à cette table, nous trois, et de trouver une solution à ce problème. Tu es d'accord ?

Nora accepta d'un signe de la tête, mais refusa de dire un seul mot. Katherine savait que sa fille était déçue, qu'elle espérait autre chose.

— Bon, je dois retourner au travail, dit-elle en regardant l'heure. Pense à manger un morceau, compris ?

Aucune réponse. Elle s'abstint de commentaires, ramassa une pile de documents dans son bureau, puis regagna sa voiture avec ce désagréable sentiment d'avoir empiré les choses…

Affalée à la table, Nora dévisagea son reflet dans le bol de fruits, au centre.

— Qu'est-ce qui m'a pris de lui parler comme ça ? se demanda-t-elle avant de prendre une orange. Pour une fois qu'elle restait à la maison plus de cinq minutes…

Puis elle tourna la tête vers l'escalier.

— Et qu'est-ce qui m'arrive…, souffla-t-elle en repensant à ce petit garçon, cette hallucination. Tu parles d'un début de journée…

En dégustant son repas plutôt minimaliste, Nora regarda la télé. La chaîne des nouvelles de Newport fit part des développements concernant ce chauffeur d'autobus disparu. Les autorités l'avaient retrouvé la nuit dernière à bord d'un bateau de croisière accosté au port en train de dilapider son compte en banque et celui de sa femme à une table de poker. Quand ils tentèrent de le ramener chez lui, il hurla de rage et frappa les officiers, suivis de quiconque se trouvait à ses côtés. Les vidéos de la scène firent un tabac ! Mais Nora n'avait pas le cœur à ça, et soudain, tout lui sembla à nouveau routinier… Elle se leva donc de table, éteignit la télévision, prépara son sac à dos de façon machinale, puis sortit à l'extérieur avant d'enfourcher son vélo…

Au bout de Paper Street, un camion poubelle s'affairait à ramasser l'immense pile de caisses de Walter devant quelques voisins curieux.

— Nora ! s'écria Ethan qui sortait de chez lui. J'ai vu la voiture de ta mère tantôt.

— Ouais… ma mère, répondit-t-elle d'un ton évasif. Écoute Ethan. Ça te dérange si on se rejoint à l'école ?

— Euhm, non, dit-il, surpris.

— J'ai envie d'être seule un moment… Réfléchir…

— C'est bizarre venant de toi, mais je comprends, dit-il. Bon, je vais chercher Jacob et on se retrouve comme d'hab.

— Et Ethan… Merci.

— Pourquoi ?

— De ne pas demander si c'est à propos de ma mère…

Il lui fit un clin d'œil, puis partit en direction de la demeure des Middleton. Nora resta derrière un instant. Elle prit une grande inspiration, et une fois calme, elle s'élança à vélo.

Sur le trajet, les pelouses étaient toujours aussi verdoyantes, la température plus fraîche et les arrosoirs de jardin à l'œuvre. Aujourd'hui, elle emprunta une autre route, plus sinueuse, plus paisible. Cela la rallongeait, mais son esprit avait besoin de penser à autre chose, autre que la routine et cette discussion avec sa mère…

À destination, les autobus scolaires se vidaient de ses passagers, des élèves qui traînaient du pied sous les arbres de ce long chemin en ce matin comme bien d'autres avant celui-ci. Nora rangea son vélo, salua quelques camarades, puis se dirigea à son tour vers le lycée de New Haven tel un mouton suivant son troupeau… Devant son casier, elle étudia sa liste de cours pour la journée, attrapa ses bouquins et rejoignit la classe de mademoiselle Peterson. En rentrant, elle remarqua Emily Brown, un grand sourire aux lèvres à discuter avec des amis. Elle était redevenue joyeuse, tout simplement. C'est alors qu'un garçon bouscula Nora dans le cadre de la porte sans même s'excuser.

– Hé ! Lucas, fais attention ! lui lança Thomas, juste derrière.

– Laisse tomber, dit Nora d'un léger sourire. Mais je te remercie.

– Hé, hé. Allez, viens.

– T'étais avec Jacob ? demanda-t-elle en s'assoyant à son pupitre.

– Grace l'a accroché dans le couloir, répondit-il lorsque celui-ci entra dans la classe. Parlant du loup… Alors, mon vieux, qu'est-ce qu'elle voulait ?

– Vous me croirez pas ! s'exclama Jacob en se posant sur sa chaise, affolé. Grace m'a dit que Scott s'est fait renvoyer de l'équipe.

– T'es sérieux ?! sursauta Thomas. Pour cette histoire dans son cours de biologie ?

– Non. Il a frappé un des entraîneurs hier soir durant l'entraînement… J'y pense, c'est peut-être ta chance de rejoindre à nouveau l'équipe !

– Tu sais bien que j'peux pas. Même avec mon travail, ma mère parvient à peine à payer les factures…

– Ouais, mais t'as pensé aux bourses !

– D'ici là, qui sait ce qui peut arriver, soupira Thomas. J'adore le football, mais je préfère que mon petit frère ait un toit sur la tête.

– T'as pas tort…

Pour Nora, les paroles de sa mère résonnèrent dans sa tête.

– J'en reviens pas pour Scott, continua Thomas d'un air désespéré. Il jouait au gros bras… Pourtant, il n'était pas de ce genre.

– On a tous une bête en soi, affirma Jacob. Prête à bondir !

Le cœur de Nora rugit.

– C'est comme cet imbécile de Tyler et de James, rigola Thomas. Toujours à chercher les ennuis ces deux là… Grace t'a jamais dit pourquoi il fut renvoyé de cette école de riche à Newport ?

– Tyler ? N'ah… Tu lui demanderas l'été prochain quand il organisera sa « fête annuelle du regardez-moi, mon père a de l'argent ! » En passant, Nora, il te…

Soudain, Ethan et Zoe surgirent dans la classe.

– Hé ! Vous vous souvenez de Kyle et de son doigt d'honneur à monsieur Jackson ? demanda Ethan à ses amis.

– Bah oui, dit Thomas. Pourquoi ?

– Il est en garde à vue au poste de police ! continua Zoe. D'après les rumeurs, il aurait essayé d'étrangler sa petite sœur. Quand les officiers sont arrivés, son père avait dû l'enfermer dans le garage tellement il était incontrôlable ! J'vous raconte pas l'état de leur bagnole.

– T'es pas sérieuse ! Kyle ?! Il ne ferait pas de mal à une mouche…

– Je vois de votre côté qu'Emily va mieux, fit remarquer Ethan. Lucas, par contre… Il a la même tête qu'un autre dans notre classe.

Nora et Thomas se retournèrent aussitôt vers lui. Assis au fond contre les fenêtres, son regard était vide.

– Un virus vous croyez ? supposa Zoe. Une grippe bizarre…

– Possible, répondit Ethan en rigolant sans raison. Ou qui sait, il y a peut-être de la magie dans l'air !

– C'est ça, moque-toi ! riposta Jacob, les bras croisés et la casquette bien basse. Ignorant insensible… Et Nora, Tyler te passe le bonjour.

Celle-ci grogna dans son coin.

– Toi, t'as encore parlé à Grace ! ronchonna Zoe, furieuse.

– Vos histoires avec elle ne me concernent pas ! C'est pas de ma faute si Nora a embrassé Tyler cet été quand… quand… Je viens de dire une connerie. Pas vrai ?

– Je confirme, répondit Ethan.

Thomas détourna les yeux.

Nora se leva de sa chaise avec un regard psychotique, puis se pencha au-dessus de son ami apeuré qui se rentrait la tête dans son t-shirt.

– À l'aide…, gémit-il d'une faible voix.

– Sur ce coup-là, t'es tout seul, mon pauvre, ricana Zoe.

– Écoute bien, Jacob…, commença Nora, les dents serrées. Je me moque royalement que tu parles à Grace, mais deux petites choses.

– O-Oui, madame ?

– Premièrement, quand tu verras Tyler, tu lui diras qu'il peut aller se faire voir… Deuxièmement, la prochaine fois que tu m'accuseras de l'avoir embrassé au cours de cette soirée l'été dernier, je vais faire en sorte de t'arracher ce qui se trouve dans ton pantalon et de te l'enfoncer bien profondément dans la gorge. Compris ?

– O-Oui, madame ! répondit-il tel un soldat face à un supérieur.

Nora continua de regarder son ami droit dans les yeux, puis leva la main pour lui offrir deux délicates tapes sur la joue en souriant.

– Tu l'as échappé belle, rigola Thomas.

Au même moment que la cloche sonna, mademoiselle Peterson arriva dans la classe.

– Hé ! Vous deux, retournez à vos cours ! ordonna-t-elle à Ethan et Zoe qui s'empressèrent d'obéir. Ce n'est pas un centre de rencontre. Oust ! Du vent !

Lorsqu'elle en oublia cette discussion houleuse à propos de Tyler, un sujet qui l'effarouchait toujours autant, Nora jeta son regard sur celui qui l'avait bousculé plus tôt, Lucas Reese. Ethan et elle le connaissaient bien, car il habitait autrefois sur Paper Street. C'était un garçon qui ne cherchait jamais les problèmes, de bons résultats scolaires, des parents attentionnés, un grand frère à ses côtés durant les épreuves sportives auxquelles il prenait part chaque année… Mais aujourd'hui, il n'était plus le même.

La journée se poursuivit sans anicroche. Toutefois, à l'heure du midi, le groupe remarqua de plus en plus d'élèves semblables à Emily, Kyle et Lucas. Bien entendu, ils ne furent pas les seuls à le voir, et grâce à la magie de la technologie, en à peine quelques heures, toute l'école soupçonnait un virus qui planait dans l'air. Cette hypothèse se rendit aux oreilles des enseignants, qui eux, tentèrent de calmer la situation. Avant la fin de la journée, le quart des parents avaient déjà contacté l'école pour savoir ce qui se passait… Évidemment, d'une personne à une autre, les rumeurs s'amplifièrent, au point de ne plus faire la différence entre noir et blanc. Zoe avait même entendu dire que le gouvernement réalisait des expériences dans le quartier, modifiant ainsi le comportement, une histoire absurde qui poussa Jacob à élaborer des théories encore plus absurdes.

Vendredi, ce fut la même histoire. Lucas redevint serein, alors que d'autres élèves prirent sa place et devinrent moroses. L'hypothèse du virus était la plus populaire, puisque personne n'avait de meilleure explication. Étrangement, les symptômes semblaient durer une ou deux journées, puis s'estompaient. Comme toujours, la direction nia toutes rumeurs, surtout celle concernant un virus quelconque. Durant le weekend, elle entama un processus « d'appel à l'aide » auprès des parents et familles pour qu'ils soutiennent leurs enfants dans ces épreuves difficiles que les adolescents devaient surmonter à ce stade de leur vie, car avec de la volonté et une oreille attentive, ces difficultés psychologiques ne seront que de vagues souvenirs, disparaissant aussi vite qu'elles sont apparues… Du moins, c'est ce qui était écrit sur le communiqué, un papier qu'Ethan mit en boule. Cette rage au cœur qu'il avait, cette solitude que Nora ressentait et ces sentiments que les autres élèves enfouissaient en eux ; ces émotions n'avaient pas jailli comme par magie, elles étaient déjà dans leur esprit, et chacun, jour après jour, se battait afin qu'elles y restent, supportant leur calvaire tel Atlas et le poids du monde. Mais depuis peu, on aurait dit que personne n'était capable de les contenir…

Dimanche, dans un parc de la banlieue sud, le groupe discutait tandis que le petit frère de Thomas s'amusait dans les modules de jeux entre deux immeubles à appartements.

— Vous avez eu des nouvelles de Kyle ? demanda Jacob qui pratiquait ses figures à skateboard.

— Aux dernières nouvelles, il est rentré chez lui, répondit Ethan en regardant son téléphone.

— Je l'ai croisé hier, ajouta Zoe. Il avait l'air souriant… pour un étrangleur de petite fille !

— Oh, arrête, Kyle n'est pas de ce genre, riposta Ethan. Encore une rumeur qui a dérapé à mi-chemin…

— Et encore une victime de ce virus étrange, souffla-t-elle. Un jour tu souris, et l'instant d'après tu étrangles des petites filles !

— Mais arrête avec ça ! s'écria-t-il, les yeux rivés sur l'écran.

— Alors, qu'est-ce que Scarlett raconte de bon ? demanda Nora d'un sourire taquin en espionnant par-dessus son épaule.

— Pas grand-chose…

— Elle tente de t'aborder depuis la petite école et elle n'a rien de bon à dire ? s'interrogea Zoe. C'est décevant… Thomas, tu veux bien.

En un éclair, celui-ci lui prit le téléphone des mains et le lança à Nora.

— HÉ !! cria Ethan, maintenu à l'écart des deux filles qui s'empressèrent de filtrer cette conversation intrigante.

— Voyons voir, dit Zoe qui défilait de son doigt à bonne vitesse.

— Jolie, cette robe rouge ! ricana Nora.

— Scarlett fait de la danse ?!

— Rendez-moi ça ! supplia Ethan.

— Petit cachotier, sourit Zoe en lui montrant une photo. T'as un beau profil sur celle-là. T'en dis quoi, Nora ?

— Mignon comme tout !

— Ne regarde pas les…

Ethan s'interrompit lorsque Zoe le foudroya du regard.

— Pourquoi t'envoies des photos de moi à Scarlett ?!

— Et toi, pourquoi tu me rends pas mon téléphone ?! rugit-il.

— Pas question ! Je veux savoir quoi d'autre tu nous caches ! Et combien tu lui en as envoyé ?!

— Quelques-unes… C'est pas ce que tu crois !

— Elle a vraiment la classe sur celle-là, ajouta Nora qui admirait Scarlett dans mille et une tenues de danse.

— C'est rassurant de ne plus voir mes fesses sur ton téléphone, grogna Zoe. Moi qui pensais que Scarlett n'avait rien de… de…

Soudain, elles tombèrent sur un segment de conversation plutôt troublant. Tandis que Zoe continuait de survoler quelques passages, Nora s'éloigna sans dire un mot, honteuse.

— Tiens, dit Zoe qui rendit son téléphone à Ethan.

— C'est pas trop tôt, soupira celui-ci. Laissez-moi deviner… Vous venez de lire ce qu'elle m'a envoyé hier soir, pas vrai ?

— On savait pas que…

— Que quoi ? Que Scarlett avait peut-être juste envie de parler à quelqu'un à propos de ses problèmes ?

— On est désolées, d'accord ?

— C'était pour rigoler, dit Nora en s'approchant. On pouvait pas savoir qu'elle était aussi… triste…

— Ouais, surtout quand on la croise avec sa sœur.

— Je l'ignorais aussi…, avoua Ethan. Au début, elle me racontait ce qui lui passait par la tête, puis j'ai senti que quelque chose n'allait pas. Ça me rappelait quand mon père a commencé à me… Enfin, vous voyez ce que je veux dire… J'ai donc tenté d'en savoir davantage et j'ai réalisé qu'elle cherchait avant tout une personne à qui se confier. Une épaule sur laquelle pleurer. Un ami… Oh, je l'admets, elle m'aime bien, mais ça n'a jamais été de l'attirance.

— Et quoi encore, ricana Zoe. Elle t'a toujours tourné autour.

— Oui, mais c'était pas parce que je l'intéressais. Elle s'inquiétait… Mes bleus. Mon bras cassé il y a deux ans. Mon linge déchiré… Tout le monde connaît mon père. Et ces photos de toi que je lui envoie, tu ne devines pas pourquoi ?

— Attends ! l'interrompit Zoe, intriguée. T'es en train de nous dire que Scarlett est…

— Oui, elle préfère les filles, continua-t-il devant les regards étonnés de ses amis. Elle a aussi un petit faible pour toi, même si elle n'osera jamais te l'avouer. Le plus drôle c'est qu'elle ne le cache pas.

Zoe rougit.

— Pourtant, je l'ai jamais vue avec personne d'autre que sa sœur.

— De là le problème, comprit Nora. Victoria la trimbale comme un vulgaire sac à main. Et de la façon dont elle nous traite celle-là, c'est pas étonnant que personne ne parle à Scarlett. Dire qu'elle était si gentille quand nous étions jeunes.

— Ça fait longtemps…, souffla Zoe en se remémorant de vieux souvenirs. On avait quoi, huit, neuf ans ? C'est à l'époque que Grace et Scarlett étaient amies. Et Victoria… Elle suivait sa sœur partout, en admiration devant elle et ses longs cheveux bruns ! Et du jour au lendemain, les rôles se sont inversés… Adieu charmante blondinette bouclée et bonjour demoiselle aux ongles acérés ! C'est fou comme on change avec le temps.

— Et plus le temps passe, plus la vie devient froide…, murmura Ethan, perdu dans ses pensées.

— Tu disais qu'elle dansait, non ? demanda Thomas.

— Scarlett ? ouais, répondit-il. Depuis qu'elle a cinq ans.

— Ça explique sa performance du Lac des cygnes l'an passé… Tu crois qu'elle a attrapé ce virus ?

— Non, attesta Ethan, sûr de lui. J'crois plutôt qu'elle est dans cet état depuis un bon moment déjà.

— C'est triste quand on y pense…

— Je vais l'ajouter dans mes contacts, ça t'évitera de lui envoyer des photos de moi dans mon dos, soupira Zoe en dévisageant Jacob qui courrait après un papillon tel un gamin qui découvrait le monde pour la première fois. Mais qu'est-ce que tu fais, toi ?!

— Il est bleu ! affirma celui-ci.

— Et alors ?! grogna Zoe. Pas étonnant qu'on soit tes seuls amis…

— Vous croyez vraiment que c'est un virus ? demanda Nora, nullement intéressée par Jacob qui retombait en enfance.

— Avec toutes les saloperies qu'ils mettent dans la bouffe de l'école, ça m'étonnerait pas, ricana Thomas.

— Vous me faites penser, s'interposa Ethan. Ce matin, j'ai surpris une conversation entre mon père et un de ses collègues à la maison. Beaucoup de familles ont rapporté que leurs enfants étaient différents, voire violents, tristes, incontrôlables.

— Ouais, comme ceux au lycée.

— Je sais, mais ce qui est curieux, c'est que ces familles ont aussi signalé que leurs enfants avaient croisé un homme, un gars bien habillé de noir, environ cinquante ans…

Silencieuse, Nora repensa à cet homme, cet inconnu non loin de l'école l'autre jour.

— Pas très détaillée comme description, fit remarquer Jacob en abandonnant sa chasse. Ça pourrait être n'importe qui.

— Hé, Nora, c'est pas ton gars mignon ? ricana Zoe.

— Il a cinquante ans ! répliqua-t-elle.

— Ils l'ont arrêté ton guignol ? demanda Thomas.

— Non, mais ils le recherchent pour interrogation. Depuis, la police a écarté l'hypothèse du virus, puis ils ont jeté le blâme sur un revendeur et une nouvelle drogue en provenance de Newport. Comme dit mon père, plus cette ville grandit, plus elle amène des problèmes dans la banlieue.

— Il a pas tort… pour une fois…

Dans son coin, Nora était songeuse, car elle ne croyait pas à cette histoire de revendeur. Il est vrai que des drogues circulaient entre les murs du lycée, mais de là à dire que des jeunes tels que Kyle, Emily et Lucas se droguaient, cela n'avait aucun sens. Quelque chose d'autre se passait, elle en était persuadée…

Le soir même, en plein centre de New Haven, Scarlett Bradford revenait de son cours de danse en sifflotant sous les étoiles en bordure du centre commercial. Tous les jours, pendant deux heures, elle pratiquait cette activité, seule. Victoria ne comprenait pas pourquoi sa sœur s'embêtait avec ça. Ce n'était qu'une perte de temps ! Mais Scarlett adorait la danse, car c'était l'unique moment où elle se sentait libre. La musique l'enivrait et les mouvements élégants la faisaient rêver… Ce soir, d'humeur plus joyeuse que d'habitude, elle avait décidé de mettre sa plus belle robe, une robe d'un rouge framboise que sa sœur détestait. Devant les boutiques, elle longea la rue surplombée de palmiers éclairés de néons colorés, puis remonta le boulevard vers le quartier riche de la ville. Les parents des sœurs Bradford étaient avocats, droits et sans reproche. Contrairement à la famille de Zoe qui possédait une villa, les Bradford habitaient une maison de ville sur une longue rue paisible ou les demeures étaient identiques, luxueuses et collées les unes aux autres.

Non loin de chez elle, sous les lampadaires, Scarlett fredonnait un air délicat en écoutant le vent sillonner entre les feuilles des arbres. C'est alors qu'elle aperçut quelqu'un au coin de la rue avec la tête dans les buissons, un homme d'une cinquantaine d'années vêtu d'un costume trois-pièces noir avec un gilet brodé d'un fil d'or et une chemise blanche attachée à son cou, sans cravate…

– M-Monsieur ?

– Oh, ma foi ! sursauta l'homme, une main sur la poitrine. Vous m'avez fait peur, jeune fille.

– Désolée, s'excusa Scarlett. J-Je ne voulais pas vous effrayer.

– Ne soyez pas désolée, très chère, dit-il en ramenant ses cheveux ondulés d'un brun grisonnant vers l'arrière.

Cet homme, au visage droit et à la chevelure humide, sentait agréablement bon, une forte odeur de lavande.

– Vous… Vous cherchez quelque chose, monsieur ?

– Je cherche mon chien, répondit-il d'un air triste. Pauvre bête, seule dans ce monde… Il est noir avec une drôle de tête. Vous ne l'auriez pas vu par le plus grand des hasards ?

– Non, je suis navrée.

– Dommage…, soupira l'homme. Hé, hé, il faut avouer qu'il est difficile à discerner en pleine nuit. Un chien sombre dans la pénombre, pas évident, nous sommes d'accord ?

– Je suppose, répondit Scarlett d'un bref petit sourire lorsque son téléphone vibra au fond de son sac.

Elle s'excusa, puis vérifia qui tentait de la rejoindre. Il s'agissait d'Ethan, voulant savoir si elle était bien revenue chez elle.

– Monsieur, je vous aiderais bien à retrouver votre chien, mais je dois rentrer…

– Ne vous en faites pas, jeune fille, il finira bien par sortir de sa cachette, dit-il en lui ouvrant le chemin de son bras tel un vrai gentleman. Puis-je vous poser une question avant votre départ ?

– Oui, bien sûr.

– Je vous parlais à l'instant de la nuit et de la pénombre, mais… que savez-vous de la noirceur ?

– J-Je l'ignore, je préfère le jour, répondit Scarlett, pris de court par cette question.

– Par choix ou par peur ? demanda l'homme.

– Euh…

– Car voyez-vous, la noirceur est magnifique, relaxante même. Observez autour de vous… Le stress de la journée s'est estompé. Les gens s'emmitouflent sous de chaudes couvertures, regardent la télé, rêvent d'un avenir bien différent de celui qu'ils ont emprunté et qu'ils méprisent. L'homme est beaucoup plus calme la nuit, plus malléable… Si l'homme vivait dans l'ombre, il serait à sa place… La nuit est-elle une dame que nous invitons pour danser et qui nous enivre d'émotions extraordinaires l'espace d'un souffle…

– Monsieur, j-je dois y aller…, dit timidement Scarlett, dérangée par ces mots, voulant rentrer chez elle au plus vite.

– Oh, pardonnez-moi ! s'excusa-t-il. J'ai cette fâcheuse tendance à divaguer. Je ne vous retiens pas plus longtemps. Au plaisir !

– B-Bonne chance avec votre chien…

– Bien aimable à vous, ajouta l'homme, suivi d'une révérence.

D'un sourire maladroit, Scarlett le contourna, puis se remit en marche. Son cœur palpitait, prêt à sortir de sa poitrine, car bien qu'il soit courtois, cet inconnu la terrifiait.

– Pardon, jeune fille ! s'écria à nouveau celui-ci de l'autre côté de la rue. À propos de mon chien, il est vrai que vous pourriez peut-être m'aider.

Pendant un instant, Scarlett hésita à s'arrêter, mais elle était si proche de la maison.

– Et de quelle façon, monsieur ? demanda-t-elle en se retournant.

Scarlett sursauta aussitôt, car sans savoir comment, elle se retrouva nez à nez avec cet homme étrange.

– Oh, mais en dansant vous et moi ! dit-il brusquement en lui plaquant les mains sur les deux côtés de son visage, des mains aussi noires que du charbon…

Quelques minutes plus tard, Scarlett marchait vers sa demeure, un regard vide… Le bas de sa robe rouge lui caressait les genoux, mais ses jambes semblaient fatiguées, presque incapables de la supporter. Elle avançait en titubant, les yeux dérangés par la lumière des lampadaires sous les arbres frissonnants dans la nuit. Une fois devant la porte de sa maison, elle l'ouvrit, puis traversa le salon où ses parents regardaient la télévision. Sans même les remarquer, elle monta l'escalier… En haut, elle tomba sur sa sœur qui, comme d'habitude, se moqua de ses cours de danse. Victoria ne comprenait pas pourquoi celle-ci s'entêtait à gaspiller deux heures au lieu de les passer avec elle. Un sermon après l'autre, Scarlett resta face à sa sœur sans broncher.

– Tu m'écoutes, bordel ?! hurla Victoria, enragée. Qu'est-ce que t'as ? T'as croisé cet imbécile d'Ethan Blake et il t'a pas fait ce mignon petit clin d'œil ? Grandis ma pauvre, c'est qu'un tocard ! Une chance que c'est pas une fille… T'imagines les autres à l'école s'ils l'apprenaient ? T'as pensé à moi dans tout ça ?!

Scarlett leva les yeux vers elle, puis sans aucune émotion, une larme coula le long de son visage.

– Et tu pleures à présent, soupira Victoria. T'as encore oublié tes médicaments, pas vrai ? T'es vraiment pas croyable… Je me demande pourquoi je perds mon temps avec toi !

Furieuse, elle retourna à sa chambre en marmonnant une panoplie de mots incompréhensibles, puis claqua la porte. Scarlett, toujours dans le couloir, finit enfin par bouger et alla vers sa chambre, au fond. Une fois dans le noir, elle enleva sa robe avant de la poser soigneusement sur une chaise. Son téléphone vibra à nouveau. Cependant, des photos autour de son miroir attirèrent son regard. De son doigt, elle effleura chacune d'elles, ses souvenirs d'autrefois, quand elle était plus jeune, ainsi que des gens qu'elle appréciait et dont elle rêvait de devenir leur amie… Au bout d'un moment, elle se coucha sous les couvertures, puis fixa l'ombre des arbres projetée au plafond pour le reste de la nuit, les yeux remplis d'eau…

Lundi matin, Nora, Ethan et Jacob se dirigeaient vers l'école, ce dernier remorqué sur son skateboard. À leur arrivée, ils rejoignirent Thomas et Zoe parmi des élèves qui distribuaient un communiqué de la direction. Cette fois, l'hypothèse du virus fut définitivement écartée et remplacée par cette histoire de revendeur. Les parents, qui étaient jusqu'à tout récemment plus attentifs aux problèmes psychologiques de leurs enfants, retournèrent leur veste et se lancèrent dans une guerre ouverte contre la drogue.

– C'est quoi ce bordel ? demanda Jacob lorsqu'une élève insista pour qu'il prenne ce communiqué mal imprimé. C'est le troisième que tu me donnes !

– Garde en un, nos parents doivent le signer, dit Thomas.

— Comme j'ai de la chance…, soupira Nora d'un ton sarcastique. Je vais encore devoir expliquer pourquoi j'ai pas leur signature.

— Tu veux que je m'en occupe ? proposa Jacob. Service de signature sur demande, à votre service !

— S'il te plaît, fais mieux que la dernière fois, supplia-t-elle.

— Bien sûr ! Nous sommes désolés que nos services ne…

— Arrête !

— Si on ne peut plus rigoler…

Dans son coin, Ethan paraissait soucieux, son téléphone à la main.

— Un problème ? lui demanda Thomas.

— C'est Scarlett… J'ai aucune nouvelle depuis hier soir.

— Ne le prends pas mal, mais vous êtes mignons, dit Zoe, les mains posées sur son cœur. L'amitié secrète de deux âmes tourmentées !

— Elle devait m'envoyer un message quand elle rentrait… Rien.

— Probablement Victoria qui l'a découvert, suspecta Nora.

— Ouais… T'as sans doute raison…

En marchant sur ce long chemin sous les arbres, le groupe remarqua une certaine agitation, puis des élèves coururent d'excitation.

— Hé, Rodriguez, qu'est-ce qui se passe ? s'écria Thomas qui interpella un camarade dans son cours de travaux pratiques.

— C'est les sœurs Bradford ! Amenez-vous !

Le groupe se regarda droit dans les yeux, puis ils partirent au galop avec le reste du troupeau.

À peine arrivés dans le couloir principal, face à cette longue rangée de casiers, ils virent une foule immense qui s'était amassée entre deux classes. On entendit des cris, une engueulade. Grâce à Thomas, ils se faufilèrent sans problème, puis tombèrent sur Victoria, à genoux aux pieds de sa sœur qui l'insultait de tous les noms.

— Toute ma vie, tu m'as traitée comme un chien ! s'écria Scarlett, les poings serrés. Comme si j'étais à tes ordres !

— M-Mais…, bégaya Victoria, la lèvre en sang, l'air terrorisé.

— Même quand nous étions jeunes, t'arrêtais jamais ! Scarlett fait ci, Scarlett fait ça ! Scarlett ne parle pas à celui-ci, Scarlett ne parle pas à celle-là ! Il fallait absolument que je sois collée à toi en permanence ! Mais dans le fond, c'est parce que personne ne t'aime ! Tu m'as toujours enviée, et ce depuis l'enfance. Tu voulais me ressembler, devenir comme moi, mais tout ce que tu as réussi à faire c'est de m'enfoncer dans ton ombre !

— J-Je suis désolée…

— LA FERME !! hurla-t-elle en retirant un flacon en plastique de ses poches pour le lancer sur sa sœur. Ces putains de pilules ! Et là, tu crois que je les ai oubliées ?! T'as tellement peur que je te fasse honte… C'est même toi qui as insisté auprès de maman et papa pour qu'ils m'envoient voir ce psy quand t'as découvert que j'étais lesbienne. OH ! Quelle nouvelle tragique ! Et tout le monde s'en fout, sauf toi ! J'ignore… J'ignore ce que j'ai pu te faire pour mériter ça. J'ai beau chercher. Je comprends pas… I-Il manque quelque chose…

— É-Écoute-moi, s'efforça de dire Victoria, aussitôt interrompue.

— J'adore la danse, et ce, depuis toujours, dit Scarlett en s'avançant. Mais tu sais pourquoi je continue de suivre ces cours chaque soir ? Allez, demande-moi…

— P-P-Pourquoi ?

— Uniquement parce que pendant ces deux putains d'heures, je me sens libre… libre de tout, mais surtout de toi… TOI QUI M'EM-MERDES ET QUE J'AI PAS BESOIN DE SUPPORTER !!!

Soudain, Scarlett frappa sa sœur de son pied, de ses poings, puis tenta de lui écraser la tête entre un casier et sa porte. Juste avant d'y parvenir, mademoiselle Peterson arriva en trombe à travers la foule et l'agrippa par les bras. Tandis que Scarlett se débattait dans tous les sens, elle réussit à l'éloigner, ses cris résonnants au fond du couloir. Dévisagée par une centaine d'élèves et leurs téléphones, Victoria se trouvait par terre en sanglots, le nez et la bouche en sang. Personne n'osait l'aider.

— Bordel… encore une autre qui pète un câble, dit Jacob, les yeux écarquillés.

Nora se lança sur le plancher.

– Ç-Ça va ? demanda-t-elle à Victoria, mais celle-ci sursauta.

Ses mains tremblaient, et tout à coup, elle s'effondra en larmes dans les bras de Nora.

– Pauvre elle…, souffla Thomas en la regardant.

– Comment ça ?! s'interrogea Zoe, confuse. Elle a eu ce qu'elle méritait… Pauvre Scarlett, ouais.

– Ne sois pas aussi méchante.

– T'as bien entendu comment elle traitait sa sœur.

Le gros monsieur Jackson arriva tel un éléphant dans un magasin de porcelaine, suivi de deux autres professeurs.

– Bon, les enfants, ce n'est pas un cirque ! cria-t-il pendant que ses confrères dispersaient la foule. Lâchez vos téléphones et allez en classe immédiatement !

Il aida Victoria à se relever, puis l'amena à l'infirmerie. Lentement, les élèves retournèrent chacun de leurs côtés, laissant sur le sol du couloir principal de l'école, des gouttes de sang sur un plancher reluisant…

Plus tard, avant l'heure du midi, alors que tout le monde s'endormait dans le cours de madame Noether, l'enseignante de mathématiques, Nora était incapable de s'enlever de la tête cette altercation entre les sœurs Bradford. Comment une drogue pouvait-elle engendrer un tel comportement ? C'était aussi ridicule que cette histoire de virus. Dans le couloir, un professeur passa à pleine vitesse… puis un second. Soudain, un hurlement atroce se fit entendre d'une autre classe, un hurlement capable de glacer le sang. Tous sursautèrent dans la seconde et une multitude d'élèves se mit à courir dans le couloir. On entendit un autre cri provenant de l'extérieur, et cela ne fut pas long avant que la panique générale s'installe dans la classe de madame Noether qui alla voir la cause d'un tel affolement. Zoe arriva aussitôt, le souffle coupé, suivi d'Ethan qui traînait du pied, le visage pâle.

— Que se passe-t-il ? demanda Nora, affolée.

— Vous n'aimerez pas ça…, dit-elle d'une voix frémissante.

Une élève gémit d'effroi en recevant un texto.

— C'est… C'est Scarlett… elle vient de sauter du toit de l'école…

Le cœur de Nora s'arrêta et sa respiration devint lourde, trop lourde à supporter.

— C'est quoi ce bordel…, souffla Jacob, troublé.

— Ça commence à me foutre la chair de poule, ajouta Thomas.

— J'te le fais pas dire, acquiesça Zoe.

— Ça va ? demanda Ethan en apercevant Nora.

— Je… Je crois, répondit-elle. Et toi ?

— Avoir su qu'elle était si triste…, dit-il, tiraillé par la culpabilité.

— C'est pas de ta faute, mon vieux, dit Jacob.

— Il a raison, ajouta Thomas lorsque Tyler, Grace et James apparurent dans la classe qui se vidait à vue d'œil.

— Une Bradford de moins, dit James d'une manière très déplacée en s'approchant du groupe. Ça fera pas de tort, surtout que c'était la moins belle des deux.

En un éclair, Ethan le cogna d'une droite en plein visage, puis Tyler le repoussa violemment dans les pupitres et les chaises.

— Pas bouger ! lui ordonna-t-il comme à un chien.

Thomas se redressa bien droit et Tyler se figea sur place, ainsi que James qui se remettait la mâchoire au milieu en dévisageant son rival.

— On se calme, champion, réclama Tyler. Je suis d'accord, James l'a mérité… Il a parfois des pensées mal placées. Il est comme ça, on ne peut pas lui en vouloir.

— Tu veux quoi, Tyler ? demanda Zoe.

— Eh bien, je vérifiais si tout le monde allait bien, répondit-il en lorgnant Nora.

— C'est gentil de ta part, dit-elle. Mais la prochaine fois, mon beau, évite d'amener ton animal de compagnie !

Furieux, James s'élança sur Zoe, mais Tyler releva le bras et le freina dans son élan.

– Je crois que l'école est terminée pour aujourd'hui, dit-il à son camarade en s'éloignant vers la sortie. On se casse. Grace, tu viens ?

Celle-ci se tenait là, sans bouger, dévastée par le sort de Scarlett, une amie d'enfance.

– Tu vas bien ? lui demanda Nora.

– Oui… je me… je…

– Grace ! cria Tyler. C'est maintenant qu'on y va. Aller !

Elle regarda Nora d'un air triste, puis partit rejoindre son petit copain pour enfin disparaître dans la foule qui déferlait dans le couloir en direction de l'incident. Abattu, le groupe resta dans la classe de madame Noether. À ce moment, aucun mot ne sortit de leur bouche, car le silence était roi en ce temps de deuil. Accompagnés de la sirène d'une ambulance qui se rapprochait, tous furent submergés par l'image de Scarlett Bradford, cette jeune fille de seize ans qu'ils connaissaient depuis si longtemps, celle qui, à présent, venait d'offrir sa dernière danse…

CHAPITRE CINQ
HARLOW

Avant que la police et les ambulanciers ne débarquent au lycée de New Haven, cela prit un certain temps pour ramener l'ordre et le calme. Trop de curieux avec leur téléphone voulaient voir ce qui était arrivé à la pauvre Scarlett Bradford qui mit fin à ses jours d'une façon aussi tragique. Beaucoup étaient en larmes, incapables de se contrôler. Victoria fut escortée hors de l'enceinte, puis raccompagnée chez elle. Nora l'aperçut quand elle monta à l'arrière d'une voiture de police. Son visage n'exprimait aucune émotion, comme si son esprit ne comprenait pas, celui-ci réduit en miettes. Bien des élèves disaient qu'elle s'en remettrait, qu'elle finirait par oublier. Mais pas cette fois, car jamais plus Victoria Bradford ne serra la même…

En raison des évènements, l'école fut fermée pour le reste de la semaine, et donc, le lendemain, Thomas décida d'aller travailler, car un peu d'argent supplémentaire ne ferait pas de tort. Le reste du groupe se retrouva chez Jacob, n'ayant pas trouvé mieux pour tuer le temps. En après-midi, Zoe les abandonna pour aller faire les magasins au centre commercial histoire de se changer les idées. Assise devant l'ordinateur de son ami, Nora lisait des articles à propos de la mort de Scarlett, tous aussi mornes les uns que les autres. Ces journalistes, pourquoi ne parlaient-ils pas d'elle, au lieu de seulement préciser qu'elle avait fini la tête sur le pavé… Le sang apportait l'argent, mais quand même… Prise de colère, Nora bouscula la chaise en arrière.

– J'en ai MARRE ! cria-t-elle, folle de rage.

— HÉ OH ! sursauta Jacob qui était gentiment assis devant la télé.

— Ça ne peut pas être une drogue, affirma Nora, songeuse.

— De quoi tu parles ?

— Cette histoire de virus. Ce revendeur. Tout ça ! Ça n'a aucun sens… Scarlett ne prenait rien.

— Qu'est-ce que t'en sais ? demanda Ethan qui regardait les derniers messages de celle-ci sur son téléphone, s'infligeant une douleur supplémentaire.

— T'es sérieux… Scarlett Bradford ?! répliqua Nora. Elle n'a pas osé boire un verre durant cette fête chez Tyler l'été dernier, imagine de la drogue.

— Bon d'accord, dit-il dans le seul but de faire avancer la conversation. Et alors ? Elle serait pas la première à se laisser prendre. C'est un lycée, et un bon paquet d'élèves se droguent.

— Franchement, Ethan ! lui dit-elle, perplexe. Tu l'as dit toi-même, elle traînait sa peine depuis un long moment déjà. Et quoi ensuite ? Elle décide soudainement de se droguer et d'exploser de rage sur sa sœur ?! Après tout ce qu'elle t'a raconté depuis les derniers jours, sa vie et ses malheurs, tu crois pas qu'elle t'en aurait parlé ? Tu étais le seul à qui Scarlett démontrait un peu d'affection. Tu pourrais au moins avoir un peu de respect pour… son âme…

Ébranlé par ces propos, Ethan se releva, puis réfléchit longuement sur le rebord de la fenêtre. Lui-même se doutait que quelque chose clochait.

— J'avoue… cette histoire de drogue ne tient pas la route, dit-il enfin. Mais dans ce cas, c'est quoi ?

— Bonne question, soupira Jacob.

Silencieux, ils s'interrogèrent pendant un moment, et alors que rien ne semblait leur venir à l'esprit, Nora fronça les sourcils.

— Les élèves qui changent, cette tristesse, cette colère, mes cauchemars…, souffla-t-elle. Vous avez remarqué que tout ça a commencé quelques jours après cette soirée chez Walter ?

Les deux garçons sourcillèrent.

– Ah non, pas encore de la magie, grogna Ethan.

– Écoute ! J'ai pas dit ça… mais la coïncidence est trop grande.

– Oui, bon, ça n'explique rien.

– Ok, oublions cette soirée… Et si cela avait un rapport avec cet homme étrange dans le quartier ?

– Ce revendeur de drogue ? demanda Jacob. Donc… s'il vend pas de drogue, qu'est-ce qu'il vient faire là-dedans ?

– Je l'ignore…

Soudain, par la fenêtre, Ethan aperçut Thomas qui pédalait à toute vitesse vers la maison. Avant d'avoir pu l'interpeller, celui-ci sauta de son BMX qui s'écrasa dans la plate-bande, rentra dans la maison sans sonner, salua une madame Middleton apeurée, monta l'escalier, puis surgit dans la chambre au point de quasiment arracher la porte et tout ce qui la retenait.

– Mais vas-y, fais comme chez toi ! s'écria Jacob. C'est étonnant que ma mère soit pas morte d'une crise cardiaque. À moins qu'elle soit déjà étendue raide dans la cuisine… MAMAN ?

– A-Avez-vous parlé à Zoe ? demanda Thomas, paniqué.

– Non, pourquoi ? s'interrogea Ethan. Qu'est-ce qui se passe ?!

Madame Middleton arriva dans la chambre.

– M-Mon poussin, Thomas est…

– T'es encore en vie ! souffla Jacob, soulagé. Tu peux retourner à ton tricot.

– Mais, mais… tout va bien ?

– C'est bon, crois-moi ! répondit-il en poussant gentiment sa mère hors de sa chambre. Thomas s'excuse, il avait une bonne nouvelle à nous annoncer. Tu sais comment il est…

Puis il ferma la porte.

– Bon, vas-y.

– Après son magasinage, Zoe est venue me voir à la quincaillerie avant d'aller prendre une douche chez elle. Ensuite, elle m'a appelé pour me raconter qu'elle photographiait des graffitis, mais elle a croisé quelqu'un et… et la ligne a coupé aussitôt…

— Tu sais où elle était exactement ? demanda Ethan.

— Non… Et j'aime pas ça, pas depuis ce qui s'est passé à l'école…

— C'est peut-être rien, mais je suis d'accord avec toi. On va la retrouver.

— Je crois savoir où elle est, dit Nora. Vous ne vous êtes jamais demandé pourquoi Zoe se rallongeait en traversant le champ derrière Paper Street pour rentrer chez elle ? Afin de longer l'ancien quartier industriel de l'autre côté.

— Oui, et alors ?

— OH ! s'exclama Thomas lorsqu'il comprit. Parce qu'elle adore se prendre en photo avec tous les graffitis qu'il y a là-bas !

— Bingo !

Sans perdre une minute, ils dévalèrent l'escalier tel un troupeau de bisons, effrayant encore une fois la pauvre madame Middleton avec son tricot à présent tout emmêlé, puis s'élancèrent à vélo.

Derrière ce champ d'herbes dorées, bien au-delà de Paper Street, se trouvait un quartier industriel abandonné il y a bon nombre d'années. Avec Newport qui grandissait, ces usines et manufactures déménagèrent à proximité. Depuis, cet endroit ne servait plus à rien, sauf à ceux qui s'exprimaient à coup de peinture et à ceux qui admiraient leurs œuvres. Sur une rue déserte, entre un large bâtiment de briques rouges et une ancienne usine à savon aux hautes cheminées, Zoe ramassait son téléphone, échoué dans une flaque d'eau. Par accident, elle fut bousculée par une femme qui fouillait à l'arrière d'une benne à ordures. Une couverture répugnante sur les épaules, celle-ci avait environ vingt-cinq ans avec de longs et gras cheveux noirs. Son regard était froid et ses lèvres gercées, des traces de seringues dans les veines qu'elle grattait de ses ongles négligés.

— J-Je suis navrée, s'excusa la femme, la tête basse. I-Il est brisé ?

Zoe soupira, puis tenta d'allumer son téléphone. Rien à faire.

— Il est bon pour la poubelle…

— J-J-J'ai vraiment pas fait exprès, bégaya la femme en s'essuyant les mains sur son t-shirt crasseux. P-Personne ne se promène ici d'ordinaire. J-Je vous ai pas vue et…

— C'est rien, soupira à nouveau Zoe.

— J-Je peux vous dédommager pour cet accident ? J-J'ai pas grand-chose, m-mais si je peux faire quoi que ce soit…

— Ça ne sera pas nécessaire… Et qu'est-ce que vous faisiez là au juste, derrière une benne à ordures ?

— Oh, euh ! sursauta la femme qui regarda autour d'elle. J-Je cherche des choses pour ma fille, d-des jouets, n'importe quoi… Vous en avez vu dans le coin ?

— Non, répondit Zoe d'un air dégouté en dévisageant un gros monticule de sacs poubelles. Bon, je dois y aller. J'espère que… que vous trouverez des « choses » pour votre fille.

— Et votre téléphone ?

— Oubliez ça… Bonne journée…

Et donc, Zoe décida de rentrer chez elle, son téléphone détrempé à la main. Elle était en colère, car les excuses de cette femme ne lui suffisaient guère. Ses pauvres photos, réduites à néant… Elle continua son chemin, passa l'ancienne usine à savon, puis tourna à droite. Après quelques minutes de marche, elle croisa plus loin quelqu'un qui fouillait derrière une autre benne à ordures. Toutefois, il s'agissait plutôt de la même personne qu'elle venait de rencontrer.

— Encore vous ! sursauta Zoe.

La femme sursauta à son tour.

— Quoi ?! Oh, b-b-bonjour… V-Vous m'avez fait peur.

— Qu'est-ce que vous faites là ?!

— M-Mais je cherche des choses pour ma fille…

— Oui, je veux dire… Comment êtes-vous arrivée ici ?

— J-Je suis confuse, dit la femme.

– Vous me suivez ?!

– Non, seigneur non ! J-J'ai pas bougé.

Zoe réalisa tout à coup qu'il ne s'agissait pas d'une autre benne à ordures, mais de la même, avec ce même monticule de sacs poubelles répugnant.

– C'est… C'est quoi ce bordel…

– Vous allez bien ? demanda la femme qui tenta de s'approcher.

– Ne me touchez pas ! s'écria Zoe qui observait les alentours avec cette impression de ne pas comprendre ce qui l'entourait. Je… Je dois rentrer… Excusez-moi !

Elle accéléra le pas, prit cette fois à gauche après l'usine à savon, continua d'avancer et croisa à nouveau cette même femme à côté de cette même benne à ordure.

– Attendez… c'est pas drôle ! dit Zoe, affolée.

– Eh bien, v-vous tournez en rond ?

Soudain, face à cette femme, un souvenir la frappa de plein fouet. Ces marques aux bras. Ce visage… celui de sa mère, autrefois.

– M-M-Maman ?

La femme sourit.

– Tu as tellement grandi, dit-elle d'une douce voix. J-Je t'avais pas reconnue… Mon bébé…

Les yeux grands ouverts, une respiration saccadée ; le cœur de Zoe battait tel un tambour.

– M-Maman…

– Tu dois me pardonner. J-J'ai pas voulu… C'était pas facile, surtout à l'époque. Mais aujourd'hui, c'est différent. J-J'ai trouvé quelques bricoles pour toi, regarde. Tu vas pouvoir t'amuser. Tu seras tranquille… Je v-vais m'occuper de papa. I-Il restera avec moi… E-E-Et tout ira pour le mieux, je t'en fais la promesse.

Celle-ci lui tendit la main, mais Zoe fronça aussitôt les sourcils.

– C-Ce n'est pas toi… laisse-moi tranquille ! ordonna-t-elle.

– Mais, mon bébé, je ne vais pas te…

— Dégage ! … Tout ça… Tout ça n'a aucun sens !

— Et tu as bien raison, très chère, dit un homme aux yeux bleus qui surgit de derrière, un homme vêtu de noir au gilet brodé d'un fil d'or. Elle t'intrigue, n'est-ce pas ? Je suis étonné que tu sois capable d'en garder un souvenir aussi précis. Tu étais si jeune…

— V-Vous êtes qui ?!

En guise de réponse, l'homme sombre s'avança de la femme, puis la balaya de son bras comme s'il s'agissait d'une statue de sable, la faisant disparaître avec le vent.

— Un souvenir fragmentaire, mais si profondément ancré dans ton esprit qu'il ne te quittera jamais.

À ce geste, Zoe se figea sur place, incapable de concevoir ce qui se passait.

— Q-Q-Qui êtes-vous… Q-Qu'est-ce qui m'arrive…

— Tu n'as rien à craindre, puisque nous sommes dans un endroit que tu connais bien, répondit l'homme sombre. Vois-tu, je cherche une chose très particulière. Et à la suite de quelques recherches parmi tes camarades d'école, j'ai cru comprendre que tu savais où cela se trouvait. Je n'ai plus l'habitude de m'amuser de la sorte, mais quelque chose en toi m'intriguait, des émotions enfouies… C'est fou ce que recèle l'esprit d'un enfant ! Vous êtes si facile à manipuler. C'est toujours plus compliqué avec les adultes, car ils résistent la plupart du temps. Une chose qui m'agace… L'autre jour, j'ai rencontré un chauffeur d'autobus à mon arrivée dans cette charmante petite ville. Il était tenace ! Mais comme tout le monde, il a fini par céder… Aimerais-tu revivre ton enfance ?

À cette question, Zoe trembla de frayeur.

— Oh, pauvre enfant…, soupira l'homme sombre en replaçant son veston. Je dois dire que je suis impressionné par ta ténacité à garder un secret. Cacher à tous ton adoption… C'est remarquable. Certains n'y parviennent pas plus de cinq minutes. Il faut se méfier de ces gens-là ! Ceux qui ne peuvent protéger un secret.

– C-Comment savez-vous…

– Drôle de question dans un moment pareil, dit-il d'un sourire en pointant le sol. Tu devrais plutôt faire attention aux rats qui te tournent entre les jambes.

Zoe relâcha un cri strident en apercevant les rongeurs se tortiller à ses pieds.

– La vermine et la saleté ! s'exclama l'homme sombre quand les rats s'enfuirent vers le trou le plus proche. Deux choses que je déteste moi aussi. C'est bien, nous avons quelques points en commun.

– U-Un rêve… Ce n'est qu'un rêve… Un cauchemar !

– Un cauchemar ? dit-il, outragé. Alors dans ce cas, que dirais-tu de visiter l'appartement de tes parents ? Cela pourrait te remonter le moral.

Zoe ouvrit grand les yeux.

– Non ! NON !!!

La rue disparut en un éclair, ainsi que les usines et les sacs poubelles. Sans savoir comment, Zoe se retrouva dans un appartement au quatrième étage d'un immeuble à Newport qu'elle connaissait que trop bien. Le plancher était collant et les murs beiges transpiraient de saleté. Il n'y avait qu'un canapé, une table et quelques chaises. Tout remua quand un train passa sur une voie ferrée en bordure des fenêtres de la cuisine masquées de journaux jaunis par le soleil. Au fond d'un couloir, dans une chambre de petite taille, un matelas recouvert de draps d'enfant se trouvait à même le sol, et dans un coin, de vieux jouets brisés et une lampe posée sur une commode de bois. Lorsqu'elle y entra, Zoe recula contre le mur, les lèvres frémissantes, puis se laissa glisser sur le parquet en se cachant derrière ses genoux.

– Tes parents…, dit l'homme sombre qui vint se joindre à elle. Je parle de tes « vrais » parents. Ils étaient pauvres en raison de quelques habitudes de vie peu recommandées. Et ton père… Seigneur ! Un homme comme lui mériterait un châtiment digne du moyen-âge.

À ces mots, les yeux de Zoe se remplirent d'eau.

— Pourquoi pleures-tu ? lui demanda-t-il. Beaucoup d'autres ont vécu, ou vivent en ce moment cette même situation… Oh, bien sûr, ton histoire est triste, mais tu n'es pas unique. Ton cauchemar s'est terminé sur une bonne note, princesse. À présent dans une grande demeure, une chambre remplie de tout ce que tu désires, avec un père, disons… moins attentionné… Oh ! Cette colère qui grandit en toi à ces simples mots ! Pourquoi ne pas te servir de cette émotion ? Avec elle, rien ne pourrait t'atteindre.

— A-A-Arrêtez ça…, supplia Zoe, son visage détruit par la peur et la tristesse.

— Le plus drôle, princesse, c'est que je ne contrôle rien, affirma l'homme sombre en s'assoyant à côté d'elle. Imagine une feuille d'automne, soufflée par le vent. C'est ton esprit qui nous fait voyager. Mais si tu veux, je peux en reprendre le contrôle…

Silencieuse, la respiration de Zoe s'accéléra.

— Non ? D'accord… Alors, dans ton cas, voilà comment ça fonctionne. Il ne suffit pas de visualiser un souvenir, mais plutôt de le ressentir. Ceux que nous chérissons sont les plus difficiles. Par contre, ceux que nous redoutons, les plus terrifiants, viennent à nous naturellement, et ce, dans les moindres détails… Étrange, n'est-ce pas ? En fait, la peur, la tristesse, la colère et toutes ces émotions sombres sont celles qui nous contrôlent. Elles ont, d'une certaine façon, un accès privilégié à notre esprit, notre âme… Mais imagine à présent une autre alternative, celle dont tu es le seul maître à bord…

L'homme sombre sourit lorsqu'un liquide dégoulina du plafond, un goudron fumant animé de cendres chaudes et rougeoyantes. Tandis qu'il se déversait, le plancher, les murs, les fenêtres et tout ce qui se trouvait dans l'appartement s'en imprégnèrent. Au bout d'un moment, ce goudron fut absorbé telle une éponge et ne laissa derrière qu'un endroit couleur ébène, comme si une poussière de charbon recouvrait toute chose.

— Regarde cette ombre, dit l'homme avec passion en jouant avec un petit sac en velours à sa ceinture. Bientôt, ton passé renaîtra de ses cendres et se transformera à jamais ! N'est-ce pas ce que tu désires, l'oublier ? Ne plus jamais ressentir sa douleur qui t'accable ?

Peu à peu, la respiration de Zoe redevint calme et son esprit s'apaisa, car cette noirceur l'amadouait. Elle se releva, puis s'avança de ses jouets d'antan, à présent cendrés. D'un regard vide, elle s'amusa avec l'un d'eux, puis l'instant d'après, il s'évapora dans un nuage de flammes, ce qui la fit sourire. Plus le temps passait, plus Zoe se perdait dans ce cauchemar. Cet homme avait raison, elle rêvait d'oublier…

— Jadis un être si délicat, trahi par son propre sang, et pourtant, tu étais sans reproche, souffla l'homme en regardant sa main devenir charbon. Une nouvelle vie t'attend, ainsi qu'un but plus grand, dépassant nos nobles existences.

Sur le point de basculer, un bruit vint surprendre Zoe. Un murmure… Une voix lointaine, hors de cet endroit. D'un seul coup, quelque chose la chatouilla, suivi du réveil brutal à la suite d'un mauvais rêve.

— Non…, dit-elle en titubant. A-Arrêtez… ARRÊTEZ !!

Déçu de cette réaction, l'homme sombre pencha la tête et la chambre fut balayée de ses cendres comme par magie.

— Dommage, soupira-t-il. Tu avais une si belle force en toi. Des qualités exemplaires que j'admirais…

Un murmure résonna à nouveau.

— Tes amis ? s'interrogea l'homme en regardant le plafond.

La tête de Zoe lui brûlait, martelée de l'intérieur, mais elle parvint à se ressaisir.

— D-Dans mon esprit…

— Pardon ? demanda l'homme sombre, surpris.

— V-Vous disiez… chercher quelque chose… dans mon esprit…

— C'est exact, mais je l'ai déjà retrouvé, grâce à tes souvenirs. Il s'agit de mon chien. Coïncidence, il se trouve chez un vieil ami dont j'ai croisé la route plus d'une fois dans ma vie… C'est fou ce qui se cache dans les parages. Avoir su que Newport et ses alentours recelaient tant de mystères. Ce qui est étrange d'ailleurs… Peu importe ! Je te dois donc des remerciements. Ainsi qu'à tes amis.

– V-Votre chien ?

L'homme sourit.

– Princesse, je te souhaite bonne chance pour la suite ! dit-il en se relevant. Sois sans crainte, nous nous reverrons, car ce que nous avons vécu avant ce moment reviendra te hanter, et chacun de tes rêves se transformera en cauchemars… Tu as fait le choix de vivre sous le contrôle de tes émotions. Par conséquent, il est temps pour toi de les supporter !

La main de l'homme sombre changea au noir et il percuta le sol de son poing avec une telle force, que la chambre se fracassa en mille morceaux, ne laissant que le néant…

Sur un chemin de terre, en bordure du champ qui longeait l'ancienne usine à savon, les amis de Zoe la retrouvèrent assise contre une haute enceinte de ciment. Au-dessus d'elle, l'homme sombre tenait ses mains noircies contre son visage, les yeux fermés.

– Elle est là-bas ! s'écria Ethan en pédalant comme un déchaîné.

– ZOE !!

– LÂCHEZ-LA !!! ordonna Thomas.

À peine arrivés, ils sautèrent de leurs vélos et firent face à cet homme. Celui-ci ouvrit aussitôt les yeux dans leur direction, puis sourit avant de se volatiliser comme par enchantement dans une fumée noire, abandonnant derrière lui des cendres virevoltantes.

– M-Mais c'était quoi ÇA ?! sursauta Jacob. O-O-Où est-il ?!

Sans s'en préoccuper, Thomas alla au secours de son amie.

– Zoe, ça va ?! lui demanda-t-il. Réponds-moi…

– Z-Zoe ? ajouta Nora, dérangée par un fort parfum de lavande.

Ses yeux étaient grands ouverts, mais vides de tout.

– Qu'est-ce qui lui arrive ?!

– J'aime pas ça, soupira Ethan. Elle a la même tête que les autres à l'école…

– Pas le temps, affirma Nora. On la ramène chez moi, vite !

Thomas prit Zoe dans ses bras, Jacob le vélo de son ami, puis ils coupèrent à travers le champ pour rejoindre Paper Street.

Une fois chez les Clarke, Ethan s'empressa d'aller chercher de la glace et Nora débarrassa le salon de ce qui était gênant. Zoe revenait à elle, mais seulement au point de baragouiner quelques sons. Thomas la déposa sur le canapé, la tête sur un coussin.

– Jacob, qu'est-ce qui lui a fait ? demanda-t-il, agité.

– Comment veux-tu que je le sache ?!

– C'est pas toi le génie ?

– Génie, pas médecin ! E-Et vous avez bien vu ce gars disparaître ?! Faire… POUF ! J-J'ai pas halluciné ?!

– Non… c'était pas une hallucination, soupira Ethan, préoccupé. Zoe marmonna quelque chose et Thomas se pencha à sa bouche.

– Qu'est-ce qu'elle a dit ? demanda Jacob.

– Har… low, dit-il à haute voix.

– C'est un nom de famille ça…

– Attends, t'as dit quoi ?! sursauta Nora. Harlow ?!

– Ouais. Pourquoi t'es surprise comme ça ?

– Parce que c'est le… c'est le nom de Walter… Walter Harlow…

Nora, Ethan, Jacob et Thomas se levèrent dans la seconde pour se retrouver face aux fenêtres qui donnaient sur la maison victorienne du vieil homme.

– Vous croyez que ce gars en noir est chez Walter en ce moment ? demanda Nora. Sa voiture est garée en avant…

– On va le savoir assez vite ! affirma Ethan.

Comme si les trois jeunes hommes eurent la même idée en même temps, ils s'élancèrent dans la cuisine afin de s'emparer d'armes de fortune.

– On se calme ! réclama Nora qui regardait ses amis armés de couteaux et Jacob d'une poêle à frire. Vous comptez faire quoi ?!

— Reste avec Zoe et ferme la porte à clé, ordonna Ethan.

— Il n'en est pas question ! Si jamais il…

— Fais ce que je te dis !

Les garçons sortirent de la maison, la tête basse. Observés par un voisin découragé qui taillait ses arbustes, ils s'avancèrent discrètement vers chez Walter. Arrivés aux abords de la demeure, tandis que Thomas fit le tour par l'arrière, Ethan et Jacob montèrent les marches à l'avant.

— T'as vu son gazon…, chuchota Jacob. Mes parents tueraient pour une pelouse aussi verte.

Nerveux, Ethan cogna à la porte.

— Walter ?

Aucune réponse. Il essaya donc de l'ouvrir, et à sa grande surprise, elle était déverrouillée. Silencieusement, les deux garçons pénétrèrent dans la maison, les yeux aux aguets. À l'intérieur, on aurait dit qu'une tornade les avait précédés, ne laissant que des meubles renversés, des trous dans les murs, ainsi que des livres et des cadres éparpillés sur le plancher. Dans la cuisine, la table était brisée en deux, et au-dessus de leur tête, une chaise pendouillait dans le vide, encastrée dans le plafond. Ils ouvrirent la porte arrière et Thomas les rejoignit.

— Bon sang, qu'est-ce qui s'est passé ici…, chuchota celui-ci.

Ils fouillèrent chaque pièce, à l'étage comme au rez-de-chaussée, puis enfin la cave… où ils trouvèrent le vieux Walter étendu au sol, les os broyés sous le poids imposant d'une étagère et de tout ce qu'elle contenait. Convaincu qu'il n'y avait plus personne dans la maison, Ethan prit donc son téléphone…

— Oui ! Envoyé d'urgence une ambulance au 537 Paper Street, New Haven. Un homme dans la soixantaine qui… Pardon ? Je… Non… J-J'ignore s'il est vivant…

L'ABRUTI ET SA MONTRE

En début de soirée, la police animait cette fois de leurs lumières la dernière maison au bout de Paper Street. Des officiers posaient des questions aux trois adolescents et des voisins curieux épiaient la scène de crime. Chez elle, Nora regardait par les fenêtres, le cœur brisé, car elle ignorait ce qui était arrivé à Walter. Elle l'aperçut sur une civière lorsque les ambulanciers le sortirent de la maison, mais ils partirent si précipitamment… Incapable de rester dans l'ignorance, elle s'assura que Zoe allait bien — celle-ci immobile sur le canapé —, puis alla rejoindre ses amis.

À peine Nora franchit le cordon de sécurité qu'un officier la bombarda de questions. Mais avant de pouvoir y répondre, une voiture de police arriva, celle du sergent Blake. C'était un homme très grand, la peau ravagée par le soleil, et malgré son large front, il avait toujours les cheveux en arrière et une moustache qui descendait jusqu'à son menton. Son uniforme sur le dos, le père d'Ethan scrutait la scène tel un phare vivant. À son regard, Nora savait que son humeur balançait entre la colère et la rage… Il discuta avec ses confrères un instant, puis attrapa son fils par le cou qu'il plaqua discrètement contre sa voiture.

– Qu'as-tu encore fait ? rugit-il, les dents serrées et une main sur sa matraque, ayant envie de s'en servir. Regarde-moi quand je te parle !

Ethan resta silencieux, apeuré face à cet homme. Lorsqu'elle l'aperçut, Nora intervint aussitôt.

— Monsieur Blake, c'est moi qui ai appelé la police, Ethan n'a rien à voir là-dedans ! affirma-t-elle lorsque le sergent Blake se mit à rire.

— La jeune Clarke… Pas étonnant que mon fils soit devenu un abruti.

— J-Je vous demande pardon ?!

— Je sais très bien que tu n'as pas contacté les urgences. Franchement… Le vieux Walter dans un état critique, un revendeur de drogue vêtu de noir. Alors, tous les deux, qu'avez-vous traficoté ? Ce qui est arrivé à la jeune Bradford au lycée, ça ne vous suffisait pas ? C'est quoi, vous aviez envie de foutre un peu plus la merde ?

— On n'a rien fait ! protesta Nora. E-Et c'est pas un revendeur. Scarlett ne prenait rien, je vous l'assure !

— Bon, j'en ai assez entendu. Foutez le camp avec vos deux autres clowns. Les gars ! Amenez-moi ces quatre-là hors du périmètre, je ne veux plus les voir !

Deux officiers les escortèrent dans la seconde, sauf Ethan qui fut accroché par son père d'un geste brusque.

— Toi, par contre, tu vas gentiment rentrer à la maison. À mon retour, on va avoir une belle discussion d'homme à homme… pour ce que ça vaut dans ton cas. Et tu sais. Ton amie à raison. Le rapport toxicologique de la jeune Bradford ne révélait rien. Mais j'ai hâte que tu me racontes les petits messages que tu lui envoyais… On a fouillé son téléphone aujourd'hui. Alors, tu peux imaginer ma réaction quand certains ont commencé à parler dans mon dos, car beaucoup au poste croient que tu es responsable de son suicide…

Sans un mot de plus, le sergent Blake poussa son fils vers le groupe et ses hommes les raccompagnèrent plus loin. Déçus d'avoir été jetés de la sorte, les quatre adolescents n'eurent d'autre choix qu'observer les officiers s'introduire dans la vieille demeure victorienne, ne pouvant les aider à retrouver l'agresseur de Walter…

Au bout d'un moment, malgré l'ordre de rentrer chez lui, Ethan retourna vers la maison des Clarke avec ses amis, mais les paroles de son père le dévastèrent.

– J'ai entendu ce qu'il t'a dit, dit Nora pour le consoler devant la porte d'entrée. J'ai aussi lu tes conversations avec Scarlett… Crois-moi, t'as rien à te reprocher.

– Comment peux-tu le savoir ? demanda-t-il d'une petite voix.

– Parce que dans la même situation, j'aurais adoré pleurer sur une épaule telle que la tienne.

Ethan sourit brièvement.

– Tu ne la jugeais pas, continua-t-elle. Aucun reproche. Qu'une oreille attentive. Un ami, c'est tout ce qu'elle demandait…

Sur ces paroles, un poids tomba des épaules d'Ethan qui inspira profondément.

– Merci, Nora, dit-il. Mais… quelque chose me tracasse…

– Hmm ?

– Si Scarlett ne prenait pas de drogue, que s'est-il passé dans sa vie pour qu'elle change ainsi ?

– J'aimerais bien le savoir…

C'est alors que Jacob surgit en travers de la porte.

– Hé, vous deux ! Zoe est revenue à elle !

Sans perdre une minute, ils se propulsèrent dans la maison.

Dans le salon, ils remarquèrent Zoe qui se tenait devant les fenêtres. Elle regardait les voitures de police avec leurs lumières rouge et bleu qui scintillaient dans ses yeux, toujours aussi vides.

– T-Tu vas mieux ? lui demanda Thomas.

À cette question, Zoe leva le regard vers cette cité de verre coloré… Newport.

– Depuis que je suis toute petite, j'essaye de rendre ma vie plus vivante, dit-elle d'une voix tremblante. De belles couleurs vives et l'on croit que je suis la plus heureuse du monde. M-Mais ce n'est que tromperies… Tout comme mon nom… M-Ma famille…

– De quoi est-ce que tu parles ? s'interrogea Jacob, intrigué.

– J'suis pas une Lancaster, avoua-t-elle. J'suis pas une fille issue d'une famille fortunée… E-En réalité, je m'appelle Zoe Akins, fille de Rodney et Andrea Akins, deux junkies de Newport. Et vous savez pourquoi ils m'ont abandonnée quand j'avais six ans ? Simplement parce que je coûtais trop cher à faire vivre… Mais… ils auraient pu me laisser dans un orphelinat, ou une église. P-Pourquoi pas… Au lieu de ça, ils m'ont déposée dans une ruelle parmi des sacs à ordures, et ensuite, ils m'ont demandé d'attendre… Oh, j'ai attendu, car j'écoutais toujours. Jamais je ne répondais. Jamais je ne criais… J'étais sage, s-surtout avec papa… Il détestait m'entendre crier. Il préférait le silence… M-Mon silence…

— Zoe, viens t'asseoir, lui proposa Nora qui tenta de s'approcher.

— Je suis restée assise des heures et des heures sans bouger à regarder les rats me tourner autour, dévorant chaque parcelle de crasse sur le sol. Mes jambes me faisaient un mal de chien à cause des crampes… E-Et cette odeur répugnante dont je suis incapable de me débarrasser ! C-Cette odeur collée à moi… comme celle de mon père, sa sueur… E-E-Elle ne partira jamais !

Zoe se frotta et se gratta les bras jusqu'au sang.

— J'espérais que maman revienne me chercher. E-Elle pouvait pas m'abandonner… Elle pouvait pas me faire de mal… Mais trois jours plus tard, j'étais encore seule, affamée, frigorifiée et presque morte. C'est un éboueur qui m'a trouvée, moi, un déchet parmi d'autres… P-Pourquoi… J-Je n'étais qu'une enfant. Qu'est-ce que j'ai fait pour mériter ça…

Tout à coup, Zoe fondit en larmes et s'écroula à genoux. Nora alla à son aide, puis son amie l'agrippa soudainement par le bras et lui chuchota à l'oreille.

— C-Ce que tu as vu l'autre jour chez Walter… je l'ai vu moi aussi. C-Ce cauchemar, ce vide, cette respiration… I-Il y a quelque chose en cet homme, une chose… sombre…

— Qu'est-ce qui s'est passé derrière le champ ? lui demanda Nora.

— Il… Il a fouillé dans ma tête…

— Pourquoi ?

— Il cherchait… I-Il cherchait son chien…

— Un chien ?! s'interrogea Ethan.

Le regard de Zoe se resserra avant de s'emplir de haine.

— Et à cause de moi, il l'a enfin retrouvé, dit-elle d'un ton hargneux. Et par notre faute… Scarlett ne dansera plus jamais… PLUS JAMAIS !!!

Nora recula, apeurée par sa meilleure amie.

— C'EST NOUS QUI L'AVONS TUÉE !!! E-Et à jamais nous aurons sa mort sur la conscience. À… À jamais… dans notre esprit… son visage…

À nouveau, ses yeux se remplirent d'eau et ses mains tremblèrent. Nora l'aida à se relever, puis Thomas l'accompagna sur le canapé.

— Là, c'est trop ! affirma Ethan en frappant sur le comptoir. C'est qui ce gars en noir ? Personne l'a croisé avant ?

— Non, répondit Jacob. Mais je me rappelle que Nora en a parlé quelques jours après que… que…

— Exact, après cet incident avec l'un des cristaux de Walter ! dit-elle. Vous croyez toujours que ce n'est qu'une banale coïncidence ?!

— Et cette histoire de chien…

D'un air déterminé, Nora se remonta la queue de cheval et s'approcha de la sortie.

— Bon, moi je vais voir Walter à l'hôpital, dit-elle, bien décidée à ne pas laisser cette histoire finir de la sorte.

— Ça t'avancera à quoi ? demanda Ethan. Mon père a dit qu'il était dans un état critique.

— J'sais pas ! J'irais bien fouiller chez lui pour chercher des réponses, mais ton « père » a fait encercler toute la maison. Et c'est pas dans mon salon qu'on va découvrir quoi que ce soit ! Alors, qui vient ?!

Jacob fut le seul à lever la main.

— Allez-y, moi je reste avec Zoe, dit Thomas.

– D'accord…, soupira Ethan. Je vous accompagne…

Un long voyage d'autobus plus tard, vers vingt et une heures, ils arrivèrent en bordure de Newport. L'hôpital où Walter fut transporté se trouvait non loin du terminus, entre une autoroute surélevée et un quartier malfamé. Ici, Nora, Ethan et Jacob étaient loin de la petite banlieue de New Haven… Une fois à destination, se présentant comme étant la nièce et les neveux du vieil homme, ils réussirent à avoir le numéro de sa chambre et empruntèrent l'ascenseur jusqu'au onzième étage.

Ces longs couloirs déprimants n'en finissaient plus, qu'un laby-rinthe vide de couleur pastel. Aucun médecin. Aucune infirmière. Seuls des patients déambulaient tels des revenants en jaquette d'hôpital. Jacob retrouva le bon chemin, puis ils partirent à la recherche de la chambre de Walter. Lorsqu'ils tournèrent le coin du dernier couloir, Nora remarqua une brève lumière verdâtre.

– J'comprends pas cette histoire de chien, s'interrogea Ethan pour la quinzième fois. C'est ridicule…

– Un gars vêtu de noir qui cherche son chien, c'est un plan comme un autre, dit Jacob. Qui ne viendrait pas en aide à un pauvre petit animal en détresse ?

– C'est pas drôle ! Regarde ce qu'il a fait à Zoe… Peut-être même Scarlett.

– Ah, je sais, mais avoue que c'est pas très original pour…

Jacob se fit bousculer par un homme au long manteau brun, les yeux voilés sous le rebord d'une casquette qui ne s'agençait guère avec le reste de son accoutrement, les poches débordantes d'herbes et de fleurs.

– T'excuse surtout pas, imbécile ! lui lança Ethan.

L'homme se retourna, puis sourit avant de tourner le coin.

– Un voleur de fleurs ! rigola Jacob. Les gens de la grande ville… Tous aussi bizarres les uns que les autres.

Arrivée à la chambre de Walter, Nora se figea dans le cadre de la porte quand elle aperçut son vieil ami branché à des machines de toute sorte, des ecchymoses sur tout le corps. Et son visage, marqué de violents coups, lui semblait être celui de quelqu'un d'autre tellement il était méconnaissable.

— Comment est-ce possible de faire une chose pareille à Walter…, souffla Jacob en retirant sa casquette par respect.

— Des malades, il y en a pour tous les goûts, dit Ethan. Regarde mon père.

— Ça me retourne l'estomac… Je ferais mieux d'appeler ma mère pour l'avertir que je vais dormir chez Nora.

— Tu serais d'accord pour appeler la mienne ?

— Sans problème, mon vieux.

Pendant que Jacob sortit passer un coup de fil et qu'Ethan contemplait les dégâts faits à Walter, Nora fouillait dans ses affaires posées à côté d'un vase vide. Malgré la tristesse, elle devait trouver un indice, une piste, quelque chose qu'elle pourrait fournir à la police afin qu'ils retrouvent l'agresseur. Dans sa veste en tweed, elle tomba sur des cure-dents, une boîte d'allumettes, quelques sous, un portefeuille et la photo d'un corbeau sur la tête d'un chiot avec un nom à l'arrière…

— C'est qui Elli ? demanda Ethan.

— Jamais entendu, soupira Nora, découragée. Y'a rien… Rien du tout !

— Tu t'attendais à quoi ?

— Je l'ignore…

— Tu savais que Walter était tatoué ?

— Pardon ? demanda-t-elle, surprise.

— Regarde.

À son poignet gauche, trois petits cercles formaient un triangle.

— Ça alors… Il déteste les aiguilles…

— Pas mal ce tatouage ! s'exclama Jacob en revenant du couloir. Un million d'autres de cette taille et il ressemblera à une légende du rock !

— Ma mère n'a rien dit de spécial ?

— Que tu ferais mieux de rentrer avant que ton paternel ne...

Tout à coup, ils sursautèrent lorsque le téléphone de la chambre se mit à sonner. Ils l'observèrent attentivement comme s'il allait bientôt bouger, puis Nora décida enfin de décrocher.

— Euh... Allo ?

— *Veste en jeans, un cercle jaune dans le dos, cheveux bruns et un look des années 90... Exact ?*

— V-Vous êtes qui ?! demanda Nora, surprise.

— *Je croyais que ce serait le petit branleur au tempérament explosif qui répondrait,* soupira l'homme au téléphone. *Quoi qu'il en soit... Tu vois le numéro sur l'afficheur ?*

— Oui, pourqu... Attendez ! C'est le numéro de...

— *Je sais, je sais... Si par hasard toi et tes « deux petites copines » vous avez envie d'en apprendre un peu plus, venez me retrouver là-bas. La police s'en va à l'instant, on aura donc un moment pour discuter.*

— C-Comment vous...

Mais la ligne coupa aussitôt, laissant Nora perplexe, le combiné à la main.

— C'était qui ? lui demanda Ethan.

— Aucune idée, un homme...

— Celui qui a attaqué Zoe ?!

— Non, non ! Je crois pas... Il est au courant pour ce qui s'est passé et il veut qu'on le retrouve chez... Walter...

— Quoi ?! sursauta Jacob. C'est de plus en plus glauque. J'adore ! On se croirait dans un film policier, slash horreur, slash suspense, slash...

— Ça va, on se calme ! supplia Ethan. Alors, on fait quoi ?

— Eh bien, laisse-moi texter Thomas et retour au point de départ, soupira Nora. Ou on appelle à nouveau la police et on leur dit ce qu'on sait... En gros... Rien !

— En plus, on va finir avec mon père sur le dos.

— Sans façon, merci, frémit Jacob.

— Mon vieux… c'est l'heure de reprendre l'autobus.

Tandis que les deux garçons sortirent de la chambre en grognant, Nora prit la main de Walter.

— On va retrouver celui qui t'a fait ça… je te… le promets…, dit-elle quand la main du vieil homme devint brûlante. Les garçons…

Ceux-ci tournèrent les talons dans la seconde.

— Un problème ? demanda Ethan.

— J-Je sais pas. Sa main…

— Quoi sa main ?

— Elle est bouillante ! J'arrive à peine à la tenir.

— Ça pas de sens qu'il…

En un clin d'œil, l'électrocardiogramme s'emballa à un rythme effarant.

— Va chercher un médecin, n'importe qui ! ordonna Nora quand Walter se contracta violemment dans son lit.

— D-D'accord !

— COURS !!

— Il est tout rouge, s'étonna Jacob, impuissant.

— De l'eau ! cria Nora.

— Oui, d-de l'eau ! bégaya-t-il dans la panique. Où ça ?! … La salle de bain !

Il remplit un gobelet en plastique, puis revint aussitôt.

— Alors, je fais quoi ?!

Nora ne répondit pas, occupée à maintenir son ami en place en raison de convulsions. Dans un éclair de génie, Jacob lança l'eau au visage de Walter.

— T'es malade ?! rugit-elle.

Le corps du pauvre homme dégageait une chaleur si intense, que l'eau s'évaporait au contact de sa peau, mais contre toute attente, cela semblait porter ses fruits.

— Attends…, dit Nora, ne pouvant plus sentir ses propres mains. Il gigote moins, ça fonctionne. Vite ! Encore !

— Faut savoir à la fin !

Gobelet après gobelet, Jacob apporta de l'eau jusqu'à ce qu'un médecin arrive au pas de course en compagnie d'une infirmière.

— Qu'avez-vous fait ?! s'interrogea celui-ci qui s'élança sur son patient enfumé de vapeur en bousculant Nora hors de son chemin.

Celle-ci tomba par terre, mais malgré l'état de son postérieur, elle remarqua quelque chose d'étrange sous le lit de Walter… un gros paquet d'herbes et de fleurs piétinées.

— Aïe ! Il est brûlant ! affirma l'infirmière, incapable d'y poser les mains.

— Quelle est sa température ? demanda le médecin, impatient d'une réponse. Dépêchez-vous ! Sa température !

Le thermomètre entre les doigts, l'infirmière le dévorait du regard.

— Reprenez-vous ! Combien ?!

— 7-71… 71 °C…

— C'est impossible ! Recommencer !

— 73 à présent… et ça grimpe !

Deux autres infirmières arrivèrent en renfort.

— Vous ! Débranchez-le et prévenez le bloc qu'on arrive, ordonna le médecin. On l'amène d'urgence ! Il faut faire baisser sa température ! Vite ! VITE !!

Sans perdre une minute, ils débranchèrent le vieil homme, puis poussèrent le lit à grand galop dans les couloirs, laissant derrière eux une traînée de végétation sur le sol de l'hôpital.

— Rien de casser ? demanda Ethan en aidant Nora à se relever.

— C'est quoi tout ça…, dit Jacob. De l'herbe et des fleurs ?

— Probablement ton voleur de tantôt.

C'est alors qu'une infirmière en chef, volumineuse et en colère, remonta cette piste naturelle et colorée jusqu'à eux. Elle devait peser près de 300 lb au bas mot, et malgré sa tenue blanche trop serrée qui lui rentrait dans chaque fente, celle-ci semblait parfaitement à l'aise vêtue de la sorte.

– Vous m'expliquez ? leur demanda-t-elle avec un fort accent allemand avant de replacer une mèche de cheveux noirs qui lui tombait sur le front.

– Walter ! O-Où l'emmènent-ils ?! insista Nora, apeurée de perdre son vieil ami. Répondez-moi ?!

– On se calme ! exigea l'infirmière en lui bloquant le passage. Vous ne pouvez pas le suivre, mais sachez qu'il est entre de bonnes mains.

– J-J-Je veux juste le voir. Je ne vais pas…

– Hors de question !

– S'il vous plaît, je…

– Nora, s'interposa Ethan en tentant de l'amener à l'écart. Je sais que tu veux pas l'entendre, mais y'a rien qu'on peut faire de plus.

– Allez, t'en fais pas, Walter est coriace, ajouta Jacob. Il va s'en remettre…

Un vieillard vêtu d'un uniforme de conciergerie sifflota en balayant chaque fleur et chaque brin d'herbe sur son chemin. Il était grand, la peau crevassée par l'âge. Il avait une longue tignasse grise, fermement attachée en une queue de cheval.

– L'asperge à la casquette a raison, affirma-t-il en s'appuyant sur son ballet. Ce vieux lascar est plus tenace que cette grosse Petra !

L'infirmière grogna un coup sec.

– Walter va s'en sortir, ajouta le vieillard en tendant une fleur à Nora. Pour vous, mademoiselle.

– M-Merci, dit-elle lorsqu'elle remarqua un tatouage au poignet du vieil homme, trois petits cercles formant un triangle.

– On dit qu'une fleur apporte la vie… pas vrai, Petra ? demanda-t-il en claquant les fesses de l'infirmière en chef.

Celle-ci grogna de plus belle.

– Tu recommences et je t'empale avec ton ballet, répliqua Petra en marmonnant quelques mots supplémentaires en allemand.

– Ha, ha, ha ! Moi aussi je t'aime mon canari !

– Pourquoi je t'ai suivi dans ce pays…, soupira-t-elle, découragée.

– L'amour, ma grosse ! L'AMOUR ! s'exclama-t-il en lui embrassant la main à répétition.

Petra ricana, puis tous les deux partirent chacun de leur côté, continuant leurs tâches respectives.

– Heu… Qu'est-ce qui vient de se passer ? s'interrogea Jacob.

– Pas la moindre idée…, répondit Ethan.

Nora respira le parfum de cette fleur un instant, puis retourna dans la chambre de Walter pour la déposer dans le vase vide.

– Et maintenant ? demanda Jacob.

– Je crois qu'on ferait mieux de rentrer, dit-elle malgré l'envie de rester au chevet de Walter.

– Ouais, surtout avant que ces deux-là ne reviennent par ici… Ils me foutent la chair de poule.

N'ayant pas d'autre choix, ils retournèrent vers New Haven en espérant que leur vieil ami survive à son calvaire…

Vers vingt-trois heures, de retour dans la banlieue, Ethan eut l'air apeuré en passant devant sa maison. Son père ne rentrerait pas avant demain matin, mais la peur qu'il revienne plus tôt le troublait. Les coups, il encaissait. Par contre, il refusait que sa mère subisse ses colères par sa faute. Combien de fois Ethan leva le ton contre lui dans l'unique but de recevoir une raclée à sa place… Mais cette nuit, il devait aider ses amis.

Au bout de la rue, la police avait disparu. Il ne restait qu'un périmètre de rubans jaunes. Avant d'y aller, le groupe s'arrêta chez les Clarke et Thomas ouvrit la porte.

– Votre gars bizarre…, dit celui-ci en dévisageant la maison de Walter. Il s'est pointé quelques minutes avant que tu me textes de l'hôpital. Il a parlé avec le sergent Blake, puis la police a remballé son matériel et ils sont partis.

— Attends, quoi ?! sursauta Jacob. Il est officier ? Agent fédéral ?

— Aucune idée. Depuis, il est dans la maison, les lumières éteintes… Ça sent pas bon cette histoire.

— Je sais, mais t'as bien vu que ce gars en noir n'était pas un revendeur de drogue, dit Ethan. La police trouvera rien, comme d'hab.

— C'est un sorcier ! affirma soudainement Jacob.

Le silence s'abattit, puis ses amis reprirent leur conversation.

— Il faut aller voir cet homme, dit Nora. On ignore ce qui se passe, et j'ai pas envie que celui qui s'en est pris à Zoe recommence… Et s'il avait un lien avec Scarlett ?

— Quoi, il l'aurait poussée du toit ? supposa Jacob.

— Non, non… Je veux dire, regarde comment était Zoe tout à l'heure. Comme si la joie l'avait abandonnée.

— Ok, mais elle a aussi dit que c'était nous qui l'avions tuée.

— Bon, Thomas, si on est pas revenus dans quinze minutes, commença Ethan, tu vas… Euh… J'sais pas.

— Enfonce la porte en gueulant ! suggéra Jacob.

— Ouais… ça. Ou quelque chose de plus utile…

— Entendu, mais faites attention. Il a pas l'air commode votre bonhomme.

Et donc, avec la ferme intention de découvrir le fin mot de l'histoire, Nora, Ethan et Jacob descendirent vers chez Walter. Ce n'était pas une bonne idée, rencontrer un inconnu au beau milieu de la nuit, là où un crime fut commis. Néanmoins, personne n'avait envie qu'une autre tragédie se produise. Une autre Zoe. Un autre Walter. Une autre Scarlett… Ils voulaient des réponses, et cet homme semblait en avoir.

Une fois devant la porte, Ethan l'ouvrit lentement, faisant grincer les vieilles pentures.

— Hé, le gars bizarre ! s'écria-t-il. Y'a quelqu'un ?

— Ethan, quand même…, soupira Nora.

— Bah quoi ? Il est bizarre, non ?

– Dans la cave, les morveux ! répondit l'homme.

– Désolé Nora, il est pas bizarre… il est juste con.

– Ethan !

Avant de s'aventurer vers cette sombre cave, Jacob essaya l'interrupteur en haut de l'escalier. Rien. Craintif, il prit donc son téléphone, puis s'en servit comme lampe de poche afin de descendre les marches à peine visibles malgré cette forte lumière. À la seconde où ils posèrent le pied en bas, deux yeux jaunes s'illuminèrent dans la noirceur… Subitement, Ethan fut jeté sur la table remplie d'outils comme une vulgaire poche de patates, Nora se retrouva poussée en arrière contre le mur et Jacob propulsé dans les airs par un souffle jaune sorti de nulle part.

– Téméraires, pour des gamins de votre âge, dit l'homme en allumant une lampe. Mais c'est l'heure de rendre des comptes !

Un marteau à la main, Ethan s'élança sur lui, mais l'homme l'agrippa par le cou et le désarma.

– Lâchez-le ! ordonna Nora en aidant Jacob à se relever.

– Alors, les mioches, qu'avez-vous fait ?!

– Rien, pauvre con ! s'écria Ethan, la gorge serrée.

L'homme le lança sur le vieux canapé.

– Vous trois, assis ! ordonna-t-il.

Sous la contrainte, ils obéirent. Avant de s'asseoir, Nora réalisa qu'elle avait déjà vu cet homme. Il était grand, dans la quarantaine, vêtu d'un long manteau brun aux poches profondes par-dessus une chemise terne au collet déboutonné. Ses cheveux cendrés étaient plus courts sur les côtés, telle une ancienne coupe militaire laissée à l'abandon, avec quelques mèches qui lui tombaient devant les yeux. Mais c'est son visage qui l'interpella, droit avec un rasage négligé, le regard d'un homme endurci à la suite d'une vie de rudes épreuves qui, plus tôt, était voilé sous une casquette ridicule.

– Je vous reconnais ! s'exclama Nora. V-Vous étiez à l'hôpital… il y a presque deux heures !

— Bravo, t'as des yeux… J'ai dit, assis !

— Vous ne pouvez pas avoir fait tout le chemin de Newport en moins de vingt minutes, affirma Nora en s'assoyant. C-Comment avez-vous fait pour nous appeler d'ici ?! Qui êtes-vous ?

— Elle pose toujours autant de questions ? demanda-t-il à Jacob qui haussa les épaules. Bon, vous trois, écoutez-moi bien ! Je ne sais pas ce qui s'est passé, mais vous allez me faire un beau résumé des derniers jours, et ce, dans les moindres détails !

— Et le mot magique ? demanda Ethan d'un ton désinvolte.

— Continue comme ça, gamin, et ta tête va s'encastrer dans le mur.

— Rah, on se calme ! exigea Nora. Vous allez nous dire qui vous êtes à la fin ?!

— Je me nomme Seth, je suis un… ami de Walter.

— C'est ce que vous dites, grogna Jacob. Vous pourriez être la Reine d'Angleterre pour ce qu'on en sait.

L'homme sourit, puis parmi le désordre toujours présent dans la cave, il ramassa un cadre à la vitre brisée qu'il lança à Nora.

— Ça vous suffit ? demanda-t-il.

À côté d'un Walter plus jeune et souriant, sur une plage quelconque, se tenait une jeune femme aux cheveux noirs ainsi qu'un homme, le même qui se dressait devant eux en ce moment.

— Euh, je crois…, acquiesça-t-elle en regardant ses amis. Donc, monsieur Seth, qu'est-ce qui…

— « Monsieur Seth » ? ricana-t-il. Oublie les formalités. Je sais que vous étiez ici le jour où Walter est revenu avec sa poussière. Je sais aussi qu'il avait quelque chose d'autre en sa possession, quelque chose qui se trouvait là-dedans.

Seth jeta à leurs pieds ce large coffret en métal brossé, à présent défoncé avec un étui à cigares vide à l'intérieur.

— L-Les cristaux noirs…

— Enfin ! On avance… Alors, qu'avez-vous fait ?!

— M-Mais rien du tout ! affirma Jacob.

Soudain, Thomas descendit en trombe avec un bâton de golf à la main en protégeant Zoe de son bras.

– Bordel, vous êtes combien au juste ? s'interrogea Seth d'un air abattu.

– Pose ça, c'est juste un abruti, dit Ethan à son ami.

– Toi, t'as vraiment une grande gueule. C'est un miracle que...

Seth s'interrompit lorsqu'il vit Zoe, cachée derrière Thomas. D'un pas tranquille, il s'approcha, les mains devant lui afin de prouver qu'il n'avait aucune mauvaise intention ; rapidement menacé par un bâton de golf.

– Du calme, l'ami, je crois que je peux l'aider, dit-il à Thomas. Hé, ma grande... regarde-moi.

Lentement, Zoe leva les yeux, à deux doigts de fondre en larmes.

– Vincent..., soupira Seth.

– Qui ?! s'exclamèrent-ils à l'unisson.

– Un homme dans la cinquantaine tout droit sorti d'un film des années 40, bien habillé de noir, cheveux à la nuque, yeux bleus, tête de con... Ça vous dit quelque chose ?

Sans attendre, Seth prit quelque chose à son poignet. Il s'agissait d'une montre, à quelques détails prêts... Aucune aiguille n'affichait l'heure, aucun chiffre. Ce n'était qu'un bracelet de cuir brut avec deux cadrans de verre concave sur le dessus, l'un par-dessus l'autre, avec une multitude de points et de lignes gravés à leur surface. Délicatement, Seth le posa au bras de Zoe, puis sortit un objet de ses poches.

– Si j'en entends un seul crier..., commença-t-il en les dévorant du regard. Je vous garantis qu'il va y avoir du grabuge. Compris ?!

Curieux, ils demeurèrent silencieux.

– Toi, ma grande, promets-moi de rester calme, dit-il à Zoe d'un sourire réconfortant. Ce sera surprenant au début, mais t'as rien à craindre. D'accord ?

Elle fit un signe de la tête et Seth ouvrit la main. Devant les regards ébahis de tout un chacun, il dévoila un cristal vert de la taille d'une bille difforme qu'il déposa sur le cercle en verre de sa montre. Aussitôt, la pierre brilla… Seth tourna alors l'un des cadrans afin d'aligner les gravures, puis le cristal se colla au verre tel un aimant. D'un coup, il se transforma en une fumée verdâtre tournoyante, s'enroulant autour du bracelet. Au bout de quelques secondes, ce nuage coloré pénétra dans le bras de Zoe et remonta ses veines, sa peau et ses os, se dispersant dans tout son corps. Ses yeux scintillèrent de vert, puis le cristal se volatilisa et cette couleur se répandit telle une simple brume. Nora et les autres relevèrent les pieds quand des brindilles et des fleurs jaillirent aux alentours. Il n'y avait ni terre ni racines ; seule la beauté visible de la nature qui reprenait sa place. Cette brume verdâtre disparut, puis l'herbe tomba au sol, ne pouvant se maintenir droite.

– Tu vois… rien à craindre, dit Seth d'un clin d'œil en balayant la rambarde de cette verdure. Ça ne va pas te ramener comme tu étais, mais ça va t'aider à reprendre des forces d'ici quelques minutes. Par contre, tu devras te battre avec ton esprit encore quelques heures. Ce qui se passe dans ta tête… Je sais ce que tu ressens. Un vide. Une tristesse immense. Une colère sans bornes… Crois-moi, cette noirceur en toi finira par s'estomper et tu retrouveras tes souvenirs, ta joie… Mais d'ici là, ne baisse pas les bras.

– M-Merci, répondit Zoe, malgré un goût désagréable en bouche.

– Tiens, dit-il, un paquet de gomme à la main. Fraise et menthe ! Ce sera mieux que cette saveur de métal.

Après un moment de silence, Jacob se leva d'un bond.

– C'est quoi ce PUTAIN de bordel ?! hurla-t-il, incapable de se contrôler.

– J'avais dit de pas crier…

– OH NON !! Non, non, non, non ! Pas question ! C'était quoi ça ?! Et ce malade qui a disparu comme par magie ! E-Et l'autre jour avec le cristal noir que nous…

– Qu'est-ce que tu viens de dire ?!

Pris de colère, Seth s'élança sur Jacob qu'il attrapa par le cou en le plaquant contre le mur. Sur ce geste, Ethan lui sauta sur le dos, mais l'homme le bascula sur une table basse et souleva Jacob du sol.

– Qu'est-ce que vous avez foutu ?! s'écria-t-il tandis que son prisonnier se débattait.

– ASSEZ ! exigea Nora. Lâchez-le et je… vais tout vous raconter…

Hésitant, Seth finit par desserrer la main, puis attendit impatiemment qu'on lui raconte cette histoire…

NIGHTRUN

Dans la cave de cette vieille maison victorienne au bout de Paper Street, une histoire se racontait ; une histoire de poussière, de cristaux colorés, d'élèves tourmentés ainsi que la fin tragique de l'une d'entre eux… Durant de nombreuses minutes, Nora fit le tour des derniers jours, et alla même à parler de sa terrifiante expérience avec ce cristal noir, ce vide, cette respiration. D'une oreille attentive, Seth écouta sans dire un mot, mais quelque chose le tracassait…

– D'où vient cette poussière ? demanda Thomas qui apportait une couverture pour Zoe, assise sur le canapé troué.

– De la terre, répondit Seth d'un ton évasif. Elle est rare, mais il y a des veines de par le monde. Les vestiges d'un temps lointain, une trace de leur passage… Il est possible de transformer cette poussière en cristaux, car il s'agit d'une énergie capable de changer de forme, telle que de l'eau en glace, liquide et à la fois bien solide.

– T'es sérieux ? demanda Jacob, fasciné par ce qu'il entendait.

– Je fais partie d'un groupe qui a pour tâche d'éviter que cette « énergie » ne tombe entre de mauvaises mains, ajouta Seth en leur montrant un tatouage à son poignet, sous sa montre, trois petits cercles formant un triangle. Walter m'a appelé quand il a trouvé ce filon de poussière en Nouvelle-Zélande et je suis venu le rejoindre ici. Il avait l'habitude d'en dénicher, mais jamais en si grande quantité. Il était excité comme un chien dans une usine à saucisse ! Mais aussi très nerveux en raison de ces deux cristaux noirs…

— C'était donc vous l'autre nuit, réalisa soudainement Nora en repensant à ces lumières colorées.

— Il voulait absolument que ce soit moi qui transforme sa poussière afin de l'étudier avant que notre groupe ne vienne récupérer les cristaux. Pour lui, il s'agissait de la découverte d'une vie…

— T'aurais pu prendre les noirs si c'était si dangereux, fit remarquer Ethan.

— Je touche pas à ça. Sauf que… avoir su que vous cinq, petits malins, auriez décidé de jouer avec. Par miracle, vous ne l'avez pas activé complètement, mais cela a suffi pour que Vincent la ressente, cette énergie sombre qui se trouve aussi en lui. J'ignore ce qu'il foutait dans le coin, mais vous l'avez attiré sur vous comme une mouche sur un tas de merde ! D'une tête à une autre, de souvenir en souvenir, il a retrouvé ce qu'il cherchait. Vous êtes chanceux qu'il est simplement fouillé dans la tête de votre amie, car il aurait pu lui faire encore pire.

À ces mots, Nora eut un malaise et son visage tourna au blanc.

— Mais… ça veut dire que c'est de notre faute ce qui est arrivé à Scarlett, dit-elle d'une voix attristée.

— Celle que vous disiez qui s'était suicidée ? soupira Seth en détournant le regard. En quelque sorte… Imaginez un instant que toutes vos plus obscures émotions, vos désirs, vos cauchemars et tout ce qui les a engendrés, revenaient vous frapper en pleine gueule au même moment. Je crois que cette pauvre gamine en avait un trop-plein depuis longtemps refoulé et elle a fini par… craquer…

Dans le silence, Ethan ferma les yeux, dévasté.

— Écoutez, Vincent n'est pas comme vous et moi, continua Seth, une main sur la poche de sa chemise. Au-delà de ce que cette énergie sombre lui procure, il peut aussi lire l'esprit, un don singulier d'une époque aujourd'hui révolue. En raison de sa condition, cela laisse une tache sur nos souvenirs quand il décide de nous dévorer comme un livre grand ouvert. Si on n'est pas préparé, nos émotions s'emballent et nous sommes incapables de les contrôler. Ce n'est qu'un effet secondaire qui dure un certain temps, puis cette tache disparaît…

L'esprit d'un enfant est délicat et plus facile d'accès. Vincent s'est servi de vous dans le seul but de retrouver ces cristaux noirs. Car, soyons francs, vous avez toujours le nez fourré où il faut pas. Vous seriez étonnés de ce qu'il peut apprendre en fouillant dans vos têtes… Des personnes telles que lui il y en a plus d'une, mais Vincent est autre chose, ce qui le rend encore plus dangereux.

— C'est qui tes guignols ? demanda Thomas.

— On les appelle des Corrompus…

Jacob rigola dans son coin.

— Des Corrompus, des cristaux d'énergie, un gars bizarre capable de lire l'esprit ! s'exclama-t-il d'un ton sarcastique. Et quoi encore… de la magie ?

Seth plongea sa main dans la poche de son manteau, puis illumina l'autre de la paume jusqu'au bout des doigts d'une vive lumière jaune. Sa peau était devenue lumière, tout simplement, et une fine brume colorée s'échappait de sa poche.

— Et si c'était le cas ? dit-il, les yeux scintillant de jaune.

Tout le monde recula dans la seconde.

— M-M-Mais, c'est impossible ! affirma Jacob. L-La magie… ça n'existe pas !

— Pourquoi ? demanda Seth. Uniquement parce que t'en as jamais vu ? Et personne n'a dit que c'était de la magie… Mais tu es libre de lui donner le nom que tu veux, je m'en fous. Par contre, si un seul d'entre vous m'appelle « magicien », il va le sentir passer !

Il se secoua la main qui s'éteignit aussitôt.

— Mon Dieu…, souffla Jacob en fixant Seth droit dans les yeux. Après tant d'années à rêver d'un moment comme celui-ci…

— Très heureux pour toi, dit-il. Cependant, si tu continues de me regarder de cette façon, on va finir par s'embrasser.

— Beurk !

— Quoi, c'est l'haleine ?! sursauta Seth. Sandwich au jambon de Newport… Je savais que j'aurais dû manger chinois. Ça laisse un côté aigre-doux dans la bouche, j'adore !

— T'es bizarre… tu le sais ?

— Merci !

— C'est bien beau tes cristaux et tes trucs de science-fiction, mais on fait quoi maintenant ? demanda Ethan.

— Eh bien, vous vous restez là le temps que j'appelle mes supérieurs et on verra pour la suite, répondit-il en prenant son téléphone. Et pas un mot… S'ils apprennent que vous êtes au courant, vous finirez dans des sacs mortuaires.

— Très rassurant…

Tandis que Seth tentait de rejoindre ses supérieurs — peu importe de qui il s'agissait exactement —, Jacob faisait les cent pas, s'interrogeant à propos de tout ce qu'il venait de voir, d'entendre. Depuis tout petit, les jeux vidéo et les films fantastiques enivraient son imaginaire. Néanmoins, ses amis ne partageaient pas son enthousiasme.

— Qu'est-ce qu'on a fait, culpabilisa Nora en repensant à Scarlett.

— Je sais, soupira Ethan, l'air tout aussi déprimé. C'est irréel !

— S-Si seulement…, commença Zoe, de plus en plus sereine, mais toujours au bord des larmes. Si seulement on avait cru aux histoires de Nora ce soir-là… d-dans ce sous-sol… Ces histoires de vide et de noirceur…

— Arrêtez de broyer du noir ! s'interposa Jacob, le sourire aux lèvres. C'est un grand moment ! Je sais, c'est triste pour Scarlett et Walter. Et toi aussi, Zoe ! Toutefois, on pouvait pas savoir.

— Il a raison, acquiesça Thomas. Sans doute que…

— Mais quelle bande d'enfoirés ! s'écria Seth avec son téléphone à la main lorsqu'il remarqua les jeunes le dévisager. Hmm… Pardon, les mioches. Problème de connexion…

Cela prit une éternité avant que Seth parvienne à parler à quelqu'un. Il avait composé des dizaines de numéros, et les rares qui lui répondaient raccrochaient à la seconde où il prononçait le nom de

Vincent.

– Je comprends, monsieur, dit-il à l'homme à l'autre bout de la ligne. Le problème c'est qu'il a une centaine de cristaux en sa possession, ainsi que deux noirs. J'ignore ses intentions, et il ne… Oui, monsieur… Pourquoi ? À cause de son frère ?!

La conversation suivit son cours, mais Seth commença à s'impatienter.

– Si vous refusez, c'est moi qui m'en chargerai, dit-il en éloignant le téléphone de son oreille lorsqu'un cri de colère se fit entendre. Si vous le dites… Moi j'ai plutôt l'impression que vous sauvez vos fesses, faisant honte à ceux qui ont donné leur vie, jadis… Et parlant de ça, je vous suggère de pas oublier ce pour quoi l'Ordre fut fondé, sinon je vais prendre plaisir à vous le rappeler… Non, monsieur, je ne vous dois rien. Alors vous pouvez vous le foutre où je pense votre respect !

Il raccrocha aussitôt et composa un autre numéro.

– Tu discutes toujours comme ça avec tes supérieurs ? demanda Jacob, consterné.

– Je travaille pour eux, mais j'suis pas à leur service, répliqua Seth lorsque quelqu'un répondit. C'est moi, je vous dérange ? … Non, je suis encore chez Walter. Par contre, j'ai trouvé qui s'en est pris à lui. Il s'agit de Vincent… Lui-même, en chair et en os ! Par conséquent, j'ai besoin de votre permission… Oui, je viens de leur parler, et tout comme vous, ils ont peur des représailles. Ce qui m'inquiète, c'est que Vincent était assez proche pour ressentir l'un des cristaux s'activer. J'ignore ce qu'il faisait dans le coin, mais je n'aime pas ça. Il est peut-être temps d'en finir, vous ne croyez pas ? … Oui, mademoiselle. Et non, ça n'a rien de personnel… Uh-huh, sans doute… Évidemment ! Donc, j'ai votre permission ? … D'accord, merci.

Il raccrocha et rangea son téléphone dans ses poches.

– T'as combien de supérieurs ?! s'interrogea Thomas.

– En réalité, une seule…, répondit-il. Bon, la bonne nouvelle, c'est que j'ai la permission de m'occuper de Vincent ! La mauvaise, c'est qu'aucune unité ne viendra cette nuit. Problème de logistique… Et donc, nous avons un problème.

— Nous ?! s'interposa Ethan. Je dirais que TU as un problème !

— Oh non… non, non, non, ricana Seth. C'est à cause de VOUS que Vincent est ici et qu'il a en sa possession les cristaux de Walter. Vous avez décidé de jouer avec quelque chose de dangereux, quelque chose dont vous ne devriez même pas connaître l'existence. Alors, vous m'aidez à l'arrêter avant qu'il ne s'évanouisse dans la nature, sinon je…

— Sinon quoi ?! MAGICIEN !

D'un regard menaçant jaune vif, Seth illumina à nouveau sa main, et sans même y toucher, il souleva du sol le vieux téléviseur avant de le projeter comme par magie sur Ethan qui l'évita de justesse.

— Sinon je fais en sorte que vos mères ne puissent plus vous reconnaître.

— Bordel, t'es vraiment cinglé !

— Tu sais pas à quel point… Merde, j'y pense, j'adorais cette télé.

— Ce sera sans moi ! s'opposa Jacob. J'aime bien tes petits tours de passe-passe, mais il est hors de question que je me retrouve face à ce Vincent !

— Je vais faire le gros du travail. Tout ce que je vous demande c'est de récupérer le sac et les cristaux de Walter pendant ce temps. Et j'ai pour dire que quand on fout la merde, on nettoie !

— M-Mais il se téléporte, et j'ignore quoi d'autre ! Et on est que des enfants !

— Et alors ?

— Comment « et alors » ?! Ça paraît que t'en as pas des enfants… Seth le dévisagea, suivi d'un grognement.

— Moi je viens, répondit Zoe, plus déterminée que jamais.

— Attends, quoi ?! sursauta Thomas. Pas question !

— V-Vous avez vu ce qui m'est arrivé, ce qui est arrivé à Scarlett ? Vous avez vraiment envie que d'autres subissent le même sort ?!

Personne devrait être tourmenté par cette douleur que nous avons tous dans nos cœurs… D-Désolée, mais j'ai pris ma décision.

— Moi aussi je viens, affirma Nora. J'ai des comptes à rendre…

— Hé, les gars ! murmura Seth d'un sourire. Vous réalisez que vos petites copines ont plus de couilles que vous ? C'est génial, non ?! En fait, c'est horrifiant, mais bon…

— T'es tordu, soupira Ethan. Je viens aussi.

— Idem pour moi, ajouta Thomas.

— Vous êtes malades, TOUS ! s'écria Jacob, désespéré.

— Tu joues jours et nuits à ton ordinateur en rêvant de magie, de chevaliers et de Dieu sait quoi d'autre, lui fit remarquer Ethan. Et tu passerais à côté d'une occasion pareille ?

À ces mots, Jacob fut songeur.

— Euh, non, je…, marmonna-t-il dans sa barbe imaginaire, son esprit vagabondant dans ses rêves. RAH ! C'est bon, je vous suis… Mais vos cristaux, comment ça fonctionne ? Je peux en avoir pour me défendre ?

— Ce n'est pas aussi simple, répondit Seth en lui lançant un cristal jaune. Si tu réussis à l'activer, je te montre quelques tours.

— Excellent ! … Bon sang, c'est lourd pour un truc de cette taille.

Jacob se concentra de toutes ses forces. Rien. Il essaya de nouveau, pressa le petit cristal tel un citron… Rien à faire. Puis, il eut une idée.

— Je peux avoir ta montre ? demanda-t-il, la main tendue vers Seth.

— Tiens, mais si j'étais toi, j'y penserais à deux fois.

— Jacob…, dit Ethan, incertain.

— Je sais ce que je fais, laisse-moi faire, grogna-t-il en enroulant la montre à son poignet.

— Jacob ! insista fortement son ami lorsqu'il vit Seth sourire.

Le cristal s'illumina lorsqu'il fut posé sur le cercle de verre, puis s'activa à la seconde où Jacob aligna les gravures des cadrans. Tout son bras devint lumière avant qu'une fumée jaunâtre ne se propulse dans son corps, faisant voler sa casquette en l'air.

– HA, HA ! Waouh ! Ça décoiffe ce truc !

– Cinq…

– Quoi ?

– Quatre…

– Je peux faire de la magie maintenant ?

– Trois…

– Hmm, allo ?

– Deux… Un… Pour ton information, les toilettes sont en haut. Deuxième porte à gauche. Bonne chance !

– Comment ça les… les… les…

– Jacob, ça va ? lui demanda Ethan lorsque son ami devint blême.

En guise de réponse, celui-ci relâcha une flatulence digne d'un ténor qui dura plusieurs secondes, suivi d'un haut-le-cœur. Tout à coup, il bouscula tout le monde avant de régurgiter sur le plancher, puis remonta l'escalier à toute vitesse en détonnant du postérieur à chacune des marches.

– V-Vous lui avez fait quoi ?! demanda Nora, le nez pincé.

– Les jaunes ne fonctionnent que pour les gens comme moi, répondit Seth. À chaque couleur, son utilité… ou ses désagréments. Votre ami sera sur pied dans une quinzaine de minutes, frais comme un prince ! Je l'avais prévenu pourtant.

On entendit une cavalerie de pets et une décharge de vomissements venant du rez-de-chaussée.

– Vous êtes certain qu'il va pas mourir là ?

– Crois-moi, j'ai vu pire…

Malgré son ami qui se vidait les tripes, Ethan se leva bien droit.

– Ok, on accepte de t'aider à attraper ton guignol, dit-il. Mais il doit déjà être loin à l'heure qui l'est.

– Je connais bien l'animal, et vu l'état de Walter, Vincent n'a pas pris la peine de fouiller dans sa tête. Alors, il a aucune idée que je suis dans les parages. Il prendra donc tout son temps, car il adore observer des gens comme vous, comme vos voisins… ceux qui ignorent ce qui se cache sous leurs pieds.

— Et comment on le retrouve ? demanda Thomas. La banlieue n'est pas petite.

— De la même façon que Walter a trouvé sa poussière, répondit Seth. Cette énergie dégage une certaine radiation. Ça ne fonctionnera pas avec la Corruption, mais avec la quantité de cristaux de couleurs que cet abruti de Vincent a en sa possession, on devrait être capable de le retracer grâce à ceci !

Seth lança son téléphone à Thomas. Un appareil banal, bien qu'il soit monté sur un épais cadre en métal.

— Je fais quoi de ça moi ?! J'en ai déjà un…

— Tu vois l'ouverture en dessous ? Insère ça !

Seth lui lança cette fois un cristal mauve.

— C'est une sorte de console portative ton truc, soupira Thomas en s'exécutant.

À la seconde où il approcha le cristal, celui-ci fut aspiré à l'intérieur et l'écran s'alluma. Une icône fit alors son apparition, trois petits cercles formant un triangle… Lorsqu'il cliqua dessus, une application se mit en route, accompagnée d'une musique électro des années 80.

— Nightrun…, dit Thomas en regardant le téléphone. Que dans la noirceur, cette lueur puisse vous mener aux couleurs… Une appli conçue par AA…

— C'est qui « AA » ? demanda Nora.

— Une femme du nom d'Abigail, répondit Seth en souriant bêtement. Autre que le caractère, tu lui ressembles. Vous avez les mêmes goûts du moins.

— Sans doute une ancienne petite amie, supposa Ethan d'un ton désinvolte en ricanant. Le pauvre s'est fait larguer et je crois qu'il s'en est jamais remis !

Soudain, Seth l'agrippa par le t-shirt et le poussa contre le mur avant de le menacer d'un pistolet caché dans son manteau. Face à cette arme, tout le monde se figea sur place.

– Ok, du calme…, souffla Ethan, les mains relevées.

– Je peux tolérer ta personnalité, mais il y a un terrain miné où tu ne devrais pas mettre les pieds. Je me suis bien fait comprendre ?

– Ça va, je m'excuse… T'es content ?

Il y eut un moment d'hésitation.

– Parfait ! s'exclama Seth d'un grand sourire en rangeant son pistolet. Bon, à ce rythme, on va passer la nuit ici à se tresser les cheveux et à se faire les ongles. Allez, amenez-vous !

Il prit un large sac à bandoulière accroché à la rambarde et remonta l'escalier en chantant une vieille chanson rock devant des jeunes qui n'avaient aucune idée ce dans quoi ils venaient de s'embarquer…

PLAN B

Minuit, l'heure la plus sombre, celle où tout pouvait arriver. Un ciel saturé d'étoiles, aucun nuage ne masquait cette lune gigantesque. À l'horizon, Newport était à son plus lumineux, projetant une lueur telle une montagne miroitante. Depuis ce cristal vert, Zoe semblait revenir elle-même, malgré ses émotions qui se baladaient de haut en bas. Elle souriait, puis l'instant d'après elle était au bord des larmes. Pour lui changer les idées, Seth lui remit son téléphone — après quelques réglages — afin qu'elle soit responsable de cette application du nom de Nightrun. En surface, ce n'était que des pulsations de couleurs, mais en réalité, cela était beaucoup plus complexe. Dans l'attente d'une quelconque source d'énergie à pister, cette appli permettait de passer le temps en jouant à un jeu très minimaliste avec un style rétro au rythme d'une musique électro. Immédiatement, Zoe en devint accro…

– Vous avez une caisse, les mioches ? demanda Seth en fouillant dans son sac. Ces charmants officiers ont remorqué celle de Walter.

– Vous n'en avez pas ?! sursauta Nora, les sourcils froncés. Comment, à la fin, êtes-vous revenu de l'hôpital aussi rapidement ?

Seth plongea la main dans ses poches et se téléporta en haut de la rue devant la maison des Clarke, puis il fit demi-tour à la vitesse de l'éclair à travers un tunnel de lumière tel un néon vivant et s'arrêta face à Jacob qui tomba à la renverse.

– Ça explique bien des choses…, souffla Nora en regardant cet homme fumant de jaune aux yeux de la même couleur.

— Bon sang ! s'exclama Jacob sur le pavé. Si seulement je pouvais utiliser ces cristaux ! C'est décevant…

— Tu vas t'en remettre, lui dit Ethan en l'aidant à se relever.

— Hé, Jacob, t'as ton permis de conduire, non ? demanda Thomas.

— Oui, pourquoi… Oh, la fourgonnette de mes parents !

— Ça fera l'affaire, affirma Seth. Vous êtes prêts ?

— Allez-y, je vous retrouve là-bas ! s'écria Ethan qui s'empressa de courir vers sa maison.

— Qu'est-ce qu'il fait ?

— Bonne question…, s'interrogea Nora.

— En passant, il est souvent comme ça ? demanda Seth.

— Que voulez-vous dire ?

— Ce petit côté rebelle et bagarreur.

— Ça n'a pas toujours été le cas, soupira Nora. Il n'a aucune confiance en vous, voilà tout. Comme avec la plupart des gens…

— Sauf à nous, affirma Jacob.

— Et si tu rencontres son père un jour, tu comprendras pourquoi, ajouta Thomas.

— Un petit groupe soudé, j'adore ça ! s'exclama Seth en se mettant en marche. Je crois qu'on va bien s'entendre.

Et ainsi, ils partirent à pied vers la maison des Middleton.

Une fois chez Jacob, celui-ci souleva discrètement la porte de garage, puis se faufila à l'intérieur de la vieille fourgonnette bleu foncé, un véhicule rectangulaire avec une entrée latérale et deux portes à l'arrière.

— Middleton Electric, marmonna Seth qui regardait le logo sur le côté. Une famille toujours prête à vous électrifier ! C'est… original comme slogan…

— Mon père et ma mère ont un sens de l'humour bien à eux, soupira Jacob en prenant les clés cachées sous le pare-soleil.

– Une entreprise familiale ?

– Mes parents adoreraient que je me lance dans le métier. Ça fait des années qu'ils me montrent les bases et qu'ils me trimbalent avec eux dans l'espoir que…

Soudain, la porte menant à la maison s'ouvrit et la lampe halogène du plafond s'alluma. Tout le monde se figea comme des voleurs quand madame Middleton se pointa le nez en jaquette de nuit, les yeux encore collés.

– Jacob, c'est toi mon poussin ?

– Euh, non… Oui ! répondit-il, pris de court par la question.

– Il est minuit passé. Qu'est-ce que tu fais debout à cette heure ?

– Je, nous…, bredouilla-t-il en dévisageant ses amis qui n'avaient guère envie de l'aider à se sortir de cette situation.

Voyant que cela tournerait en rond, Seth prit la relève et se présenta avec un grand sourire devant la pauvre madame Middleton qui sursauta.

– Bonjour, ma très chère dame ! s'exclama-t-il.

– B-Bonjour à vous… Vous êtes ?

– Till Lindemann ! Voici ma carte.

– E-Et que faites-vous dans mon garage, monsieur Lin-de-mann ? demanda-t-elle en regardant cette carte d'affaires qui n'affichait qu'un nom et un numéro de téléphone.

– Voyez-vous, votre fils a gentiment décidé de me prêter main-forte pour régler un problème très grave dans les environs.

– Ma parole ! Un problème très grave ?!

– Oui, un problème électrique !

– Oh… Et il vous a proposé son aide ? demanda-t-elle d'un petit sourire en regardant son fils.

– Bien sûr ! Et de ce que j'ai compris, y'a pas mieux que Middleton Electric dans les parages.

– Évidemment ! ajouta madame Middleton en relevant le menton.

– Donc, puis-je emprunter votre fils et ses talents particuliers pour, disons… quelques heures ?

– Bien entendu ! répondit-elle. Soyez assuré qu'avec Middleton Electric, votre problème sera résolu et que vous en resterez électrifié !

– Oui ! … J'ai hâte…

Fière que son fils prenne enfin cette voie, ainsi que l'initiative de régler ce « problème très grave » de lui-même, madame Middleton l'avisa d'être prudent sur la route, puis referma la porte en ricanant d'excitation.

– Je suis étonnée que ça ait fonctionné, dit Zoe qui aida ses amis à faire de la place dans la fourgonnette.

– J'ai un certain charisme dans ce genre de situations, affirma Seth.

– Ou juste une grande gueule, ajouta Thomas.

– Mon meilleur atout !

Nora s'approcha de lui, un sourcil en l'air.

– Till Lindemann ? lui lança-t-elle. Vous savez que c'est le…

– Oui, répondit-il d'un clin d'œil.

Nora sourit.

– Bon, les mioches, il est temps de préparer notre destrier !

Sans perdre de temps, ils débarquèrent les outils et la plupart des bobines de fils électriques, puis se posèrent à l'arrière en s'accrochant à ce qu'ils pouvaient, sauf Zoe qui eut droit au siège passager.

En sortant du garage, ils croisèrent Ethan sur son vélo.

– Votre carrosse est prêt, mademoiselle ! rigola Jacob au volant, le bras appuyé sur la portière. Qu'est-ce que t'as avec toi ?

Lorsqu'on lui ouvrit la porte latérale, Ethan plaqua un des revolvers de son père sur le plancher de la fourgonnette, puis se hissa à l'intérieur.

– T'es sérieux ?! lui demanda Nora d'un drôle d'air. Pourquoi as-tu été chercher ça ?!

– Quoi ? C'est son arme de secours…

– Ça pourrait être utile, affirma Seth en fermant la porte.

Jacob roula aussitôt.

– Tu disais vouloir l'arrêter ton guignol, fit remarquer Thomas. On va quand même pas lui tirer dessus !

– C'est pas aussi simple, soupira Seth en lui lançant un cristal vert. Plus ils sont corrompus, moins ils ressentent la douleur. Dans certains cas, comme avec Vincent, cette énergie sombre leur permet de vivre plus longtemps… Et avec ce que t'as dans la main, ça rend les choses encore plus compliquées. On peut guérir presque tout avec les verts.

– Vous en avez utilisé un sur Walter, pas vrai ? demanda Nora lorsqu'elle se rappela cette lumière colorée à l'hôpital, ainsi que cette végétation piétinée sous le lit.

– J'allais pas le laisser dans cet état. Il devrait être comme neuf demain dans la journée. Il est entre de bonnes mains.

– Le vieux et la grosse infirmière je présume ? s'interrogea Ethan.

– Hum-hum, acquiesça Seth. Je vois que vous avez croisé Petra et le vieux Norman. Ces deux-là… impossible de les séparer.

– Si seulement mon père avait eu un de ces trucs, soupira Thomas dans son coin avec ce cristal à la main, le regard à des kilomètres.

Le silence envahit l'arrière de la fourgonnette, et Seth comprit.

– Cancer ? lui demanda-t-il.

– Ouais… Leucémie, il y a deux ans…

– Désolé, gamin…

– C'est lui qui m'a poussé vers le football quand j'étais jeune, raconta Thomas en se remémorant de bons souvenirs. Autrefois, il était quart-arrière à notre école… Une vedette ! Je rêvais de devenir comme lui… Vous vous rappelez quand on a gagné le championnat contre Newport ?

– Oh oui ! s'exclama Nora en rigolant

– Sacré match ! ajouta Ethan.

– Notre école n'avait jamais remporté la coupe, même à l'époque de mon père. Avec le temps, ça s'est transformé en malédiction. Personne ne pouvait battre cette école de riche de Newport… Mais on l'a fait ! Sur un seul jeu. Un seul lancer… Bon sang que j'étais fier.

Et pendant l'euphorie dans les gradins, j'ai vu mon père traverser la foule et venir me chuchoter quelque chose à l'oreille. Il m'a seulement dit : merci de m'avoir fait vivre quelque chose dont j'ai rêvé toute ma vie… Avant ce match, j'réalisais pas à quel point c'était important pour mon père. Ce n'est qu'un sport, mais pour lui, c'était toute sa vie… Hé, hé, il n'arrêtait pas de raconter au voisinage que j'avais brisé cette fichue malédiction !

D'un sourire, Nora posa la main sur son épaule.

— Mais un mois plus tard…, continua Thomas lorsque le chagrin s'installa dans ses yeux. Il a perdu connaissance en regardant un match à la télé, puis on a appris qu'il avait le cancer… Après sa mort, j'étais perdu, sauf quand je jouais au football. Et à chaque fois, j'imaginais mon père à mes côtés…

— Et à travers toi, il vivra pour l'éternité, dit Seth d'un clin d'œil. Crois-moi, j'adorerais venir en aide à des gens comme ton père, mais ces cristaux, il n'y en aurait pas pour tout le monde.

— Et les riches en profiteraient, tandis que les pauvres se rebelleraient, ajouta Thomas en lui remettant le cristal. T'inquiètes, mon pote… je vois le topo…

— Encore aujourd'hui, quand je tiens ces pierres entre mes mains, je rêve que ce monde s'ouvre à leurs bénéfices, à leur puissance… Toutefois, cela n'arrivera jamais. C'est trop dangereux. Des conflits furent engendrés pour des raisons si futiles, que je n'ose pas imaginer ce qu'il adviendrait des nations de ce monde si elles apprenaient l'existence de cette énergie.

— Il faut avouer que ce serait génial de ne plus croiser la mort.

— Je n'irais pas jusque-là, soupira Seth. Les verts ne nous rendent pas immortels, et en temps normal, ils prennent quelques minutes pour agir. De ce fait, si la blessure est trop importante, le corps risque de flancher avant qu'il soit stabilisé. Cette énergie est liée à notre esprit… notre âme… Et si notre corps ne peut la contenir, plus rien ne la retient.

Tout à coup, Zoe sursauta, les yeux rivés sur Nightrun.

– J'ai un signal !

– Laisse-moi voir, dit Seth en s'approchant. Faible. Direction est. Mais on a quelque chose… 13 290 points ?! Bravo, ma grande !

Fière d'elle, Zoe sourit.

– Vers l'est, chauffeur ! s'exclama Ethan en jouant la comédie.

– À vos ordres, mademoiselle ! répondit Jacob en tournant sur une rue quelconque. Euh, ouais… C'est où l'est ?

Guidés par Nightrun, ils parcoururent New Haven, suivant la trace de ce Vincent à travers rues et ruelles, passant devant maisons, parcs, écoles, bibliothèque, centre commercial… Cet homme semblait se promener, et après quelque temps, la fourgonnette se retrouva sur le grand boulevard, puis descendit jusqu'aux limites de la ville et roula sur une route parmi les arbres en direction de cette vaste étendue désertique qui la séparait de Newport. À cette heure, il n'y avait personne, et par ici, il n'y avait rien ; autre qu'une station-service qui attira l'attention de Seth.

– Tourne là ! ordonna-t-il en pointant ce large endroit moderne rutilant de bleu, de blanc et de rouge, perdu au milieu de nulle part.

– Mon père fait le plein avant de rentrer à la maison, dit Jacob en tournant le volant. T'as une envie soudaine de gomme ?

– Non ! Là-bas, y'a un rabais sur les bidons d'essence !

Il y eut un moment de silence, puis Jacob stationna la fourgonnette.

– Quoi ? s'interrogea Seth en ouvrant la porte latérale. Ça peut servir… Toujours avoir un plan B ! Surtout si cet abruti de Vincent s'amuse avec un cristal noir.

– Et t'en veux combien de ces beaux bidons rouges ? demanda Ethan en s'étirant à l'extérieur.

– Prenez-les tous et remplissez-moi ça, vite !

Il y eut un autre moment de silence.

– Quoi encore ?! s'énerva Seth.

— J'adore la confiance que t'as en ton plan A, soupira Ethan.

— Continue comme ça et mon plan C sera de t'utiliser comme bouclier humain…

— Et bientôt, on va se retrouver avec toutes les lettres de l'alphabet !

— Arrêtez, vous deux ! réclama Nora. Et on paye avec quoi ?

Seth lui lança un rouleau de billets. Elle haussa les épaules, puis rentra à l'intérieur avec Jacob le temps que leurs amis se mirent à la tâche.

Au comptoir, un homme d'une vingtaine d'années s'endormait, les oreilles en chou-fleur, la tête appuyée contre sa main à jouer avec le bout de ses mèches décolorées qu'il entortillait à son piercing dans le nez.

— Bonsoir, bienvenue chez…

— Tous les bidons d'essence et le plein pour chacun, c'est combien ? demanda Nora en déroulant les billets.

— Waouh, murmura Jacob. Il doit y avoir mille dollars…

— J'ai une tête de mathématicien ? dit le commis d'un ton arrogant. Et qu'est-ce que vous comptez faire avec tout ça ? Un barbecue géant au beau milieu de la nuit ?

— Hmm, non… on a… une longue route à faire, répondit maladroitement Nora. Bon, combien ?

— À vue de nez, je dirais environ quatre, peut-être cinq cents… Mais franchement, j'ai pas le droit de laisser des mineurs partir avec de l'essence en pleine nuit.

— On est avec notre oncle, ajouta Jacob en pointant Seth qui se chamaillait avec Ethan à l'extérieur.

— Ouais… et je suppose que vous êtes frère et sœur ?

— C'est évident ! s'exclama-t-il d'un grand sourire en ramenant Nora contre lui. Les mêmes oreilles !

Le commis les dévisagea un instant, nullement convaincu.

— Pas la peine. J'vais appeler mon patron et….

— Attendez, s'interposa Nora en déposant tout l'argent sur le comptoir. Vous aviez dit mille dollars… Pas vrai ?

D'un air intéressé, le commis regarda autour de lui, puis posa la main sur les billets.

— Peut-être…, dit-il en fourrant la moitié dans ses poches. Et je présume que vous n'êtes jamais passés par ici ?

— T'as seulement vu des jeunes avec leur oncle qui se préparaient à faire un long voyage en fourgonnette, répondit Jacob. Rien de plus.

— Ouais, un voyage…, souffla le commis. Ça va, allez-y… Mais si j'entends aux nouvelles qu'un gars et cinq mômes on mit le feu quelque part, vos têtes risques de me revenir.

— On n'est pas pyromanes quand même…

— Merci ! dit Nora en se dirigeant vers la sortie.

— Vous voulez un reçu ? demanda le commis.

— Pas la peine, affirma Jacob qui s'empara d'un grand chapeau pointu parmi des déguisements pour enfant à côté de la porte, un chapeau de magicien. Et je te prends ça ! Merci, mon vieux !

— Euh, au plaisir de vous…, répondit le commis, bien que les deux adolescents soient déjà sortis. De vous revoir chez… Et puis merde.

À l'extérieur, le reste du groupe finissait de rentrer le tout dans la fourgonnette et d'attacher chaque bidon avec du fil électrique contre les parois, ne laissant qu'un peu d'espace au centre pour eux. Lorsque Seth vit Jacob avec son chapeau sur la tête, il leva les yeux au ciel.

— T'es sérieux ? lui lança-t-il.

— Arrête, il est génial mon chapeau ! répliqua Jacob. À défaut d'être magicien, j'aurais au moins le look ! Tu veux que je retourne t'en prendre un ?

Seth le foudroya du regard.

— Hé ! s'exclama celui-ci en regardant Nora monter dans la four-gonnette. Et la monnaie ?

— L'essence coûte cher de nos jours, répondit-elle. Vous voulez le reçu ?

— Bon sang… Tous les mioches de votre âge vous ressemblent ?

– C'est toi qui as insisté pour qu'on t'aide, fit remarquer Ethan une fois à bord. Alors, tu viens ou on s'occupe de ton clown nousmêmes ?

D'un soupir, il monta à son tour et ils reprirent la route.

Dérangé par le silence angoissant et le son du vieux moteur vrombissant, Thomas brancha son téléphone dans la radio et fit résonner une trame sonore digne d'une nuit endiablée. Tandis que Zoe bougeait Nightrun dans tous les sens tel un chien sur une piste afin de guider Jacob, Seth s'assoupit un instant entre deux bidons en tapant du pied au rythme de la musique. Curieuse, Nora en profita pour jeter un coup d'œil dans ce sac à bandoulière que cet homme n'avait pas lâché une seule seconde depuis leur départ, mais à peine elle l'entrouvrit…

– Tu tiens à tes doigts ? demanda Seth, les yeux fermés et les bras croisés.

– D-Désolée…, s'excusa-t-elle, les joues rouges.

– Il n'y a rien d'intéressant dedans. Ce ne sont que des détonateurs que je voulais offrir à Walter… Je peux te poser une question ?

– Bien sûr…

– Ce que tu as vu dans ce cristal noir, ce vide… T'en avais peur ? Nora eut l'air songeuse.

– J'suis pas sûre, répondit-elle, incapable de s'en souvenir.

– Une impression de mauvais rêve qui s'efface ?

– Oui.

– De la difficulté à dormir depuis ?

– Oui…

– De quoi te souviens-tu ?

– Une plage…, répondit Nora comme si un fragment de ses cauchemars revenait la hanter. Une plage de sable noir. Il fait froid. La solitude qui m'entoure… Une respiration… Une présence… Et il y a quelqu'un aussi, mais je ne sais pas qui.

– Une femme ? demanda Seth.

– Non, un enfant… un petit garçon… L'autre matin, quand je parlais avec ma mère, j'ai eu l'impression de le voir chez moi…

Nora serra le poing.

– Ces derniers jours, quelque chose cloche…, continua-t-elle.

– Raconte.

– J'ai… J'ai le sentiment qu'il manque quelque chose dans ma vie, mais j'ignore quoi, soupira-t-elle. Rah… Oubliez ça. C'est pas important.

– Et tes parents, ils…

– C'est quoi toutes ces questions ? s'interposa Ethan, dérangé par cet homme un peu trop curieux.

– Rien, répondit Seth. Je cherche à savoir si elle est bien celle dont Walter m'a parlé… Je ne suis pas en train de te voler ta copine.

– Euh, c'est pas ma copine, dit-il, surpris.

– Les jeunes de nos jours…

– W-Walter vous a parlé de moi ? demanda Nora.

– Nora Clarke ! Sa jeune voisine qui adore écouter ses vieilles histoires ! Il t'aime bien, et parle assez souvent de toi. Chaque fois que je le croise à vrai dire… Des parents jamais à la maison. Un sentiment constant d'abandon. Envahie par la peur de perdre ceux qu'elle aime. Une enfant qui profite de la vie, mais qui ne comprend pas le mal qui l'emplit…

– Une fille qui a une tête sur les épaules et qui s'en laisse pas imposer, ajouta subitement Ethan.

D'un sourire, Nora le regarda du coin de l'œil.

– Une complice le temps d'une chanson, car ça lui donne l'impression d'être libre, ajouta Thomas.

– Une sœur qui écoute et qui jamais ne juge, ajouta Zoe.

– Une amie qui sera toujours là pour ceux qui l'entourent, ajouta Jacob à son volant.

À ces mots, Nora fut émue. Il est vrai qu'elle se sentait seule, submergée par la solitude et la peur d'être délaissée, mais ses amis étaient ceux qui enrayaient ces sentiments.

— Très intéressant, votre petit groupe, dit Seth. Je comprends pourquoi Walter vous fait confiance.

— Depuis quand vous le connaissez ? demanda Nora.

— Presque vingt ans, je crois, répondit-il. J'ai même déjà vécu chez lui quand j'étais plus jeune. Que de souvenirs… On s'est peut-être croisés !

— Tu viens de New Haven ? s'interrogea Thomas.

— Pas du tout…

— Et pourquoi ces questions à propos de ce que j'ai vu dans ce cristal noir ? demanda Nora lorsqu'une pensée lui traversa l'esprit. Est-ce que… Est-ce que je vais…

— Devenir comme Vincent ? continua Seth. T'as rien à craindre. La Corruption n'est pas une maladie, elle ne s'accroche pas au premier venu. Elle doit être implantée, telle une fleur dans la terre. Tu l'aurais remarquée de toute façon… Les mains étant des points d'accès, les doigts sont les premiers touchés physiquement et ils se noircissent tel du charbon. Plus la Corruption est importante, plus cette noirceur s'étend vers le cœur, et dans de rares cas, le cerveau. Elle dégage aussi une odeur très particulière, une odeur de lavande.

— Je déteste la lavande, grogna-t-elle.

— Intéressant…, ajouta Seth en la dévisageant. Mais bon ! Certains sont si corrompus qu'on peut les sentir assez facilement. Un peu comme Vincent.

— Parlant de lui, s'interposa Thomas qui regardait l'obscurité à travers les fenêtres des portes arrière. C'est quoi ton plan.

Seth se releva en s'étirant et tout le monde s'approcha.

— Bon, comme je disais, je veux simplement que vous récupériez les cristaux, surtout les noirs.

— D'accord, et on fait comment ?

— Alors, une fois qu'on a retrouvé Vincent, je m'occupe de lui, je fais diversion, vous prenez le sac de Walter et vous déguerpissez au plus vite, expliqua Seth à ses nouveaux équipiers qui espéraient impatiemment la suite… mais celle-ci n'arriva jamais.

— C'est ÇA ton plan ?! demanda Ethan d'un air consterné.

— Oui, pourquoi ?

— Eh bien, je crois qu'il va nous falloir plus de bidons d'essence…

— Qu'est-ce qu'il a ce plan ?!

— Non, rien ! C'est un plan comme un autre… Mais disons qu'il est un peu minimaliste avec beaucoup de trous !

Seth se tourna vers les autres.

— Il a raison…, ajouta Nora.

— Je confirme ! s'écria Jacob à son volant.

Il regarda Zoe qui détourna aussitôt le regard d'un air gêné.

— J'aurais dû vous laisser finir dans des sacs mortuaires…

LOUP ET MOUTON

Entre Newport et New Haven, un vide de cailloux et d'herbes séchées ondulait sur des kilomètres. À son plus haut, au centre, se dressait une ancienne station de radio abandonnée avec une enseigne du WNNB-FM accrochée à sa grande tour rouillée. Un endroit isolé, encerclé au loin par les autoroutes surélevées et quelques pylônes électriques continuant leur chemin à travers les arbres. Aujourd'hui, très peu venaient ici, sauf des jeunes qui cherchaient la solitude. Tyler, Grace et James avaient l'habitude d'y aller, comme c'était le cas cette nuit, afin de boire un coup. Comme son père était en voyage d'affaires, Tyler emprunta une de ses voitures dans le but d'impressionner ses amis, une rutilante Firebird 1968 argentée. Malgré la noirceur, ce jeune homme était visible de loin en raison de son éblouissante chemise rose aux manches roulées jusqu'aux coudes. Tandis qu'il bécotait sa copine contre la façade de la station de radio, James s'amusait à briser les fenêtres, un caillou après l'autre. Effrayé, un chat tenta d'en sortir, aussitôt atteint à la tête d'un projectile.

— T'étais obligé de faire ça ? lui demanda Grace, une bouteille de bière à la main. Laisse-le tranquille…

— Ce n'est qu'un chat, grogna James en s'avançant de sa cible.

Son regard se perdait dans les yeux de l'animal, puis il prit une gorgée de bière et déversa le reste sur la bête agonisante en replaçant sa veste kaki.

— Laisse-le, bordel !

— Pourquoi ?

— Tyler !!

— T'as entendu la dame, James ? dit celui-ci, voulant à tout prix revenir à ce qu'il faisait. Lâche ce putain de chat !

D'un soupir, James abandonna sa victime lorsqu'une odeur se rendit à ses narines, une odeur de lavande… Il vit alors quelqu'un s'approcher dans l'ombre, un homme bien habillé de noir.

— Charmant ! Des jeunes qui apprécient un alcool bon marché sous un ciel étoilé, dit Vincent en les regardant, un sac de cuir à la main, celui de Walter.

Avant qu'il n'arrive à eux, Tyler se retourna d'un sourire.

— Joli veston ! s'exclama-t-il en balançant à l'aveugle sa bière derrière lui.

— Merci, l'ami ! répondit Vincent qui effleura les doigts contre la portière de la Firebird. Et toi… jolie voiture ! 1968 ?

— Pas touche !

— T'as perdu ton chemin, le vieux ? demanda Grace.

— Oh non ! répondit-il en dépoussiérant son gilet sombre. Cela faisait longtemps que je n'avais pas savouré une longue marche. Aujourd'hui, j'ai décidé de réfléchir, d'observer… Sur une rue, il y a quelques heures, j'essayais de m'imaginer avec une maison. Couper la pelouse. Regarder des séries télé. Une femme et des enfants. Vous voyez le portrait… Mais je me suis dit que ce n'était pas pour moi. Jadis, peut-être… Puis je me suis retrouvé ici face à cette vue magnifique ! Un endroit désert, perdu, et au loin, une cité aux mille lumières s'élevant vers les étoiles ! Une scène grandiose, d'une autre époque. Néanmoins, je n'ai jamais aimé les néons… Trop modernes à mon goût.

— Tu délires, mon pauvre ! s'exclama Tyler en rigolant avec ses amis. Et qu'est-ce que t'as dans ton sac… J'peux voir ?

— Ça dépend.

— De quoi ?

— De si tu as envie de mourir jeune.

Tyler frémit.

— Je peux comprendre que cet alcool te monte à la tête, continua Vincent en ramenant ses cheveux en arrière. Mais tu croises un homme avec un sac, et la première chose qui te traverse l'esprit c'est de lui voler… Je me trompe ?

— Euh…

— Il est peut-être vide, et donc, pourquoi s'y risquer ? Et avec ce que tu portes, ainsi que cette ravissante coupe de cheveux, tu n'es pas dans le besoin… Mais sais-tu quoi ? Tiens, prends-le !

Le bras tendu, il lui présenta le sac en cuir. Tyler hésita, puis vint pour le prendre. Lorsqu'il toucha la ganse, Vincent le laissa tomber dans sa main et le jeune homme se plia en deux jusqu'au sol tellement le poids était imposant.

— Ça pèse une tonne ! s'écria Tyler, agrippant le sac à deux mains.

— Environ 45 kg… soit 100 lb, si tu préfères, répondit Vincent. J'oublie souvent ce pays dont je foule le sol depuis des années. J'aime les Côtes américaines, mais bon… ce n'est pas le Vieux Continent.

— Si tu le dis… Alors, il est à moi ?

— Bien sûr que non.

Vincent lui arracha le sac des mains sans le moindre effort.

— Qu'est-ce que…, sursauta Tyler. Et je crois bien que tu vas me le rendre !

— Cela m'a toujours impressionné de constater à quel point les gens peuvent être stupides parfois. Tu n'es qu'un grand gaillard qui joue au plus fort, rien de plus. Si j'étais toi, j'embarquerais dans cette magnifique voiture, qui sans doute appartient à ton père, et j'irais voir ailleurs.

James éclata de rire, ce qui attira la curiosité de Vincent.

— R-Répète ça ?! réclama Tyler d'un ton grossier devant cet homme qui ne le regardait même pas, dévorant son ami du regard. HÉ !! J'te parle, espèce de vieux…

Vincent tordit le bras de Tyler, puis le frappa d'un coup direct à la poitrine. Le garçon fit dix mètres en arrière et s'écrasa dans une clôture à mailles déglinguée comme une poupée de chiffon. Il replaça ensuite ses manches, puis s'avança de James.

— Quel est ton nom ? lui demanda-t-il en observant sa veste kaki.

— J-James Perkins, monsieur, répondit-il, surpris par ce geste.

— Droit. Une réponse formelle… Fils de soldat ?

— Oui, monsieur. M-Mon père et mon frère.

— Ce qui est arrivé à ton ami, à l'instant, cela te dérange ?

— N-Non… E-Et ce n'est pas mon ami.

— James, qu'est-ce qui te prend ?! rugit Grace qui vint en aide à Tyler. Cogne cet imbéci…

Avant même de finir sa phrase, Vincent disparut dans un nuage de cendres, puis réapparut devant elle et l'attrapa par le cou en la soulevant d'une seule main. Sous ses pieds, Tyler tentait de s'échapper en rampant dans la poussière, incapable de respirer normalement.

— Et elle, ce n'est pas non plus ton amie, je présume ? demanda-t-il en reniflant les cheveux roux de la jeune fille. Quel agréable parfum ! Un mélange d'agrumes et de thé… Très délicat…

James trébucha à la vue de ce qui venait de se produire.

— C-C-Comment faites-vous ça ?! V-Vous êtes un démon ?!

— Un démon ? frissonna Vincent. Seigneur, non ! Je ne suis qu'un homme. Mais vois-tu, il arrive que la vie décide à notre place du chemin à emprunter, et lorsque cela arrive, la destination n'est pas toujours comme nous l'espérions. Elle est… moins lumineuse. Oh ! Mais ne crois pas que c'est une si mauvaise chose, car dans l'ombre, on y trouve parfois sa voie… Tu me fais penser à moi, quand j'étais plus jeune, bien entendu. J'ai combattu durant la Grande Guerre, ainsi que la seconde, et une fois que le chaos s'est terminé et que le sang cessa de couler, mon frère m'a fait réaliser que je n'étais qu'un mouton… Un simple mouton qui se levait tous les matins, suivant la même routine, jour après jour, et suivant les mêmes moutons… jour après jour… Et toi, James Perkins, es-tu un mouton ?

À cette question, le jeune homme parut songeur, et de moins en moins terrifié face à Vincent. Celui-ci relâcha Grace de son emprise et elle se dépêcha d'aller retrouver Tyler qui, dépassé par la situation, parvint à peine à se remettre sur ses deux jambes, à mi-chemin vers sa voiture.

— I-Il faut qu'on parte d'ici, lui dit-elle, affolée.

— L-L-Laisse-moi tranquille, répliqua-t-il en la poussant au sol sans raison. F-Fous-moi la paix !

Comme si elle n'était rien, il la laissa par terre et courut les derniers mètres en essayant de ne pas s'emmêler dans ses propres pieds. Vincent sourit en apercevant la scène.

— Admire, James ! dit-il à son nouvel ami. Admire cette réaction face à la défaite, face à l'humiliation devant ceux dont il croyait être le plus fort. C'est fascinant… Oh ! Et la peur. Ne jamais oublier la peur. De simples émotions incontrôlées et ils perdent aussitôt les pédales ! Voilà pourquoi l'esprit humain a besoin de contrôle, car nous sommes incapables de le faire par nous-mêmes, menant ainsi à des drames inutiles…

Folle de rage, Grace se releva, puis s'élança vers la voiture et attrapa Tyler par le bras avant qu'il ne ferme la portière.

— C'est quoi ton problème ?! cria-t-elle. Me laisse pas comme ça !

— L-Lâche-moi, j'ai pas envie de crever ici ! riposta-t-il.

— Qu'est-ce qui te prend ?! Je suis ta copine !

— J-Je m'en fous, dégage, merde ! dit-il en mettant le contact.

Silencieuse à la suite de ces quelques mots, Grace s'éloigna de la portière, puis Tyler partit en dérapant.

— C'est impressionnant d'observer la peur en action, soupira Vincent en se tournant vers James. Tu vois ce Tyler qui s'enfuit en abandonnant cette pauvre enfant ? Lui, il est un mouton, et il le restera toute sa vie. Toi par contre, je vais te faire un cadeau.

— U-Un cadeau, monsieur ? demanda le jeune homme.

– Oui, mon ami, je vais t'offrir la chance de choisir, répondit Vincent d'un sourire. Alors, James, veux-tu rester un mouton… ou devenir un loup ?

Pendant ce temps, guidée par Nightrun, la fourgonnette de Middleton Electric roulait sur un ancien chemin dans cet immense espace entre les deux villes. Soudain, le téléphone de Nora sonna, mais elle fixa l'écran d'un air ébahi quand elle vit qui tentait de la rejoindre.

– Bon… tu réponds ?! réclama Jacob, épuisé d'entendre une vieille chanson rock jouer en boucle.

– C'est qui ? demanda Zoe.

– C'est… C'est Grace…

– Ha ! Elle s'est probablement assise sur ton numéro comme la dernière fois.

– A-Allo ? dit Nora quand elle se décida enfin à répondre, pour brusquement se redresser droit comme un piquet. Attends, attends… GRACE ! Ralentis, je comprends rien ! Un quoi ? … Un mouton ? Un loup ?! Mais qu'est-ce que tu me racontes ?! … Un gars en noir…

Tout le monde s'approcha dans le but d'écouter la conversation.

– Ton amie, où se trouve-t-elle ? demanda Seth.

– Grace, t'es où exactement ? … Oui… Hum-hum… D'accord, on arrive ! … Jacob, l'ancienne station de radio, vite !

– J'veux pas dire, mais on se dirige déjà là-bas, fit remarquer Zoe lorsque la vieille tour de transmission apparut au loin.

Sans attendre, Jacob accéléra…

Arrivés à destination, ils croisèrent Grace qui vint les rejoindre en courant. Elle était blanche de peur, les mains tremblantes.

– Tu vas bien ? lui demanda Nora par la porte latérale avant même que la fourgonnette ne s'arrête.

– J-J-Je savais pas qui appeler, j-je suis désolée ! bredouilla Grace, terrorisée. C-Ce gars… il, il…

– Qu'est-ce qui s'est passé ?

– I-Il a disparu et il a frappé Tyler, e-et ce connard m'a abandonnée ! Et… et…

– Petite ! s'interposa Seth. Cet homme, il avait un sac avec lui ?

– O-Oui…

– Il a dit où il allait ?

– I-Ils sont partis vers la fonderie, s-s-sous l'autoroute.

– Comment ça « ils sont » ?! demanda Ethan.

– James… i-il a fait quelque chose à James…, bégaya Grace, presque incapable de placer deux mots un à la suite de l'autre. Il… Il hurlait et le bout de ses doigts est devenu… n-noir… et ça empestait le cochon brûlé, et, et… ils se sont mis à parler de toi et de Nora, et, et… et…

– Bon, faites-la monter, ordonna Seth. Gamin, pied au plancher !

– Oui, chef ! s'exécuta Jacob.

– Qu'est-ce qu'il a fait à James ? lui demanda Nora. La même chose qu'à Zoe ?

– Non… pire encore, répondit-il en refermant la porte.

Aussitôt, ils roulèrent en direction de cette ancienne fonderie, au nord. Ce bâtiment gigantesque, abandonné sous une des autoroutes surélevées de Newport en bordure d'une gare de triage désaffectée, se trouvait qu'à quelques minutes de la station de radio. À l'intérieur de la fourgonnette, l'ambiance changea du tout au tout. Les pensées de chacun étaient ailleurs, tels des soldats sur le point de débarquer en plein combat. Plus ils se rapprochaient, plus leur cœur palpitait, et soudain, Jacob enfonça la pédale des freins lorsque les phares éclairèrent un homme sombre en compagnie de son nouvel ami. À la vue de la Middleton Electric, Vincent et James cessèrent de marcher.

– Hmm, c'est le gamin qui a le sac, fit remarquer Seth d'un air songeur en les apercevant. Ce sera peut-être plus facile que prévu… Bon, changement de plan ! Je m'occupe de Vincent et vous vous récupérez ce sac avant de foutre le camp au plus vite.

– Donc, c'est le même plan, sauf que celui-là est encore plus minimaliste avec encore plus de trous, c'est ça ?! grogna Ethan.

Seth réfléchit un instant, puis fit signe que oui d'un grand sourire.

– Tes plans sont nuls, mon vieux, affirma Thomas.

– Bah, fermez-la ! répliqua-t-il en ouvrant la porte.

Tout le monde sortit de la fourgonnette, sauf Grace, et à la seconde que Seth mit un pied au sol, Vincent eut l'air joyeux, comme s'il retrouvait un vieil ami après de longues années.

– Monsieur Anderson ! s'exclama-t-il. Quelle agréable surpr…

Jacob tenta de se retenir de rire, mais échoua misérablement et interrompit Vincent.

– Puis-je savoir la raison de votre bonne humeur, jeune homme ? Très joli chapeau en passant.

– Oh, c'est juste que… ça me rappelle un film !

Le silence s'abattit.

– Non ? Monsieur Anderson. Y'a que moi qui…

– Jacob ! souffla vigoureusement Nora pour le ramener à l'ordre.

– Quoi ?!

– Alors Seth, l'Ordre recrute des enfants à ce que je vois, soupira Vincent. Un manque flagrant de personnel ?

– Et toi, pourquoi lui as-tu fait ça ? demanda-t-il en regardant la main de James qui tenait le sac de Walter, une main aux doigts noircis jusqu'aux jointures.

– Oh, il avait le choix. C'est un garçon remarquable, possédant certaines qualités que j'admire… Ha ! Et cette chère enfant, notre princesse qui fut autrefois abandonnée. Quelle tristesse. Une enfant innocente, délaissée par ceux qui devaient la protéger.

– Vous, ne lui parlez pas ! réclama Thomas.

Zoe trembla, et en dépit de cet homme sombre face à eux, Seth alla la voir.

– Écoute-moi, ma grande, lui dit-il d'un ton calme. Tu te rappelles ce que je t'ai dit, pas vrai ? Tes souvenirs t'appartiennent, même s'ils sont à présent noircis. Tu t'en remettras, crois-moi, contrairement à ce pauvre garçon juste là… Je suis certain qu'il se cache un bonheur au fond de toi. Et lorsque tu l'auras trouvé, laisse-le te submerger…

— Oh Seth ! souffla Vincent d'une voix mélancolique. Tu as toujours eu les mots pour ramener les âmes égarées vers la lumière… Dommage que cela n'ait pas fonctionné avec tout le monde.

— La ferme, Vincent.

— Qu'elle était son nom déjà… Elizabeth ? Quelle tragédie…

Le poing serré, une main dans les poches, Seth se retourna d'un air enragé et les yeux luisants de jaune.

— Bien ! s'exclama Vincent en écartant les bras. J'ai enfin toute ton attention…

En un battement de cil, Seth disparut dans un nuage jaune, puis réapparu devant cet homme sombre qu'il frappa au visage, puis à l'estomac, dans les côtes, sous le menton. D'un mouvement bref, il fit jaillir un souffle de sa paume et propulsa Vincent quelques mètres plus loin qu'il parvint à rejoindre à travers un couloir de lumière jaune avant qu'il ne touche le sol afin de continuer à le marteler brutalement. Face à ce combat des plus inhabituel et électrisant, Ethan reprit ses esprits, puis s'élança sur James qui était subjugué, mais lorsqu'il tenta de s'emparer du sac, celui-ci l'accrocha par le t-shirt et le jeta par terre.

— Tu pensais quand même pas l'avoir aussi facilement ? rigola James. Allez, couilles molles ! Relève-toi, espèce de…

Thomas le plaqua de plein fouet tel un joueur de football et le sac se catapulta en l'air, les cristaux s'éparpillant un peu partout. Malgré sa taille, James agrippa les poignets de Thomas et le garda à distance comme s'il n'était rien, puis le frappa d'un coup de tête au visage. Ce garçon n'était plus le même, quelque chose dans ses veines le rendait plus fort, plus fou. Ethan sauta dans la mêlée, mais il fut basculé de l'autre côté. Il sortit alors son revolver de sa ceinture et le pointa en direction de son rival, mais dans la seconde, Seth arriva à côté de

James et fit exploser une sphère de lumière de son être qui le projeta au loin.

— Vite, récupérez les noirs et tout ce que vous pouvez ! s'écria-t-il à ses équipiers.

De son côté, Vincent se relevait en dépoussiérant ses habits, nullement dérangé par les coups qu'il avait subis.

— Plus les années passent, plus tu te ramollis, dit-il à son adversaire en crachant du sang, les yeux rivés sur la poche de Seth qui fumait de jaune. Combien de cristaux pour ces simples manœuvres ? J'espère pour toi, mon ami, qu'il t'en reste beaucoup.

— L-Les noirs… ils sont pas là ! affirma Nora qui les cherchait, tandis que Jacob et Zoe ramassaient quelques-uns des autres cristaux afin de les remettre dans le sac en cuir.

Vincent éclata de rire.

— Vous croyez vraiment que j'aurais gardé ces pierres si précieuses parmi ces couleurs inutiles ! s'exclama-t-il en tapotant la poche de son gilet.

— Je savais que ton plan était nul ! s'écria Ethan.

— Ne la ramène pas ! riposta Seth.

— C'est vrai qu'ils sont décevants la plupart du temps, attesta Vincent. Mais je dois avouer que le courage de tes nouveaux collaborateurs m'impressionne. Néanmoins, est-ce qu'ils savent ce dans quoi tu viens de les embarquer ? Et si… Et si je vous offrais la chance d'en voir un ?

À ces mots, Seth resserra son regard.

— Vincent, non… pas ici…

— Et pourquoi pas ?

— Tu sais aussi bien que moi que ce monde ne sera jamais prêt pour une telle chose ! S'ils apprennent notre existence, nous serons traqués tous les deux, mais cette fois, tu ne pourras plus te cacher… Plus jamais !

— Et alors ? demanda Vincent. J'ai passé plus de cent ans à chercher un but à ma vie et à espérer que cette voix dans ma tête me montre le chemin… Mon frère a peut-être raison, il est sans doute temps que les choses changent et que ce monde se réveille afin d'affronter ce cauchemar en nous.

Seth dégaina aussitôt son pistolet et le mit en joue.

— Je t'avertis… n'active pas un de tes cristaux !

— Ah, ce bon vieux pistolet, le responsable de tes malheurs ! Tu t'en es servi depuis la dernière fois ? Je suis sûr que non… Le simple son de la détente t'empêcherait de dormir.

— La ferme !

— Tu vois Seth, encore une fois, tu ne prends pas le temps de réfléchir. On parle et on parle. Tu me menaces et je suis à la merci de ton arme… Mais le problème, c'est que tu n'as toujours pas remarqué ce cher James qui se tient juste là… un cristal à la main !

Seth se retourna, puis vit le jeune homme avec un cristal noir étincelant qu'il pressait de toutes ses forces.

— NON !!!

— Trop tard…

Il y eut soudain une déflagration monstrueuse en provenance de James, un souffle expulsé sur cent mètres à la ronde. Tout un chacun se retrouva poussé en arrière, perdu dans un épais brouillard diffusant la lueur de la lune. L'air devint lourd et chaud, la terre mouillée comme à la suite d'une douce averse. Des cristaux s'étaient répandus dans les alentours, et chacun brillait de sa couleur dans l'obscurité.

Nora se releva tant bien que mal après que sa tête ait heurté le sol, incapable de voir quoique ce soit devant elle.

— HÉ OH ! cria-t-elle en toussant et balayant l'air de sa main. Y'a quelqu'un ?!

C'est alors que de l'herbe poussa à ses pieds, et autour, des arbres surgirent de la terre à une vitesse prodigieuse… Irréel, pensait-elle en regardant les bourgeons fleurirent au bout des branches.

— ICI ! hurla Thomas à bonne distance. V-Vous voyez ça ?!

Puis on entendit Jacob.

— J'ai trouvé Zoe !

— Aïe ! Ma main, imbécile, grogna celle-ci.

— ON VA BIEN ! Bon sang qu'il est lourd ce sac… Oh… Depuis quand il y a des arbres dans le coin ?

Toutefois, quelqu'un ne répondit pas à l'appel.

— ETHAN ? demanda Nora, inquiète. Tu m'entends ?!

Sans se préoccuper de ce qui l'entourait, elle s'éloigna dans une direction quelconque à la recherche de son ami, puis s'écrasa le visage sur la fourgonnette de la Middleton Electric.

— Allez-vous-en !!! beugla Grace de l'intérieur, affolée.

— Ce n'est que moi, soupira Nora en se remuant la mâchoire. Reste-là…

Elle continua de déambuler à l'aveugle, puis s'arrêta net lorsqu'elle aperçut une pierre flottée en l'air, ainsi que de faibles particules soutenues par des filaments électriques, magnétiques. Un cri la fit sursauter quand la radio de la fourgonnette s'alluma sans raison et que les phares clignotèrent. Mais malgré la vie qui apparut comme par magie, rapidement, elle y trouva aussi la mort… L'herbe et les fleurs se desséchèrent avant de se changer en flocons de cendres. La terre bouillonna et les arbres craquèrent tels des os broyés.

— ATTENTION ! cria Ethan qui poussa Nora hors du chemin quand une branche chuta sur sa position.

— Restez ensemble ! ordonna Seth qui était juste derrière.

— Q-Que se passe-t-il ? demanda-t-elle, regardant les arbres devenir du charbon et les troncs expulser une vive chaleur.

— Ça ne te rappelle rien ? Dans le cristal, l'autre soir…

Le brouillard commença à se dissiper et le reste de leurs amis vinrent les rejoindre en évitant la faune embrasée qui semblait s'en prendre à eux.

— Une ombre qui détruisait ce que tu chérissais, continua Seth. Un vide… Une respiration…

– U-Une présence, dit Nora, effrayée. Oh non…

– Quoi ? s'affola Ethan.

– Une bête…

– Ô Mère céleste, dit Seth en les protégeant de son bras, récitant un passage quelconque d'une voix inquiétante. Ce que votre ombre a engendré doit être remanié… Pour enfanter une bête que la douleur ne peut apaiser… Gare à vous, ceux craignant l'obscurité… Gare au loup… qui dévorera vos rêves pour l'éternité…

La végétation se changea en cendres et les arbres s'écroulèrent sur eux-mêmes en de la braise rougeoyante. Tel un camion-citerne perforé, la terre fit jaillir un épais goudron qui absorbait tout sur son passage. Des litres et des litres se dirigeaient en un seul et même point, l'épicentre de l'explosion.

– Retournez à la fourgonnette et fichez le camp ! ordonna Seth en regardant James, toujours en vie, qui se tenait aux abords de cette immense nappe sombre et fumante.

– Pas question de t'abandonner ! s'écria Ethan.

– Écoute, gamin, j'ai pas le temps de…

Vincent apparut derrière Seth et enroula son bras autour de son cou pour le maintenir à l'écart.

– L-Lâchez-le ! ordonna Nora malgré la peur.

– Désolé, je préfère qu'il admire cette naissance au lieu qu'il tente stupidement de l'arrêter, dit-il avec son prisonnier qui se débattait dans l'espoir de retirer son sac à bandoulière.

– M-Ma grande, attrape ! bredouilla Seth en le lançant à Zoe.

– Bon, les enfants, si j'étais vous je commencerais à courir, suggéra Vincent. Car c'est ce cher James qui a activé ce cristal, et donc… certaines émotions de ce garçon pourraient pousser ce Vior à vous poursuivre, vous !

– U-Un Vior ?! bafouilla Zoe en serrant le sac de toutes ses forces.

– Mais voyons, princesse… mon chien !

Soudain, la nappe de goudron se mit à bouger, car une bête

surgissait de ses entrailles ; un animal de chair calcinée au pelage fondu sur le squelette d'un chien difforme ; un loup, sans yeux, noir comme du charbon de la taille d'une longue camionnette.

– Vous vous foutez de moi ! s'écria Jacob en reculant à petits pas.

– COURREZ !!!

Jacob prit le sac de Walter à deux mains et se précipita vers la fourgonnette, puis Thomas escorta Zoe, affolée face à cette bête gigantesque à moitié formée. Nora poussa Grace au fond lorsqu'elle sortit le nez en travers de la porte pour regarder ce qui se passait. Tandis que ce Vior naissait de ce liquide goudronné, tout le monde monta à bord… sauf Ethan.

– Jacob, vas-y ! lui ordonna-t-il en remettant son revolver à Nora.

– Quoi ? NON ! s'interposa-t-elle. Tu viens avec nous !

– T'as entendu ce qu'il a dit ? James me déteste, et c'est sur moi qu'il va lancer ce truc ! Jacob, tu sais que je changerai pas d'idée. Alors, fonce !

Son ami frappa de rage sur le volant, puis mit le contact.

– T-T'es sûr de toi ? lui demanda Thomas, sachant très bien que cette simple question ne le persuaderait pas du contraire.

– Veille sur elle…, lui dit Ethan avant de fermer la porte latérale.

– ETHAN !!! cria Nora, retenue par Zoe.

Jacob partit en trombe dans un nuage de poussière, laissant son ami derrière.

– Non, non, non, NON ! hurla Nora, l'esprit confus. Vous, vous tous… allez vous faire FOUTRE !!

La fourgonnette en mouvement, elle ouvrit la porte, mais Thomas l'attrapa avant qu'elle ne saute et la plaqua au sol.

– Lâche-moi ! dit-elle en se débattant.

– Nora, écoute-moi… ÉCOUTE ! cria-t-il à son amie dans l'espoir de la ramener à la raison. Tu crois qu'Ethan fait ça pour nous ?! Oh, oui, il nous aime bien, mais en réalité, il fait ça pour toi ! C'est toi qu'il veut protéger, comme il a toujours fait !

– J-Je…, souffla-t-elle, la tête au-dessus du vide, regardant son ami s'éloigner.

– Et tu sais plus que nous qu'il est capable d'en prendre. Ethan ne se laissera pas faire… pas cette fois ! De plus, Seth est avec lui. Alors focus ! Focus Nora…

Il y eut un moment de silence, puis elle ferma les yeux… Et dans la nuit, la Middleton Electric fonça sous les étoiles, s'enfuyant d'une chose insensée, une chose qui les dépassait complètement.

Aux côtés de James, le Vior achevait sa métamorphose. Haute sur patte, cette longue bête charbonnée aurait pu dévorer le jeune homme en une bouchée, mais elle n'en fit rien. Un liquide sombre dégoulinait de sa gueule et une vapeur se dégageait de son corps osseux, acéré ; un monstre à la fois liquide et fumant, une ombre de goudron et de chair calcinée.

– Il est magnifique… n'est-ce pas, Seth ? lui demanda Vincent en resserrant le bras à son cou. Ô Mère céleste ! Que votre âme, votre chair et votre sang… enfantent cet être aux mille tourments… Ça ne te rappelle pas le bon vieux temps ?

– T'es cinglé.

– Une Corruption sans hôte, physique et primaire. Un fragment de celle qui m'a engendré et de ce qu'elle était jadis. Tout comme moi, il n'est qu'un animal délaissé.

– Ce ne sont que des chiens fous !

– Au contraire, ces bêtes ont une ambition, celle de ramener la vie à sa plus simple expression…

Le Vior bondit d'un coup tel un prédateur sur la piste d'une proie et fonça sur Ethan, mais il sauta par-dessus et se lança à la poursuite de la fourgonnette.

– Intéressant, ricana Vincent en regardant cette ombre disparaître à une vitesse ahurissante. Te voilà avec un dilemme, mon ami… Sois, tu pourchasses ce Vior et tu tentes de protéger ces enfants, laissant ainsi ce garçon à ma merci. Sois, tu restes avec moi et tu lui épargnes une fin atroce, une fin pire que la mort… Un choix difficile !

Incapable de se libérer, Seth pesait le pour et le contre. Toutefois, il avait déjà pris sa décision. C'est alors qu'il serra le poing et frappa son adversaire d'un violent coup de tête. Le nez en sang, Vincent sourit, puis relâcha son prisonnier avant de se téléporter vers l'ancienne fonderie.

– Qu'est-ce que t'attends ? demanda Ethan. Sauve mes amis !

– Crois-moi, ils ont une chance de s'en sortir, soupira Seth en plongeant la main dans sa poche. Toi par contre, tu étais condamné.

– Fais pas ça…, implora Ethan lorsqu'il comprit. Ils sont tout ce que j'ai…

Dans le silence, Seth hésita.

– Bordel de merde ! VA LES SAUVER !!

– Désolé, gamin…

D'un cristal, Seth se projeta à travers un couloir de lumière jaune et pourchassa Vincent en direction de la vieille fonderie, laissant derrière lui son jeune équipier, impuissant face à cette décision. Dans un cri de rage, Ethan se perdit dans la colère, incapable de comprendre comment cet homme pouvait abandonner ses amis, ceux qu'il avait forcés à le suivre dans ce plan foireux. Le regret l'envahissait, car une seule chose lui venait à l'esprit. Pourquoi n'était-il pas resté avec Nora…

Pris de fou rire, James s'approcha en se craquant les jointures.

– Enfin seuls, vieille branche ! dit-il d'un sourire pervers. Ton pote a raison. T'en aurais bavé ici, tout seul.

– Je t'emmerde, dit Ethan lorsqu'il se ressaisit. Et pourquoi cette chose s'en est pas prise à moi ?

– C'est vrai que je t'aime bien… mais je la préfère encore plus.

– Tu parles de qui ?

– J'ai toujours détesté la façon que Tyler lui parlait. Et tous les jours, elle m'ignore… comme si j'étais rien !

– Attends, tu parles de Nora ?! s'écria Ethan d'un air abasourdi. Mais… tu ne lui adresses jamais la parole ! Tu restes planté là comme un navet ! Bon sang, qu'est-ce qui t'arrive ? Qu'est-ce que ce malade t'a mis dans la tête ?!

– Cet homme m'a donné le choix. J'en ai donc fini de jouer avec vous, les moutons… Mais bordel que je vais m'amuser avec toi !

Ethan se retourna face à James, le poing serré.

– C'est ce que tu crois… Toute ma vie, j'ai subi les colères de mon père. Alors, laisse-moi te montrer ce qu'un putain de mouton peut faire ! AMÈNE-TOI !!!

James rugit et fonça sur Ethan…

LE CHIEN

À bord de la fourgonnette Middleton Electric, chacun était silencieux, déchiré par les évènements. Laissés à eux-mêmes, ils se dirigeaient vers la vieille station de radio avec l'espoir de trouver une solution pour sortir leur ami de cette situation incompréhensible. Tout ça n'avait aucun sens. Cette nuit n'avait aucun sens… Dans son coin, Grace ne comprenait pas non plus ce qui se passait, ou encore ce qu'elle faisait là. Ça ne pouvait être qu'une hallucination engendrée par l'alcool, qu'un mauvais rêve, rien de plus.

— On est presque arrivés, dit Jacob en observant l'enseigne du WNNB-FM. Qu'est-ce qu'on fait ? On va vraiment laisser Ethan et Seth là-bas ?

— J'sais pas… roule, c'est tout, soupira Thomas, appuyé contre un bidon d'essence.

— On a assez de matériel pour faire péter ma maison. Je peux pas croire qu'on…

— J'ai dit roule !

Assise sur le siège passager, Zoe remarqua quelque chose dans le rétroviseur, puis fronça les sourcils.

— T-Thomas…

— Quoi ?

— Regarde…

Il jeta un coup d'œil à l'arrière et la stupeur le foudroya.

— Bordel de…

Nora et Grace se retournèrent brusquement, puis virent une ombre, un énorme loup à leur poursuite.

– JACOB !! ACCÉLÈRE !!! hurla Nora à plein poumon.

Terrorisé, celui-ci enfonça la pédale des gaz. Avant que ce Vior ne les rattrape, il tourna le volant en direction de la station de radio et la fourgonnette l'effleura de justesse. À la suite de cette manœuvre, la bête percuta la bâtisse de plein fouet. La force de l'impact souleva un nuage de poussière et les murs s'écroulèrent, ainsi que la haute tour et son enseigne.

– Waouh ! s'exclama Jacob, le cœur battant à mille à l'heure. C'est bon. O-On l'a eu ?

Le Vior se dégagea de sous les débris, puis rugit.

– Go, go, go ! s'écria Thomas.

Le pied au plancher, ils foncèrent à travers ce désert de pierres. Le chemin était cahoteux, faisant déraper la fourgonnette que son conducteur parvenait à peine à maîtriser. Cette chose monstrueuse les rattrapa avant qu'ils n'atteignent une route asphaltée, mais Jacob dévia vers quelques arbres et se faufila à travers.

– TENEZ-VOUS BIEN ! hurla-t-il.

Les branches écorchaient le métal de sa peinture bleu foncé, puis une élévation fit bondir le véhicule qui retomba sur deux roues. Il percuta un panneau routier, suivi d'une enseigne publicitaire qui annonçait le futur site d'un projet résidentiel qu'il traversa sans broncher. À sens inverse sur une route digne de ce nom, Jacob évita une auto et un semi-remorque avant de revenir sur le droit chemin.

– Où est-ce que tu vas ?! s'interrogea Nora, fermement agrippée au plafond.

– V-Vers New Haven, répondit-il.

– T'es malade ! s'écria Thomas. Hors de question d'aller là-bas avec ça aux fesses ! Roule vers la forêt, au nord !

Tandis que son ami obéissait aveuglément, Nora empoigna le revolver d'Ethan.

– C-Comment ça fonctionne ?!

– Vise et tire ! hurla Jacob.

– Vous le voyez ? demanda Zoe qui regardait par la fenêtre grande ouverte.

Son arme en main, Nora ouvrit la porte latérale et Thomas se joint à elle afin de retrouver cette bête. Les arbres défilaient à toute vitesse. Mais rien en vue.

– On l'a semé ? demanda Jacob.

– J-Je crois que oui, répondit Thomas, soulagé.

– Non, attendez…, dit Nora lorsqu'elle entendit un son étrange.

Elle resserra son regard, puis elle vit une vague silhouette sur le côté, une ombre courant dans la noirceur. Lors d'un lourd grognement, des crocs acérés s'illuminèrent dans la nuit et ce loup colossal tenta de les dévorer. Aussitôt, Nora fit feu, puis Jacob donna un coup de volant et la fourgonnette poussa le Vior dans les arbres. Nora s'accrocha à la portière, le corps en dehors du véhicule afin de vérifier l'état de cette chose.

– Il est juste derrière nous ! cria-t-elle, prête à faire feu.

– Plus vite, PLUS VITE !! ordonna Thomas.

– C'est pas une fusée !

Cette bête fonça sur eux. Jacob braqua d'un côté, puis de l'autre, et le Vior grogna à chaque manœuvre. Nora fit feu, mais la bête disparut avant que le projectile ne la touche. Le Vior réapparut à gauche, courant à présent entre les poteaux électriques.

– Cette saloperie se téléporte comme l'autre malade !

– TENEZ BON ! s'écria Jacob.

À une intersection, il vira à droite, faisant déraper l'arrière de la fourgonnette. Tandis que les pneus crissaient sur la chaussée, chacun criait de peur, tentant de ne pas se fracasser la tête. Le Vior glissa à son tour et s'écrasa dans les feux de signalisation.

– Il est hors service ?! demanda Jacob, fier de son dérapage.

Ce loup titanesque se releva, puis bondit à nouveau.

– Non… pas du tout ! FONCE !!

Une belle ligne droite longeait les arbres. Aucun obstacle. Rien. Jacob accéléra et la fourgonnette se rendit à soixante-dix kilomètres à l'heure, et enfin quatre-vingt-dix…

– On est trop lourd !

– Oh mon Dieu…

– ACCROCHEZ-VOUS !!!

De son crâne sans yeux, le Vior percuta le véhicule qui fit un tête-à-queue avant de frôler les arbres sur le bas-côté. Les sacs de Seth et de Walter culbutèrent de tout côté, et les deux finirent par répandre leur contenu. Par miracle, Jacob reprit le contrôle et enfonça la pédale des gaz.

– Débarrassez-vous de ce truc ! hurla-t-il. F-Faites quelque chose, n'importe quoi !

À l'arrière, une main sur la tête, Nora vit les sacs grands ouverts avec une multitude de cristaux éparpillés au sol, ainsi que des tubes en verre et en métal de la taille d'un cigare. À une extrémité, il y avait une ouverture, et de l'autre, un bouton.

– Qu'est-ce que Seth a dit à propos de ce qui se trouvait dans son sac ?! demanda-t-elle. Vite, c'était quoi ?!

– D-Des détonateurs, répondit Thomas. Je crois…

Nora en attrapa un et se précipita sur un cristal jaune qui roulait entre deux bidons, puis l'inséra à l'intérieur.

– Croisons les doigts, dit-elle en appuyant sur le bouton.

Sur la paroi en verre, une minuterie de cinq secondes s'amorça.

– Oh merde… THOMAS !!

Aussitôt, celui-ci ouvrit les deux portes arrière, et lorsque le tube brilla de mille feux, Nora le lança sur le Vior qui était sur le point de leur rentrer dedans. Une sphère gigantesque de lumière aussi vive que le soleil illumina la route et une explosion projeta ce monstre dans la forêt. Aveuglé, Jacob perdit le contrôle de la fourgonnette dont les roues arrière furent soulevées de la chaussée, puis la ramena de justesse.

– C'était GÉNIAL ! hurla-t-il en frappant de joie sur son volant.

Nora et Thomas se regardèrent droit dans les yeux, puis s'empressèrent de fouiller dans chaque recoin pour récupérer d'autres cristaux, ainsi que ces détonateurs. Étourdi, mais toujours solide sur ses pattes, le Vior se releva, puis s'élança sur sa proie.

– Il revient ! s'écria Zoe, la tête sortie par la fenêtre passagère.

Un cristal jaune à la main, Nora l'inséra dans un autre tube, puis le lança sur la bête. Le Vior le frappa de son museau et il explosa entre les arbres qui éclatèrent en morceaux. Thomas retrouva un cristal mauve et le tendit à son amie d'un haussement d'épaules. À la seconde où Nora l'eut entre les doigts, ses yeux se vidèrent de tout, puis elle revint à elle le souffle coupé.

– Électrique…

– Quoi ?!

Sans attendre, elle plaça le cristal à l'intérieur d'un détonateur et activa la minuterie. De petites étincelles s'affolèrent, mais soudain, Jacob roula sur un trou et Nora fit tomber le tube derrière la fourgonnette. Il sautilla sur le pavé, puis explosa sous le Vior… Une sphère mauve rayonna de mille feux et un puissant courant électrocuta la bête, figée sur place. Les poteaux électriques grillèrent, suivis des transformateurs qui détonèrent sur plusieurs kilomètres. Jacob et Zoe se retournèrent, puis virent ce loup géant maintenu au sol, faible et incapable de bouger.

– Wou-Hou ! s'exclama Thomas.

– C-C'est fini ? demanda Grace, terrorisée dans un coin.

– T'es encore là ?! sursauta Nora, toujours sous adrénaline.

– Où veux-tu que j'sois d'autres ?! s'emballa-t-elle. Bande de malades avec vos pierres bizarres et votre saloperie de chien immense !

– Du calme, souffla Jacob en replaçant son chapeau de magicien.

– Déposez-moi quelque part ! N'importe où !!

– T'es sérieuse, avec cette chose juste à côté ? demanda Zoe en pointant au milieu de nulle part. Et tu veux vraiment te retrouver ici en pleine nuit ?!

– Non. Je… Eh merde !

Lorsque Grace réalisa à quel point sa demande était ridicule, elle se reposa dans son coin d'un air maussade.

– Regardez, il bouge encore, constata Thomas en observant le Vior au loin qui se tortillait en gémissant.

– Oh mon Dieu, oh mon Dieu, oh mon Dieu…

– La ferme, Grace ! réclama Zoe.

– Jacob, mets la gomme ! ordonna Nora. Vaut mieux mettre le plus de distance entre nous et ce truc.

Il soupira un bon coup, puis fila à pleine vitesse.

Après quelques kilomètres… toujours rien en vue. Ils roulaient dans une direction quelconque, sans destination précise.

– Si on continue comme ça, on va se retrouver nul ne sait où, fit remarquer Zoe avec le gros revolver d'Ethan sur les cuisses.

– Thomas, t'en as combien ? demanda Nora avec quelques tubes dans les mains qu'elle rangea dans le sac de Seth.

– Hmm… Treize cristaux.

– Et moi, cinq détonateurs…

– Les autres ont dû tomber de la fourgonnette, répondit Thomas. De toute façon, on pourra pas tenir éternellement si cette chose nous rattrape… Il nous faut un plan, et vite !

– Un bon cette fois, ce serait bien, soupira Jacob lorsque le véhicule commença à tousser. Non, non, non… Pas maintenant…

– C'est quoi le problème ?

– Aucune idée, je viens à peine de passer mon permis.

– T'as vérifié le niveau d'essence ? demanda Thomas.

– Hé ! « Monsieur le quincailler » ancien quart-arrière ! répliqua Jacob, insulté. Tu crois pas que j'ai déjà regardé ?!

– M'appelle pas comme ça, « monsieur j'ai l'air d'un plouc » avec mon chapeau sur la tête !

– Dans ce cas, m'emmerde pas avec le…

– Maman ! Papa ! s'interposa Zoe en jouant la comédie. J'ai envie de faire pipi. On arrive bientôt ?

Jacob et Thomas cessèrent aussitôt de se disputer.

– Vous faites un beau couple tous les deux, dit-elle, les yeux au ciel. Gare-toi là-bas et ouvre le capot…

Sans dire un mot, Jacob obéit, puis s'arrêta sous un lampadaire au bord de la route. Zoe déposa le revolver sur le tableau de bord et descendit pour inspecter la mécanique de son nouveau patient.

– Tu fais quoi ? demanda Thomas en la suivant.

– Ouais…, ajouta Jacob.

– Je vais arranger notre destrier ! répondit-elle.

– Tu vas quoi ?!

– J'pense pas que tu…

Zoe se retourna en un éclair.

– C'est quoi cette attitude de macho ?! s'écria-t-elle, consternée. Presque chaque soir depuis que j'ai dix ans, mon… mon… père…

À ce mot, elle sourit, puis tout devint clair dans son esprit.

– Ça va ?

– Hmm… oui, oui ! continua-t-elle, libérée de son passé. Comme je disais… Depuis que j'ai dix ans, mon père me montre quelques trucs quand il travaille sur sa voiture, celle dans le garage.

– J'croyais que personne avait le droit d'y toucher, dit Thomas.

– Autre que moi ! Au début, il cherchait juste un moyen pour que je me salisse. Vous savez… à cause de… Peu importe ! Ça m'intéressait et il m'a appris, voilà tout. C'est pas sorcier. Allez, venez m'aider tous les deux !

Souriant, ceux-ci s'attelèrent à la tâche, mais le moral n'était pas au plus haut pour tout le monde. Toujours dans son coin à l'intérieur de la fourgonnette, Grace paniquait. Elle grelottait et des frissons lui remontaient la colonne. Elle ne savait pas comment elle s'était retrouvée dans cette situation. La soirée avait pourtant bien commencé…

– Tu tiens le coup ? lui demanda Nora d'un ton amical.

– Je… Je crois que je vais être malade…

Grace sortit aussitôt par la porte latérale avant de dégobiller sur le bas-côté.

– Beurk, ça empeste la vieille bière, dit Zoe, le nez pincé. Ça va ?

– Non… NON !! Ça va pas ! s'écria-t-elle en s'essuyant la bouche sur sa manche. Q-Qu'est-ce que je fais là… C-Cette chose… et cet homme à la station de radio… Bordel ! BORDEL !!!

– Calme-toi, on va s'en sortir, dit Nora pour l'apaiser.

– Tout allait si bien. On était tranquille… p-puis tout est parti en vrille ! T-T-Tyler qui… qui m'a jetée comme une merde ! Et c'est de ta faute, Nora !

– Attends, quoi ?! sursauta-t-elle, confuse.

– Il… Il…

Grace tomba à genoux, puis fondit en larme. Nora tenta de la réconforter, mais elle se redressa d'un bond et la poussa par terre.

– Hé, qu'est-ce qui te prend ?! s'interposa Thomas.

– Dégage ! ordonna Grace en le bousculant hors de son chemin avant de s'emparer du revolver d'Ethan sur le tableau de bord.

Brusquement, elle remonta l'arme et mit en joue Nora. Vu la situation délicate, personne n'osa bouger.

– T-T-Tout ça, c'est à cause de toi pas vrai ?! hurla-t-elle de rage.

– Et dire qu'à l'école on se demande pourquoi on ne se tient plus ensemble toutes les deux…, soupira Nora en se relevant. T'es cinglée, voilà pourquoi ! Tu m'en veux depuis cette fête chez Tyler l'été dernier, depuis que ton enfoiré de petit ami m'a sauté dessus !

Sur ce commentaire, Grace redressa l'arme.

– L-La ferme !

– Le plus marrant, c'est que tout le monde pense que c'est moi qui l'ai embrassé… Mais tu étais là, juste à côté dans le couloir. Tu le savais que j'avais rien fait !

— LA FERME !!! C-C'est pas vrai !

— Ah non ? ricana Nora. Ce que tu ignores, c'est que Zoe était là elle aussi… Pourquoi tu crois qu'elle t'adresse plus la parole ? Tu refuses de voir la vérité en face, voilà tout !

— T-Tyler, il en a toujours eu que pour toi… M-Moi je n'étais qu'une roue de secours, u-u-une cruche que l'on balance à gauche et à droite…

— Et ce que tu ne comprends pas, c'est que j'en ai rien à foutre de lui ! s'écria Nora. Oh et puis merde…

Enragée, elle s'avança sans une once de peur, puis agrippa le revolver et cogna Grace d'un bon coup en plein visage.

— On est en train de passer une nuit comme jamais ! cria Nora. On est pourchassés par un putain de loup géant sorti d'un cristal ! On a fait exploser des tubes bizarres à cent kilomètres à l'heure ! Et toi… tu nous emmerdes avec ÇA ?!

Thomas, Jacob et Zoe se dévisagèrent dans le silence d'un air décontenancé.

— P-P-Pourquoi tu m'as frappée ? demanda Grace, les larmes aux yeux et la main sur la joue.

— Tu me menaçais avec une arme ! répondit Nora. Tu voulais quoi ? Un câlin ?!

— O-O-Oui…

Nora figea sur place, bouche bée, car face à son amie d'enfance qui sanglotait, elle réalisa que son geste n'était sans doute pas approprié. Tout comme Grace, la peur lui fit perdre la raison, et cette émotion ne pouvait être enrayée par la violence, pas en cette nuit où la noirceur l'ensorcelait.

— Je… Je suis désolée, dit Nora en se penchant devant son amie. J'ai pas voulu te frapper. En fait… pas complètement.

Lentement, elle prit Grace dans ses bras et celle-ci s'abandonna à ce moment tel un enfant et sa mère.

– C'est moi qui suis désolée, soupira-t-elle, la tête posée sur l'épaule de Nora. T-T'as raison, je refusais de voir la vérité en face… J'ai tout gâché entre nous… J'aurais dû… J'aurais dû plaquer Tyler cette soirée-là, mais j'ignore ce qui m'a pris. J'avais peut-être peur de me retrouver seule… ou… je sais pas…

– T'étais pas seule. On était là nous.

Tandis que Grace souriait à ces mots, Nora réalisa ce qu'elle venait de dire, car ce qui la terrifiait le plus, la solitude, n'était qu'absurdité. Ses amis étaient là pour elle, à tout moment. Et cette rage envers ses parents… Nora comprit que ses proches firent des sacrifices, mais qu'elle, elle n'en fit aucun. Elle ne voulait guère déménager, perdre ses amis, son école, son quartier ; mais en retour, elle refusait de sacrifier quoi que ce soit, devenant en colère contre ses parents qui la délaissaient. De le comprendre déchargea ses épaules d'un lourd fardeau, puis la honte l'envahit quand elle repensa à cette discussion tendue avec sa mère.

Pendant que Jacob aidait Grace à reprendre ses esprits et que Thomas assistait Zoe, Nora sortit son téléphone de sa veste et passa un coup de fil.

– Allo… maman ?

– *Nora ?* sursauta Katherine. *Il est arrivé quelque chose ?!*

– Non, je… je voulais seulement m'excuser pour l'autre jour.

– *D'accord,* dit-elle, inquiète de cet appel au beau milieu de la nuit.

– Et aussi te dire que je t'aimais.

– *J-Je t'aime aussi…*

Il y eut un moment de silence.

– C'est tout, ajouta Nora.

– *Tu es certaine que tout va bien ?* lui demanda sa mère. *J'ai entendu parler d'une de tes camarades à l'école qui…*

– T'en fais pas pour moi, je suis proche de… je suis à la maison ! reprit Nora in extrémiste. Avec Zoe, Jacob, Thomas et… Ethan… Je repensais à notre conversation et j'arrivais pas à dormir. J'avais envie de t'appeler, voilà tout.

— *Bon, écoute… Demain, je peux me libérer en après-midi. Si le cœur t'en dit, on pourrait passer du temps toutes les deux. Qu'en penses-tu ?*

— Ce serait parfait, maman, répondit-elle d'un sourire lorsqu'un hurlement lointain retentit.

— *C'était quoi ce bruit ?!*

— Euh… La télé ! Je suis dans le salon… Et là… Et là je vais me recoucher. Passe le bonjour à papa pour moi ! B-Bonne nuit ! Je t'aime !

— *Bonne nuit… Je t'aime aus…*

Nora raccrocha, puis retourna voir ses amis.

— Zoe, t'as bientôt fini ? demanda-t-elle lorsque le moteur gronda.

— Ouais ! s'exclama celle-ci, pleine de fierté en refermant le capot. Maintenant, fichons le camp d'ici au plus vite !

En un éclair, ils remontèrent tous à bord et Nora aida Grace à s'installer, toujours sous l'émotion. Avant même que la porte latérale ne se soit fermée, Jacob mit les gaz et continua de rouler sur cette route isolée.

— Grace, tu vas mieux ? demanda Nora.

— O-Oui, répondit-elle, gênée de ses actes. J-Je crois que mes nerfs ont lâché. Sérieusement, qu'est-ce qui tourne pas rond chez moi…

— Avec ce qui se passe en ce moment, c'est compréhensible.

— Bien sûr, soupira Zoe. Et menacer une ancienne amie avec un revolver, ça aussi c'est très compréhensible !

— J'ai dit que je m'excusais ! Qu'est-ce que tu veux de plus ?

— Jure que tu ne recommenceras pas, rouquine ! exigea Zoe.

— T'es sérieuse ?! s'étonna Grace.

— Jure-le ou je me lève pour t'en coller une à mon tour !

— Amène-toi, caniche de cirque !

— Espèce de carotte mal frisée !

— Arrêtez, toutes les deux…, souffla Nora, découragée.

— Ça me manquait leurs engueulades, sourit Jacob tandis que Zoe et Grace s'injuriaient avec une originalité déconcertante.

Et ainsi, dans le vacarme, ils s'enfoncèrent dans la nuit…

Jacob roulait depuis un moment, les yeux grands ouverts en dépit de la fatigue. À l'arrière, Thomas était sur le qui-vive à scruter la noirceur avec l'espoir de ne pas revoir ce monstre. Silencieuses, Zoe et Grace bougonnaient chacune de leur côté. Comme toujours, leur engueulade ne fit pas long feu.

— Il fait noir comme dans un four, dit Thomas.

— Je vois des lampadaires allumés plus loin, dit Jacob.

— Où est-ce qu'on est ?

— En forêt.

— J'avais remarqué, merci… Tu tiens le coup ?

— Mon vieux, compte sur moi que j'vais pas m'endormir dans un moment pareil, affirma Jacob lorsqu'il arriva à un embranchement. Hé ! Par où j'vais ?

Nora regarda à l'avant, puis sourit quand elle vit les panneaux routiers.

— Prends à droite ! dit-elle. C'est la route qui mène à la plage. Au moins comme ça on ne sera plus perdus.

— Bonne idée, dit-il en tournant le volant, pour subitement mettre les freins.

— Oh merde, voiture de flic ! s'écria Zoe. Baissez la tête !

Chacun, sans exception, se pencha sous les fenêtres. Jacob roula à la limite permise, puis ils passèrent devant la voiture de police stationnée sur le bas-côté.

— Attends…, s'étonna Nora. Pourquoi on se cache ?

— J'ai une meilleure question…, souffla Thomas. Pourquoi notre chauffeur s'est-il penché lui aussi ?!

Quand les officiers remarquèrent la fourgonnette cabossée qui roulait sans conducteur, cela ne fut pas long avant que leurs gyrophares ne scintillent de mille feux.

— Ah, bravo ! fulmina Zoe. Et ça se dit un génie…

— C'est pas le moment ! riposta Jacob en ralentissant.

— Avec tout ça en arrière, tu peux être sûre qu'on va avoir des problèmes pour le reste de nos jours, affirma Thomas en dévisageant les bidons d'essence.

— Vas-y, accélère ! ordonna soudainement Nora d'un ton agité.

— Quoi, tu veux que je sème la police ? Mais t'es cinglée !

— Non, pas la police… ÇA !!!

Ils se retournèrent, puis virent cette bête goudronnée et fumante remonter dans leur direction.

— Il nous a retrouvés ! FONCE !!

D'un air déterminé, Jacob mit les gaz à fond et la fourgonnette dérapa sur l'accélération. La voiture de police fit résonner sa sirène, puis les prit en chasse.

— Central, ici voiture 34, dit mollement l'un des officiers dans sa radio. Nous sommes à la poursuite d'une fourgonnette bleu foncé sur la 117, direction nord-est, pas loin de l'entrée du parc national.

— *Bien reçu, voiture 34.*

— Attends, c'est pas la fourgonnette des Middleton ? s'interrogea l'autre officier au volant.

— Ha ! Ils ont probablement une « urgence électrisante » à régler au beau milieu de la nuit. Central, la fourgonnette semble appartenir à la famille… à la…

L'officier s'interrompit lorsqu'il aperçut une silhouette dans le rétroviseur.

— *Voiture 34, je n'ai pas bien compris. Veuillez répéter…*

— Mais c'est quoi cette CHOSE ?!

Son confrère se retourna, la bouche grande ouverte, puis enfonça l'accélérateur.

— Central, un chien géant à notre poursuite ! J-JE RÉPÈTE ! UN ÉNORME CHIEN NOIR À NOTRE POURSUITE !!!

— V-Vous avez besoin d'un vétérinaire, voiture 34 ?

— La ferme avec ton vétérinaire et envoie-nous des renforts, tout de suite ! s'énerva l'officier au volant. TIRE-LUI DESSUS !!

L'autre officier fit feu par la fenêtre et le Vior rugit.

— Envoie plutôt l'armée ! ordonna-t-il en tirant à tout casser.

— ATTENTION !!!

Le Vior fonça sur eux et poussa le véhicule d'un côté. Il chargea à nouveau, mais cette fois, il souleva la voiture du sol et la bascula avant de l'éjecter dans les arbres à la suite de plusieurs tonneaux.

— Allo... v-voiture 34 ? Répondez, voiture 34 ! H-Harold ?!

Leur véhicule retourné, la tête en bas, les deux officiers pendouillaient avec leurs ceintures de sécurité.

— À toutes les voitures, incident sur la 117, direction nord-est, près du parc national. O-Officiers en danger. Je répète... Officiers en danger ! Assaillant inconnu...

— Vous avez vu ce qu'il a fait à la voiture de flic ?! demanda Jacob.

— Je crois qu'il est en colère ! dit Thomas. METS LA GOMME !!

— On ne le sèmera pas sur la route, affirma Nora. Jacob, tourne là !

Sans se poser de questions, Jacob fit un virage serré à droite avant de démolir une barrière de sécurité.

— Le parc national ?! s'interrogea Thomas.

— Avec sa taille, il n'ira pas aussi vite entre les arbres, répondit-elle.

— Nous non plus... T'as quoi en tête ?

— Un barbecue, ça vous dit ?

À cette question, chacun de ses camarades la dévisagea, Nora, gentiment assise sur les bidons d'essence avec un grand sourire.

En un rien de temps, deux camions de pompiers, trois ambulances de Newport et vingt voitures de police de New Haven affluèrent de toutes les directions. Les officiers retrouvèrent leurs confrères en danger, puis remontèrent vers le parc national. Une fois dans l'aire de stationnement, ils se garèrent n'importe comment et sortirent leurs armes. Depuis l'incident à la radio, personne ne savait à quoi s'attendre, mais ils étaient bien déterminés à faire payer les coupables. Parmi eux, le sergent Robert Blake menait les opérations.

– Sergent ! s'écria un jeune officier. Il y a des traces sur le chemin de terre à travers la forêt, mais…

– Mais quoi, mon gars ?! s'impatienta le sergent Blake. Suivez-les !

– Les traces de pneus semblent appartenir à la fourgonnette bleue. Les autres par contre… V-Vous feriez mieux de venir voir…

Arrivé sur le chemin, le sergent Blake retira sa casquette, suintant de peur.

– Bon sang… mais c'est quoi ça ?! demanda-t-il à ses confrères qui observaient des empreintes de patte aussi larges que des roues de camion. C-Ce n'est pas un chien…

– Un loup ! affirma un vieil officier en crachant. J'ai déjà chassé de ces saletés, mais jamais de cette taille. Il doit faire deux mètres de haut, minimum !

– Et ce goudron…, s'interrogea un autre, la pointe de son fusil enfoncée dans ce liquide visqueux.

Bien qu'il soit terrorisé par ces empreintes, le sergent Blake remit sa casquette, fronça les sourcils et chargea sa carabine.

– En avant, les gars ! ordonna-t-il en ouvrant la marche. C'est l'heure d'aller à la chasse…

Incertains, ses hommes le suivirent, l'arme au poing et les yeux aux aguets. Tel un convoi militaire, les policiers avançaient de chaque côté du chemin avec quelques voitures au centre en file indienne afin d'éclairer de leurs lumières les plus sombres recoins…

ELLI

De retour sous le regard des étoiles et d'une ville aux mille couleurs, tandis que Seth pourchassait Vincent dans la vieille fonderie, James assaillait son adversaire d'un coup après l'autre en rigolant. Ethan se défendait comme il le pouvait, protégé de ses bras, et malgré la taille de son agresseur, il avait l'impression de se battre contre son père. Au bon moment, il parvint à le pousser de ses pieds et le projeta au sol. Dans un cri de rage, Ethan sauta sur James, puis le martela de ses poings, une étincelle dans les yeux… Soudain, le visage de son paternel apparut devant lui et son corps se figea dans l'effroi. James profita de la situation pour le cogner d'une bonne droite, ce qui sortit Ethan de son cauchemar éveillé.

— Pas si téméraire que ça, mouton ! affirma James en dépoussiérant sa veste kaki. Qu'est-ce qui se passe dans ta tête ? Tu t'imagines devenir comme ton père, un gars violent sans raison ?

— Ferme-la, répondit Ethan.

— Ah, je m'en doutais ! Tout le monde est au courant qu'il te bat à répétition, et tu veux savoir pourquoi on t'aide pas ? Parce qu'on n'en a rien à foutre de toi ou de ta mère !

Enragé à la suite de ces quelques mots, Ethan lui fonça dessus, mais une main l'agrippa par le collet et le tira en arrière.

— T-Tyler ?! s'écria-t-il, surpris.

Apparu de nulle part, celui-ci tendait la main à son ami.

— Allez, James, s-s-suis-moi… M-Ma voiture est juste à côté ! Il y a ces deux cinglés à la fonderie et…

James sortit un couteau et entailla le bras de Tyler qui recula de peur.

— Aïe ! cria-t-il, sous le choc, lorsqu'il remarqua les doigts de son ami. M-Mais qu'est-ce qui te prends ?!

— Et si c'est pas notre preux chevalier qui s'est enfui comme un rat ! s'exclama James d'un sourire en brandissant son couteau. Pourquoi t'es ici ?

— J-J-J'avais l'intention de revenir te chercher, tu peux me croire ! bafouilla-t-il. É-Écoute, j'ai paniqué…

— T'as paniqué ? Tu m'en diras tant… Tu fais des beaux sourires et tu joues à la vedette au lycée, mais dans le fond, c'est uniquement parce que t'as rien entre les jambes ! Hé, Ethan, tu veux savoir pourquoi il n'est plus à cette école de riche à Newport ?

— N-Non, arrête, supplia Tyler, une main sur sa blessure.

— Simplement parce qu'un jour, il s'est fait tabasser par des élèves et qu'il a loupé les examens… trop peureux pour sortir de chez lui ! raconta James en rigolant. Son père était tellement en colère d'avoir dépensé une fortune pour ses études qu'il traite maintenant son fils comme un chien. Et le plus drôle, c'est que Tyler n'ose pas lui répondre de peur de recevoir une correction. Le toutou à son papa ! Depuis, il est incapable de surmonter quoi que ce soit… J'y pense, vous êtes pareils !

Face à cette révélation, Tyler se perdit dans la honte.

— Hé, mon vieux, lui dit calmement Ethan qui tentait de le tirer vers lui. Il faut pas rester ici. Ce n'est plus James… Amène-toi !

— Ha, le joli petit couple ! s'exclama ce jeune homme aux doigts noircis enivré d'une rage démesurée.

— S'il te reste une once de raison, tu vas venir avec moi, ajouta Ethan. Maintenant !

Tyler resserra le poing et décida de le suivre.

— Où allez-vous ? pleurnicha James en les regardant s'enfuir vers la fonderie. Courez, petits moutons ! Courez !

Pendant qu'Ethan et Tyler détalaient aussi vite que possible, leur agresseur, lui, marchait sur leurs traces. Il n'était à présent plus le même, car une force l'emplissait et le poussait vers la démence. Avec ce couteau en main, Ethan savait qu'il n'avait aucune chance. Une fois à la fonderie, il remarqua la vieille Firebird de Tyler stationnée contre le mur en brique de cette immense bâtisse délabrée aux fenêtres tachées de crasse.

— M-Ma voiture est là ! s'écria celui-ci, incapable de sortir les clés de sa poche. Allez, monte !

Mais Ethan décida plutôt de se diriger vers une porte en acier et de la percuter à coup de pied.

— Laisse tomber ton auto, dit-il lorsqu'il parvint enfin à l'ouvrir. Dans l'état qu'il est, James va sans doute nous poursuivre jusqu'à l'autre bout de la ville. Suis-moi !

— Non, il y a deux espèces de cinglés là-dedans ! riposta Tyler.

— Je sais, et l'un d'eux est avec moi.

Avant de franchir la porte, Ethan vit Tyler planté à côté de sa voiture, prêt à s'enfuir.

— Écoute, je me doute que t'as peur, lui dit-il. Mais pour une fois dans ta vie, sors-toi la tête des fesses et fais face à la musique ! Je m'en fous de ce qui s'est passé à ton ancienne école… On a tous nos problèmes, et on a tous peur de quelque chose ! Malgré tout, on s'accroche comme on peut et on s'entoure de ceux qu'on… qu'on aime… puis on continue…

Ethan repensa à ses amis, mais surtout à Nora qu'il abandonna aux griffes de cette chose, ce Vior.

— Alors, tu te décides ?!

Tyler prit un moment, puis rangea ses clés dans sa poche.

— Enfin… Amène-toi !

Les deux garçons cavalèrent à l'intérieur et remontèrent les escaliers d'acier. Quelques étages plus hauts, ils se retrouvèrent au cœur de la fonderie. L'endroit n'était que ruine, et sous ce long plafond de verre brisé, la végétation commençait à y voir le jour. Au loin, ils entendirent une autre confrontation, celle de Seth et de Vincent. Des lumières jaunes s'illuminaient d'un côté, puis de l'autre. Des cendres virevoltaient dans l'air, suivi de rires stridents venant de l'ombre. Ces lieux furent délaissés il y a longtemps, mais le fracas du métal y résonnait encore. Sans s'attarder, Ethan et Tyler empruntèrent une passerelle qui traversait ce gigantesque vide jusqu'à l'autre côté.

— Hé oh, petits moutons ! s'écria James une fois au sommet de l'escalier. Vous faites du tourisme ?

— Ça se voit pas ?! répondit Ethan qui cherchait une façon de se sortir de ce mauvais pas.

— Arrêtez de fuir, c'est inutile…

James avançait sur la passerelle d'un pas nonchalant en éraflant la rambarde de sa lame.

— Qu'est-ce qui se passe avec lui ? demanda Tyler, effrayé de voir son ami ainsi. P-Pourquoi il est comme ça ? Et ses doigts…

— Sérieux ?! s'étonna Ethan. C'est pas le moment pour…

Soudain, James — qui jusqu'à présent n'était pas pressé par le temps — courut à toute vitesse sur la passerelle.

— Oh, merde ! s'écria Tyler qui trébucha en reculant.

Ethan tenta de le stopper de son poing, mais son adversaire l'évita et lui enfonça son couteau dans la jambe. La douleur fut si vive, qu'il cria de toutes ses forces tandis que son rival appuyait sur le manche à deux mains. Tout à coup, un tunnel de lumière jaune projeta James à l'autre bout d'un souffle coloré. Le garçon traversa le mur d'un bureau, puis s'écrasa dans les vieux classeurs qui s'écroulèrent sur lui, sans connaissance.

— Les jeunes de nos jours, soupira Seth lorsque Ethan le cogna d'une droite en plein visage. Tu te sens mieux…

— T'as abandonné mes amis ! cria-t-il, toujours en colère et tenant à peine debout avec sa jambe ensanglantée.

— Et plus vite on règle le compte à Vincent, plus vite on va les sauver ! rétorqua-t-il en regardant son jeune équipier presser sur sa blessure, les dents serrées. Ça va ?

— Ouais… Ç-Ça brûle, c'est tout.

— Tiens, enroule ça autour de ta jambe, dit-il en arrachant une des manches de la chemise de Tyler.

— Hé !

— Oh, la ferme, monsieur « j'abandonne ma copine », répliqua Seth en lui replaçant le collet. T'inquiète pas, je t'en payerai une autre belle chemise rose bonbon !

— Et il est où ton imbécile heureux ? s'interrogea Ethan en pansant sa plaie.

— Je ne sais pas. Je l'ai perdu quand…

— ATTENTION !!!

Tyler poussa Ethan sur le côté lorsqu'une poutre vint s'abattre sur eux des étages supérieurs. On entendit un rire, puis il disparut.

— Je n'aurais pas dû le suivre ici, grogna Seth, une main dans les poches. Je gaspille mes cristaux…

— Rien de cassé ? demanda Tyler.

— M-Merci, répondit Ethan qui ne s'imaginait pas lui dire une telle chose.

— Bon, vous deux, allez à l'extérieur près des voies ferrées, ordonna Seth en remettant à Ethan un objet étrange, un magnifique cylindre sculpté de métal noir qui ressemblait au manche d'un marteau. Et toi, lorsque ce sera le moment, appuie sur cette gravure, ici.

— Que veux-tu que je fasse de ça ?!

— Oh, crois-moi, tu sauras quoi en faire. Attends seulement mon signal quand Vincent sera… ailleurs…

Sans explication d'aucune sorte, Seth sauta la rambarde dans le vide et disparut à mi-hauteur dans une lumière jaune.

— Il veut dire quoi par… « ailleurs » ? demanda Ethan en regardant Tyler qui haussa les épaules.

La lune éclairait les environs de sa douce lumière et un lampadaire rouillé clignotait dans la nuit. Seth se retrouva parmi des dizaines de vieux wagons maculés de graffitis. Il se dirigeait au loin entre deux voies ferrées en soupirant, trois petits cristaux jaunes à la main qu'il rangea dans sa poche, ses derniers.

— Tu parles d'une nuit, se dit-il à lui-même. Il est peut-être temps que je prenne des vacances. Tahiti… J'aime bien Tahiti… HÉ, VINCENT ! AMÈNE-TOI !!! Sale pingouin mal conçu à senteur de lavande…

Celui-ci arriva dans la seconde dans un nuage de cendres.

— Alors Seth, tes cristaux s'épuisent ? demanda-t-il en accueillant son ami les bras ouverts tel un prêtre sur le point de prêcher la bonne parole.

Il retira son veston qu'il accrocha à une poutre en acier, puis roula ses manches. Tout comme James, le bout de ses doigts devint charbon, mais contrairement à ce jeune homme, cette Corruption recouvrit l'intégralité de ses bras… Aussitôt, Seth fonça sur lui à travers un tunnel jaune comme un boulet de canon. L'impact projeta Vincent contre un wagon qui s'enfonça sous le choc. Il l'agrippa ensuite par le gilet et le fracassa au sol avant de soulever une poutre à distance avec laquelle il tenta d'empaler son adversaire, mais celui-ci disparut au dernier moment.

— C'était moins une ! s'exclama Vincent juste derrière lui.

Seth se retourna et fit jaillir une onde de lumière tranchante dans son mouvement, et une autre. Vincent les évita, puis le frappa d'un coup direct au visage.

— Tu es tenace ! affirma-t-il à son rival à la poche fumante de jaune et aux yeux colorés. Combien t'en reste-t-il ? Un, peut-être deux ?

— Bien assez pour t'exploser les trous de nez, répondit Seth en crachant du sang.

— Après autant d'années à danser toi et moi, tu n'as toujours pas compris que tu n'y arriveras jamais ?

— Que veux-tu… j'ai la tête dure…

— Tu sais, mon ami, je commence à être fatigué. Non pas de nous, au contraire, mais de tout ce qui nous entoure. Regarde où cela nous a menés. Il y eut des guerres, des pertes humaines… des enfants… Et pourquoi ? Quel est notre but sur ce monde ? Des vagabonds, voilà ce que nous sommes devenus ! De simples vagabonds errant sur une terre qui n'est pas la nôtre.

— Toi sans doute. Avec cette odeur de grand-mère que tu dégages. Moi par contre, je sens frais comme une rose !

— Ton humour va me manquer…

À cette phrase, Seth fut intrigué.

— Quoi, t'as enfin décidé de m'achever ? lui demanda-t-il en levant les bras, prêt pour le coup de grâce. Il était temps !

— Oh non… non, non ! Pourquoi ferais-je une telle chose ? Quoique, il est peut-être temps après tout… Un cadeau d'adieu.

Sur le coup, Seth ne l'avait pas remarqué, mais il vit que Vincent manipulait quelque chose dans un sac en velours de la taille d'une orange accroché à sa ceinture.

— Qu'est-ce que tu caches ?

— Rien d'intéressant, répondit Vincent en retirant sa main.

D'après la forme, il s'agissait de quelque chose de pointu, quelque chose dont Seth se doutait, mais dont il ne pouvait être sûr.

— Depuis quand joues-tu au petit cachotier ? demanda-t-il avec un sourire agaçant aux lèvres. C'est pas dans tes habitudes. Tu parles de cadeau d'adieu et même que je vais te manquer… Dis-moi, où comptes-tu aller ?

À cette question, Vincent parut énervé, mais silencieux.

— Nous avons déjà fait le tour du monde plus d'une fois, non ? fit remarquer Seth. Alors quoi ? T'as découvert un endroit qui n'est pas sur la carte ? Ou t'as toi aussi décidé de prendre des vacances ?! Si c'est le cas, s'il te plaît, ne va pas à Tahiti… Ou peut-être que tu vas en

Arctique pour apprendre aux pingouins tes tours de claquettes! Ou alors…

Seth baissa la tête, puis continua cette conversation qui poussait Vincent à bout.

— T'en as trouvé une, pas vrai? supposa-t-il en rigolant. C'est pour ça le cristal noir… Tu comptes la ramener à ton frère ou t'as l'intention de t'en servir comme un grand garçon?

— Ça ne te regarde pas…

— J'ignore combien de personnes furent trahies, soudoyées, tuées ou même corrompues pour cet objet, mais crois-moi… tu n'aimeras pas ça!

— Présumons un instant que tu dis vrai, grogna Vincent en s'avançant. Donc… pourquoi n'aimerais-je pas ce qui se trouve de l'autre côté?

— Parce que tu n'y as jamais mis les pieds, contrairement à moi!

— Intéressant…

— Et si tu y jetais un coup d'œil?

Vincent sourit, puis sans dire un mot de plus, il lui plaqua ses deux mains noircies sur la tête avant de se transporter autre part, dans le monde des rêves…

Un soleil radieux illuminait un chalet en bois au milieu d'une forêt, une demeure rustique perdue loin de tout. Vincent se promenait afin de profiter de la chaleur issue de ces doux rayons traversant les feuillages ballotés par la brise. Distrait, Seth se tenait derrière lui, les yeux tournés vers la porte d'entrée d'un rouge cerise comme si elle allait bientôt s'ouvrir d'elle-même.

— Un endroit familier, fit remarquer Vincent. Combien de temps vas-tu te torturer avec ce souvenir?

— Ne joue pas à ça avec moi…

— Je viens de réaliser que c'est la première fois que tu me déballes ton esprit de la sorte. D'habitude, tu résistes.

– Un petit souvenir de moi, avant ton départ.

– Je ressens de la colère… de la tristesse… le regret… la rage… Que des émotions sombres t'emplissent. Comment peux-tu continuer d'avancer dans la vie ? Une vie que toi-même, à de nombreuses reprises, tu as voulu abandonner…

– Parce que c'est la vie, répondit Seth en s'assoyant sur les marches devant la maison. Ce ne sera jamais que joie et bonheur, paix et chansons ! Bien qu'elles soient sombres, ces émotions nous forgent tel un métal brûlant afin de nous rendre plus forts… afin de façonner et d'endurcir notre esprit. Cette Corruption qui se trouve en toi, elle ne fait que te dévorer, te contrôler. Tu crois la maîtriser, mais t'es qu'un pantin, qui depuis longtemps, n'a plus de maître pour l'animer.

– Je sais que tu as entendu sa voix par le passé, dit Vincent, bercé par le vent.

– Et alors ?

– Mais l'as-tu déjà vue ?

– Elle n'est qu'un mythe, affirma Seth. Rien de plus.

– Pourtant, tu me caches quelque chose… Je le sens en toi !
Seth resta silencieux.

– Qu'est-ce qu'il y a de l'autre côté ? demanda Vincent, impatient d'une réponse.

– Si seulement tu savais.

– Montre-moi…

En quelques secondes, les arbres disparurent dans la terre et la maison s'envola avec les feuilles. L'herbe se transforma en pierre et l'horizon se courba vers le haut. Dans une caverne titanesque, le plafond scintillait de poussière, donnant l'impression de se trouver sous une voûte étoilée, un univers figé dans le roc. Au loin, à l'opposé les uns des autres, quatre couloirs triangulaires s'éclairaient dans l'obscurité, des passages sans fin. Malgré la structure rocheuse de ce vaste endroit dont Vincent était sous le charme, un métal foncé recouvrait le sol, un alliage inconnu, qui reflétait la grandeur de ces lieux.

— Est-ce ici qu'elle se trouve ? demanda celui-ci, subjugué.

— Possible…, répondit Seth d'un ton évasif. Je me souviens la première fois que j'ai traversé cette caverne. Ébloui par sa splendeur et sa taille, j'avais l'impression de voler… Celle que tu recherches se cache peut-être sous tes pieds. Ou dans l'une de ces quatre directions, qui sait.

Vincent leva les bras, puis marcha vers le centre de cette caverne au sol lisse tel du marbre avec comme seul compagnon le son de ses pas et les battements de son cœur.

— Ô Mère céleste ! s'écria-t-il d'une voix imposante. Entendez-vous ma voix ? Je suis votre serviteur, votre fils égaré. Guidez-moi, car depuis tant d'années j'ai cherché à vous retrouver… Depuis tant d'années, j'ai sacrifié et espéré, mais jamais je n'ai renoncé ! Ô Mère céleste… Un jour… vous et moi… pour l'éternité…

Le silence fut roi.

Les yeux fermés, Vincent inspira profondément.

— Elle doit être magnifique, dit-il. Merveilleuse ! J'aimerais tant la rencontrer… Lui demander qui elle est. D'où elle vient… Mais surtout pourquoi…

— Elle n'est qu'un mythe, soupira Seth. Que de vieilles histoires qui ont traversé il y a plus de deux-mille ans. Rien de plus.

— Balivernes ! Sa voix est toujours dans nos esprits, murmurant, chuchotant son agonie. Prisonnière, quelque part… Elle existe, j'en suis convaincu !

— Ce n'est qu'une voix qui joue en boucle, affirma Seth d'un sourire en marchant autour de son rival. Ça doit être horrible de l'entendre, mais de ne pas savoir où elle se trouve. Les Corrompus et leur mère… Vous n'êtes que des enfants qui cherchent leur maman. C'est plus fort que vous.

— Fais très attention à tes paroles…

— Elle vous attire vers elle, sans possibilité de la rejoindre. Que des pantins aux doigts noircis ! Que des putains de pingouins trop cons pour se rendre compte qu'ils ne sont que des PIONS !!

Fou de rage, Vincent l'agrippa par le collet et le souleva du sol.

– Il n'y a rien ici, pas vrai ?! s'écria-t-il.

– Je te l'ai dit… Que des pions !

– Tu résistes et tu me fais perdre mon temps !

– Disons que je me suis renforcé depuis la dernière fois, répondit Seth, la gorge serrée. Mais j'ai une question pour toi.

– Vas-y…

– Si t'avais la chance de traverser de l'autre côté, vers celle que tu recherches… crois-tu vraiment qu'elle t'accueillerait ?

– Oh oui ! s'exclama Vincent, débordant de joie. Et cette nuit, lorsque j'ouvrirai cette Porte, ma vie prendra enfin tout son sens. Je serai un survivant, et sa voix me guidera vers ma destinée, loin de la guerre, des cauchemars et de…

Seth rigola de bon cœur.

– Qu'est-ce qui te prend ?! lui lança Vincent.

– T'en as donc trouvé une, ce que tu caches dans ton beau et jolie petit sac !

– Je…

– Et tu comptes l'activer avec ton dernier cristal au lieu de la rapporter à ton frère, rigola Seth à nouveau.

– Je ne vois pas ce qui te rend si heureux ! riposta Vincent, enragé. Tu es pris au piège dans tes propres souvenirs, un endroit dont je n'ai guère l'intention de te laisser sortir ! Je vais prendre plaisir à te dévaster le cerveau jusqu'à ce qu'il ne reste rien de cette si belle force d'esprit ! Tu vas bientôt connaître ce que ta…

– Un plan B, mon vieux… Toujours avoir un plan B !

– Pardon ?

– ETHAN !!!

Foudroyé, Vincent cria de douleur et le rêve se fracassa en mille morceaux…

De retour parmi les anciennes voies ferrées, Ethan tenait fermement cet objet que Seth lui avait donné, le manche d'une épée de verre, rétractable et bien enfoncée dans le dos de Vincent, transpercé de part en part. Celui-ci recula de quelques pas, puis frappa Ethan de son bras qui percuta un wagon. Seth se releva difficilement, l'esprit embrouillé, mais avant de pouvoir se remettre de son voyage, Vincent fonça sur lui, s'empalant tous les deux sur la même lame.

– Joli plan, pour une fois ! affirma-t-il de colère, du sang à la bouche. Mais inachevé, comme d'habitude !

Il retira l'épée de son dos et Seth s'écroula dans la souffrance.

– Quelle étrange invention…, dit Vincent d'une douce voix en rétractant la lame qu'il rangea dans son veston avant de l'enfiler. Tu vas me manquer, mon ami. Néanmoins, toute bonne amitié à une fin…

Allongé par terre, une main ensanglantée sur sa blessure, Seth observait les étoiles sans dire un mot.

– Tous les deux, nous sommes sur le point de nous envoler vers d'autres horizons, de renaître après une vie de cauchemars, dit Vincent en dépouillant sa victime de ses quelques cristaux. Mais à présent, dis-toi que tu peux partir en paix, mon ami… Va ! … Va la rejoindre…

Seth ferma les yeux, puis Vincent le regarda une dernière fois d'un air attristé avant de disparaître dans un nuage de cendres.

Appuyé contre la roue d'un wagon, Ethan se réveilla avec un mal de tête atroce, un corps faible. Quand il vit Seth étendu dans son propre sang, il reprit ses esprits et s'élança vers lui en boitant.

– Seth ! Non… Réveille-toi !

Dans la panique, il fouilla dans les poches de son manteau à la recherche d'un cristal vert. Rien d'autre qu'une pomme, un paquet de gommes, des cartes d'affaires aux noms variés et un vieux bouquin de Jules Verne. Mais dans une des poches de sa chemise, il trouva une photographie pliée en deux avec une inscription.

– Ne renonce jamais… Elli…

Lorsque Ethan déplia la photo, un cristal vert glissa dans ses mains. Sans perdre une seconde, il remonta la manche de Seth, puis déposa le cristal sur sa montre et tourna le cadran. Une brume s'échappa de la pierre qui se transforma en un nuage verdâtre avant de s'enrouler à son poignet et de pénétrer dans son corps.

– Allez… Allez ! Pourquoi ça fonctionne pas ! RÉVEILLE-TOI !!

Aux alentours, de la verdure se mit à pousser, un tapis d'herbes et de fleurs, bien ancré dans la terre.

– Qu'est-ce qui se passe à la fin ? s'interrogea Tyler qui sortit de sa cachette.

– Toi, donne-moi ça, vite ! dit-il en lui retirant sa chemise.

– Hé ! Tu veux mon t-shirt aussi ?!

– Ne rejoue pas au con ! Pas maintenant !

Ethan bascula Seth sur le côté et plaça la chemise rose à la sortie de sa blessure, puis le ramena sur le dos et appuya de toutes ses forces sur la plaie.

– T-Tu fais quoi ? lui demanda Tyler. I-Il est mort ton pote…

– Vient m'aider à stopper le sang !

– Bon d'accord, soupira-t-il. E-Et je fais comment ?

– Appuie avec moi, merde !

Tyler s'exécuta et ils tentèrent d'arrêter l'hémorragie. Tous les deux écrasèrent la poitrine de Seth de leurs mains, mais au bout de quelques minutes… toujours aucun changement.

– Ça ne marche pas. I-Il faut que tu l'amènes à l'hôpital.

– Il ne se rendra pas jusque-là ! affirma Ethan. S-Ses cristaux, il disait que ça prenait quelques minutes… J'sais pas. Reste tranquille !

Plus le temps passait, plus il craignait pour la vie de Seth. Mais tout à coup, la poitrine de celui-ci devint brûlante et il se réveilla en hurlant Tahiti. Tyler sursauta, les mains pleines de sang.

– Aïe…, grogna Seth, plié de douleur.

– Tu m'as fait peur ! souffla Ethan de soulagement.

– V-V-Vous étiez mort ! bredouilla Tyler, les yeux écarquillés. C-Comment vous… vous…

– La Mort n'était pas capable de me sentir et elle m'a ramené à coup de pied, dit-il en se débarrassant de la végétation qui avait poussé sur son manteau. Moi qui croyais sentir la rose…

Dérangé par quelque chose, Seth récupéra la chemise de Tyler collée à son dos, dégoulinante de sang.

– Parlant de rose, je présume que c'est à toi ? demanda-t-il en la lançant à son propriétaire.

– M-Merci…, dit Tyler en la tenant du bout des doigts.

– Eh bien, sauvé par deux mioches et une chemise rose, soupira Seth en se relevant, suivi de quelques étirements. Ha, j'adore les verts ! Je me sens tout revivifié ! Aïe ! Presque… J'y pense, où l'as-tu trouvé ?

– C'était dans cette photo, répondit Ethan en lui remettant.

Seth la prit d'un sourire, puis la rangea dans sa poche.

– Bon, t'es prêt pour la suite ? demanda-t-il, tout excité.

– T'es sérieux ?! répliqua Ethan d'un air assommé. T'étais presque mort il y a cinq minutes, t'as plus de cristaux, je suis blessé à la jambe, on est paumés au milieu de nulle part, j'ai perdu mes amis et tu veux encore pourchasser ton guignol ?!

– Hmm… Exact ! En passant, est-ce qu'il est parti avec ce que je t'ai prêté ? Et l'idée de lui couper la tête ne t'a pas traversé l'esprit ?!

– À ce propos ! fulmina Ethan. T'aurais pu me le dire que ton truc s'allongeait de la sorte. C'est passé à deux doigts de me refaire le portrait !

– Ça t'aurait pas fait de tort, marmonna Seth. Voyons le bon côté des choses. Je suis en vie, toi aussi. Je sais ce que Vincent a derrière la tête et nous avons une formidable bagnole pour finir en beauté !

– Vu sous cet angle, admit Ethan.

– Alors, t'es partant ?

– Seulement si tu m'aides à retrouver Nora et les autres !

– Ça va de soi.

— Une minute, s'interposa Tyler. V-Vous parlez de MA voiture ?!

Seth et Ethan se retournèrent vers lui, puis sourirent.

À bord de cette Firebird 1968 argentée, ils partirent tous les deux pleins gaz en direction de la vieille station de radio.

— Tu crois qu'on aurait dû l'amener avec nous ? demanda Ethan en regardant Tyler qui agitait les bras d'un air furieux.

— Il aurait gâché le paysage du rétroviseur, affirma Seth en le replaçant. Un peu comme il fait en ce moment…

— Et pour James ?

— Dans l'heure, j'ai d'autres chats à fouetter. Mais son nom sera ajouté à une longue liste et il sera traqué sans relâche jusqu'à la fin de ses jours.

— Merde…

— Comme tu dis. Une fois qu'on est un Corrompu, il n'y a aucun moyen de s'en défaire. Cette chose affecte non seulement notre esprit, mais aussi notre corps. Elle s'empare de nous, nous transforme jusque dans nos os. Même si James n'a qu'une parcelle de Corruption en lui, il ne sera plus jamais le même… Ce pauvre garçon se trouve à présent perdu dans sa propre tête, contrôlée par des rêves devenus cauchemars, et ce, à jamais… Qu'un pantin aux doigts noircis.

— Mais… ce n'est qu'un gamin, comme moi…

— Tu me fais penser, on aurait dû prendre le temps de le ligoter, fit remarquer Seth avant d'hausser les épaules et de changer de sujet. Bon, appelle tes amis.

Sans attendre, Ethan saisit son téléphone et composa le numéro de Nora. La sonnerie se fit entendre, suivit de la boîte vocale. Il essaya de nouveau… Rien. Encore et encore, il tenta de la rejoindre, mais sans succès. À toute vitesse, ils passèrent devant la station de radio qui n'était maintenant qu'un amas de débris. Quand il vit la bâtisse au sol, Ethan angoissa. Il essaya le numéro de Jacob, celui de Thomas… Mais aucun de ses amis ne répondait. Ils roulèrent ainsi pendant un moment, et lorsque la voiture atteignit une route asphaltée, Seth lui donna le numéro de son téléphone que Zoe avait toujours en sa possession. Et enfin, quelqu'un répondit.

– A-Allo ?! s'écria Ethan en fronçant les sourcils. Attends, Zoe… Qu'est-ce qui se passe ?! On dirait que t'es en pleine guerre mondiale !

Sur ce commentaire, Seth accéléra, puis on entendit des tirs et des cris provenant du téléphone.

– Parle plus fort ! … Où ça ?! … O-Ok… O-On arrive, tenez bon !

– Alors ?

– Ils sont au parc national et ce truc géant est en train de ravager la police de New Haven… Tourne-là ! Et prends l'autoroute qui longe Newport jusqu'à la 85 en direction nord… Ce sera plus… plus rapide si… si tu…

Sans aucune raison apparente, Ethan éclata de rage et martela la portière de son poing jusqu'à ce qu'il ne sente plus sa main. Seth resta silencieux et emprunta la bretelle d'autoroute à plein régime. Quand la pression fut évacuée, son passager se replaça dans son siège et ferma les yeux un instant.

– J'aurais dû monter dans cette fichue fourgonnette, soupira-t-il en regardant le centre-ville de Newport au loin.

– Si t'avais fait ça, je serais probablement mort.

– Et mes amis ne risqueraient pas leur vie en ce moment !

– T'as raison, mais t'en sais rien, dit Seth en esquivant un camion et quelques voitures. T'aurais pu abandonner ce petit con à la fonderie, celui qui t'a évité de finir tes jours sous une poutre… Vous auriez pu m'envoyer balader quand je vous ai demandé de m'aider chez Walter.

– Tu nous as menacés de t'aider !

– Oui bon… Ce que je veux dire, c'est qu'on ne décide pas du chemin qu'on emprunte, car peu importe nos choix, d'autres viendront les foutre en l'air… Tout ce qu'on peut faire c'est de boucler sa ceinture, d'aller droit devant et de foncer comme jamais !

Appuyé contre la fenêtre, Ethan regardait les lampadaires défilés sous ses yeux. Il saisissait ce que Seth lui disait, mais de ne pas se trouver avec ses amis le rendait fou. C'est alors que des mots lui revinrent à l'esprit, ceux écrits à l'arrière de cette photo que cet homme à ses côtés gardait près de son cœur… Ne renonce jamais…

— Je peux te poser une question ? demanda-t-il en fixant une bague que Seth portait à la main gauche, un jonc de mariage.

— Lance-toi.

— Qui est Elli ?

Il y eut un long moment de silence, puis le regard de Seth se perdit à l'horizon et sa main serra si fermement le volant que le cuir grinça. Il sortit ensuite la photographie de sa poche et la remit à son passager.

— Il y a quelques années, moi et ma femme avions une fille… Elizabeth… Un nom qu'elle détestait. Et si t'avais le malheur de ne pas l'appeler Elli, elle pouvait te le faire regretter amèrement. Elle disait que c'était son nom d'artiste ! À chaque occasion, elle l'écrivait quelque part pour ne pas qu'on l'oublie… Hé, hé, j'adorais son caractère, une forte tête en dépit de son âge, un peu comme toi.

Dans le silence, Ethan observa cette jeune fille aux longs cheveux dorés âgée d'une douzaine d'années. Vêtue d'une paire de jeans avec un t-shirt d'un groupe métal allemand, elle était assise à côté de Seth sur les marches d'un chalet à la porte rouge. Tous les deux avaient une guitare à la main, et à leurs pieds, un chiot, un labrador brun avec une oreille blanche.

— En raison de notre profession, très peu savaient que nous avions une fille, brouillant les pistes afin de donner à Elli un semblant de vie normale… Ma femme travaillait de la maison, moi à travers le monde… Je revenais dès que possible et je profitais de chaque minute passée à ses côtés. Je me souviens quand elle m'a demandé de lui apprendre la guitare. J'étais si fier ! Et chaque weekend, je lui montrais un truc ou deux. Je n'ai jamais manqué une seule leçon… Tout comme ses anniversaires…

— Pourquoi ne pas avoir pris ta retraite ?

– Car on doit parfois outre passer nos petites vies afin que le monde dans lequel nous vivons ne bascule dans l'oubli… Mais aujourd'hui, je réalise que j'aurais dû tout sacrifier pour Elli… Absolument tout… J'étais celui qui la mettait en danger… Ce que t'as fait tout à l'heure, rester derrière pour sauver tes amis, donner ta vie pour les personnes que t'aimes. C'est ce que j'aurais dû faire… Pendant longtemps, je croyais que Vincent était le seul ici capable de lire l'esprit, le seul de son espèce, mais j'avais tort… Il a un frère exactement comme lui, un autre pingouin givré jusqu'à l'os ! Et un jour, alors que nous pourchassions un groupe de Corrompus, je suis tombé sur lui. Oh ! J'ai résisté, comme j'ai toujours fait avec Vincent. Par contre, ce que j'ignorais, c'est que son frangin était beaucoup plus puissant. Incapable de me briser, celui-ci m'a fait croire que j'avais gagné. Et une fois le travail terminé, je suis retourné chez moi, sans savoir que j'étais encore prisonnier de mon esprit, de mes rêves, à tourner en rond comme un con dans ma propre tête ! Par miracle, mes hommes ont réussi à me sortir de là en un seul morceau et je suis rentré à la maison au plus vite, car j'avais laissé derrière moi quelque chose… Une information… L'existence de ma famille…

Seth soupira, puis plaqua son pistolet sur le tableau de bord.

– À mon retour, en apercevant la porte grande ouverte, j'ai cru qu'il avait envoyé Vincent pour s'en prendre à ma femme, mais quand j'ai trouvé ma fille étendue au sol avec un regard vide… j'ai compris… Son frangin n'était pas en quête de renseignements. Il voulait seulement finir ce qu'il avait commencé. Me briser. Me détruire. Me prouver sa force… Et sans même me toucher, il parvint à me réduire à néant… Vois-tu, Vincent ravagea tellement l'esprit d'Elli, qu'elle n'est jamais revenue elle-même. Sans une goutte de Corruption, il l'avait vidée de sa joie, de ses rêves et de ce bonheur qui l'emplissait depuis sa naissance… On a tout essayé pour la ramener. Sans succès… Et quelques semaines plus tard, par un matin de printemps, Elli a pris cette arme… puis l'a retournée contre elle…

À la suite de cette histoire, Ethan regarda cet homme qui n'avait aucune émotion, aucune larme, qu'un souvenir brutalement enfoui dans son esprit tel un puissant carburant afin de le pousser au-delà de ses limites.

— Je… Je suis désolé, dit-il en lui rendant la photographie.

— Depuis, ma femme ne m'adresse plus vraiment la parole, soupira Seth. Comment lui en vouloir… C'est de ma faute ce qui est arrivé.

— C'est pour ça que t'as refusé de m'abandonner tantôt ?

— Ce qui t'attendait était pire que la mort, répondit-il en se tournant vers son passager. Et toi gamin ?

— Quoi moi ? sursauta Ethan à cette question inattendue.

— Je sais distinguer ceux qui cachent certaines blessures… des blessures, disons, plus ou moins physiques.

Ethan hésita. Il détestait parler de ses problèmes, surtout de celui-ci. Depuis toujours, telle une éponge, il gardait en lui ses tourments qui se changeaient en colère, puis en rage. Mais en cette nuit inhabituelle, au côté d'un homme rongé par une douleur intérieure, il décida d'enfin se libérer de ce poids l'écrasant depuis si longtemps.

— Mon père…, dit-il d'une voix calme qui ne lui ressemblait guère.

Seth retourna son regard sur la route.

— Et ta mère ?

— Je subis pour deux… c'est le moins que je puisse faire, répondit Ethan en fixant les bas quartiers aux abords de Newport. Tous les… Tous les soirs il me brise… et tous les matins je dois me reconstruire… J'encaisse les bleus et les côtes fêlées, mais à force, quand je me regarde dans la glace, je ne me reconnais plus… J'suis qu'un casse-tête qu'on monte et qu'on remonte. Et plus le temps passe, plus je me demande s'il ne manque pas des morceaux…

— Fais-moi confiance, tous les morceaux sont là, affirma Seth. Mais il faut que tu te poses cette question… Quand tout sera fini, quand t'auras traversé ce tunnel de merde et de colère qui se fracasse sur toi tous les jours. Vas-tu t'écrouler pour le reste de ta vie, ou vas-tu te relever la tête haute, à présent plus fort que jamais ? Et si tu choisis de te relever, crois-moi, lorsque tu regarderas ton père dans les yeux, il saura que c'est toi qui as gagné… Tu disais qu'il t'avait brisé, pas vrai ? Moi je dis que tu es indestructible… Ethan l'indestructible !

Ethan sourit, puis Seth lui fit un clin d'œil avant de changer de vitesse et de mettre le pied au plancher sous les néons colorés de la grande ville de Newport…

MIDDLETON ELECTRIC

On entendit des cris au loin, suivis de quelques tirs de fusil. Dans la noirceur, le sergent Robert Blake détalait comme un lapin entre les arbres, sa carabine d'une main et son pistolet de l'autre. Illuminé par des gyrophares bleu et rouge, il se mit à couvert derrière un rocher lorsqu'une voiture de police en feu roula sans conducteur sur le chemin de terre du parc national. Il fit un signe de croix, puis partit en courant. Sa respiration était saccadée, et quand un cri vint le surprendre, il remonta son pistolet et fit feu sur une silhouette qui disparut avant que ce tir ne la touche. Affolés, deux de ses hommes passèrent à toute vitesse non loin de sa position.

– DERRIÈRE VOUS !!! s'écria une voix à droite.

Les deux officiers plongèrent aussitôt dans les buissons pour éviter de se faire happer par cette ombre qui se déchaînait dans l'obscurité. Robert rangea son pistolet et empoigna sa carabine à deux mains. Il visait d'un côté, puis de l'autre… mais il ne voyait rien.

– FEU !! ordonna un homme au loin.

Un barrage de tirs détona dans la nuit et un rugissement retentit.

– À gauche ! À GAUCHE !!

Une mitraillette découpa les branches et Robert plongea au sol.

– ATTENTION !!!

Avant qu'il n'ait eu le temps de relever la tête, une voiture de police plana au-dessus de lui et s'aplatit contre un arbre. Mais tandis que les tirs éclatèrent de partout, un bruit l'interpella.

– Hé, monsieur Blake ! dit une voix. Par ici !

Vu la situation, Robert fonça droit devant et se retrouva nez à nez avec Zoe, Thomas et Grace, planqués à l'intérieur d'une cabane de maintenance en bois, leur tête en travers de la porte.

– Qu'est-ce que vous faites là ?! demanda-t-il une fois à l'abri. Et toi, la jeune Blackwell…

– J-J'ai rien à voir là-dedans, monsieur Blake ! répondit Grace.

Zoe soupira.

– Je répète ma question… Qu'est-ce que vous foutez là ?!

– Oh, rien, on avait envie d'un peu d'air frais, répondit Thomas.

– Tu ferais mieux de me parler sur un autre ton ! riposta Robert d'un air mécontent. Une question intelligente requiert une réponse intelligente, morveux !

– Hé, on se calme ! répliqua Zoe. C'est quoi votre problème ?!

– Mon problème, jeune fille, c'est que mes hommes se font massacrer par une bête démesurée et que j'ai à présent trois foutus mômes sur le dos !

– À voir ce qui se déroule dehors, je crois qu'on peut se passer de votre aide.

À ces mots, les dents serrées, Robert se tourna vers Thomas, mais Nora et Jacob enfoncèrent la porte.

– Planquez-vous ! ordonna-t-elle.

Tous glissèrent sous les fenêtres et les tirs reprirent de plus belle, suivis d'une explosion.

– C'est en place ? demanda Thomas en couvrant Zoe de ses bras. Vous n'avez pas eu de problèmes ?

– Non, répondit Jacob en dépoussiérant son chapeau de magicien. Des flics en paniques c'est une diversion parfaite, surtout quand ils crient comme des… Oh… B-Bonjour, monsieur Blake…

– Bordel de merde ! s'écria celui-ci. Le groupe au complet… Et où se trouve mon abruti de fils ?!

– Ethan ! s'exclama Zoe. Je lui ai parlé et il arrive avec…

Robert l'attrapa par le bras et se releva d'un air enragé.

– Foutez-lui la paix ! s'imposa Thomas lorsque l'arme du sergent Blake se braqua sur sa poitrine.

– Qu'avez-vous fait ?! hurla-t-il en retenant Zoe, terrorisée. La jeune Bradford à la morgue. Le vieux Walter à l'hôpital. Et maintenant cette… CHOSE !!

Sans lui répondre, Nora se redressa, une main derrière le dos.

– Lâchez-la tout de suite, ordonna-t-elle en remontant le revolver.

– C'est à moi ça…, remarqua Robert en fronçant les sourcils. Et t'oses menacer un officier d'une arme ?! Vous n'avez pas idée dans quel pétrin vous venez de…

– LÂCHEZ-LA !!!

Robert abjura, puis rengaina son pistolet et libéra Zoe qui se cacha rapidement derrière Thomas.

– Quelle belle petite bande de cons, dit Robert en crachant au sol. Alors, la jeune Clarke, t'es contente ? Maintenant que t'as eu ce que tu voulais, vous allez tous m'accompagner afin de subir les conséquences. Parce que, crois-moi, ce que tu viens de faire va te coûter très… très cher !

– On ne partira pas d'ici, affirma Nora en rangeant son arme. Oui, c'est sans doute de notre faute ce qui arrive, mais on a bien l'intention d'y mettre fin !

– Comment avez-vous pu foutre la merde à ce point… Et ce loup ! C-Comment est-ce possible…

– Franchement, on n'a pas le temps de vous expliquer, répondit Nora en fouillant dans le sac de Seth à son épaule. Alors, faites-moi plaisir et dégagez avec vos hommes !

– Pardon ? demanda Robert en s'approchant. Je rêve ou non seulement tu refuses d'obtempérer, mais tu viens aussi de me donner un ordre ?

Le poing serré, il avait cette lueur dans les yeux, car jamais personne, autre que ses supérieurs, n'avait osé lui ordonner quoi que ce soit, surtout pas une gamine de cet âge.

— Écoutez, vous avez depuis longtemps perdu le contrôle de la situation, dit Nora en pointant une voiture de police en feu par la fenêtre. Vous tirez dans tous les sens sur une chose que vous n'arrivez même pas à voir ! Vous êtes dans le chemin. Dégagez !

Robert vit rouge et les os de son poing craquèrent dans le silence.

— Et j'y pense, continua-t-elle. Qu'est-ce que ça change qu'on reste ici ? On va sûrement mourir… Ça vous fera plaisir de l'annoncer à votre fils afin de le détruire encore plus, comme vous adorez si bien le faire ! Mais cette fois, vous l'aurez enfin démoli au point qu'il ne sera plus jamais capable de se reconstruire… C'est pas ce que vous avez toujours voulu ?

— T'as du cran, je te l'accorde, mais je ne te permets pas de…

— Des monstres, il y en a pour tous les goûts, ajouta Nora. Certains sont sombres et gigantesques. D'autres sont bien habillés et charismatiques… Et d'autres sont parfois les personnes qui se trouvent le plus proche de nous, ceux qui sont censés nous aimer… Ceux-là, ce sont les pires ! Vous avez envie de me frapper, pas vrai ? Alors… allez-y… Mais après ça, faites donc quelque chose de bien pour changer et sauvez vos hommes !

Après un moment de calme, Robert renonça et se plia à cet ordre, mais avant de partir, il se tourna vers Nora et la frappa d'une droite en plein visage. Thomas s'élança sur lui et le sergent le cogna d'une gauche qui le projeta contre des outils accrochés au mur.

— Si tu t'en sors en vie, sale petite garce…, dit-il en ouvrant la porte et en dégainant son arme. Je vais te pourrir l'existence jusqu'à la fin de tes jours.

Puis il claqua la porte derrière lui.

— Rien de cassé tous les deux ? demanda Jacob qui aida son amie à se relever.

— Ouais, ça va, répondit Thomas, la tête à l'envers. Il est vraiment taré ce mec.

— J'pensais pas qu'il allait le faire, grogna Nora, un doigt dans la bouche. J-Je crois que j'ai perdu une dent…

— Je l'ai ! s'écria Zoe, pour aussitôt la lancer d'un air dégouté.

— A-Après ce que tu lui as dit, fit remarquer Grace, effrayée d'avoir vu le sergent Blake sous son vrai jour.

— Ça valait le coup, dit Nora en se remuant la mâchoire. Bon, vous êtes prêts ?

— Presque…, répondit Thomas, embourbé dans des pelles et un râteau, un outil que Jacob s'empressa de ramasser. Tu comptes faire quoi avec ça ?

— Une arme ! s'exclama-t-il en le brandissant.

Il replaça son chapeau, puis frappa le plancher de son râteau.

— Alors ? demanda-t-il en prenant la pose.

— Alors quoi ? s'interrogea Thomas.

— J'ai l'air d'un magicien, non ?!

— T'as surtout l'air ridicule, affirma Zoe qui le photographia avec le téléphone de Seth. Allez, magicien de pacotille, on a plus important à faire.

— Ça va aller, Grace ? lui demanda Nora. T'es certaine de pas vouloir rester ici ?

— J-Je dois venir avec vous, répondit-elle en frissonnant.

— T'as qu'à me suivre, dit Jacob. C'est gagné d'avance !

— Ne porte pas la poisse ! s'écria Thomas.

— Bon, les amis…, dit Nora en ouvrant la porte. On a foutu la merde et il est temps de nettoyer… Prêts ?

Chacun fit un signe de tête, puis ils sortirent dans la nuit…

Malgré le chaos, Robert tentait de ramener ses hommes blessés et épuisés vers l'entrée du parc, là où une barricade d'officiers armés et de voitures de police les attendait. Une bête rugit d'un côté, puis de l'autre. Les poudres enflammées l'illuminaient qu'un bref instant avant qu'elle ne disparaisse à nouveau.

– REPLIEZ-VOUS !! ordonna Robert en soutenant un de ses hommes. On va s'en sortir, les gars ! Restez ensemble, du nerf !

Un officier releva son fusil, mais le Vior apparut dans une fumée de cendres et le percuta dans les arbres. Avant que ses confrères n'aient riposté, il était déjà derrière Robert qu'il s'apprêtait à dévorer.

– HÉ !!! hurla Nora au loin qui se tenait en plein centre du chemin, Jacob et Thomas à ses côtés.

Les policiers coincés entre les deux, le Vior grogna dans sa direction, et même sans yeux, il pouvait la voir jusqu'au plus profond de son âme.

– C'est nous que tu cherches ? Alors… T'ATTENDS QUOI ?!

La bête chargea brusquement et Robert plongea au sol avant d'être piétiné. Sans perdre une seconde, les trois adolescents se précipitèrent dans une direction différente. Désorienté, le Vior tourna en rond un instant, puis pourchassa Nora à travers la forêt. Elle courait à vive allure sans regarder derrière, s'efforçant de ne pas se prendre une branche. En raison de sa taille, le Vior contournait les arbres qui lui décapaient le dos de sa chair noircie. Il parvint à se téléporter quelques mètres en avant, puis tenta de mordre Nora dans sa course, mais il se fit les crocs sur un tronc lorsqu'elle dévala une pente.

– ZOE !! hurla-t-elle en se remettant sur ses deux jambes.

À ce cri, le Vior remarqua une lumière jaune planer entre les arbres avant qu'elle n'explose sur son flanc. Dans cette sphère éclatante, il fut projeté dans la forêt et Nora en profita pour décamper. La bête se releva tant bien que mal et fonça à nouveau sans savoir où était sa proie. Il suivit une piste quelques secondes, mais il ne trouva rien.

– Cette couleur, elle fait quoi ? chuchota Jacob.

– C-Comment veux-tu que je le sache ?! bredouilla Grace.

À cette conversation, le Vior tourna son crâne sans yeux vers un gros rocher, puis s'avança lentement. Soudain, une lumière orangée se catapulta de derrière avant d'éclater dans les airs. Une onde de choc colorée défricha les arbres, enflammant l'air, et un millier de projectiles de braises ardentes s'expulsèrent sur tous les axes. Touché à plusieurs reprises, le Vior gémit de douleur.

– Aïe, aïe, aïe, aïe ! s'écria Grace en sautillant hors de sa cachette avec le bas du pantalon en feu.

Elle se retrouva alors face à face avec cette bête qui la regardait avec appétit.

– J-J-Jacob…

Celui-ci bondit de derrière le rocher et se mit entre les deux, les bras tendus. En voyant ce petit magicien au chapeau pointu et au bâton des plus ridicule, le Vior grogna en salivant. Le cœur de Jacob voulait jaillir de sa poitrine, mais tout à coup, comme s'il s'agissait de son dernier moment, il fit signe à Grace de s'enfuir, rabaissa son chapeau sur ses yeux et s'avança d'un pas déterminé, prêt à tout !

– Qu'est-ce que tu fais ?! lui demanda Thomas d'un air consterné qui vint les rejoindre, caché derrière les arbres avec Zoe.

D'un rapide mouvement, Jacob brandit son râteau et le planta dans la terre.

– TU… NE PASSERAS PAS !!! cria-t-il avec force.

Il n'y eut bien sûr aucune magie à la suite de ces mots, mais quelque chose dans le ciel fit son apparition.

– PLANQUE-TOI !!

Jacob plongea au sol et un tube étincelant de jaune explosa aux pattes du Vior. Cette gigantesque boule de lumière aveuglante souffla son chapeau au loin et projeta la bête dans les arbres qui se fracassèrent sur son chemin. Lorsque la poussière retomba, Jacob se releva, puis sourit… un sourire qui disparut quand la bête se redressa.

– Bon sang, mais qu'est-ce qu'il faut pour tuer ce truc ?!

– COURS, PAUVRE FOU ! lui ordonna Thomas lorsque le Vior chargea dans sa direction.

– Oh, merde ! s'écria-t-il de peur en prenant ses jambes à son cou.

– De l'autre côté, magicien ignorant !

Jacob détala à travers les arbres, pourchassé par un monstre d'ombre goudronnée de moins en moins solide sur ses pattes. Le Vior titubait d'un côté et glissait sur les rochers de l'autre. Jacob courut jusqu'à une clairière, là où un haut pylône électrique fit son apparition. Ses jambes sur le point de lâcher, il se rendit enfin à la base de cette structure en acier au milieu de nulle part. La bête rattrapa sa proie, puis ralentit le pas quand il comprit que celle-ci n'avait aucun moyen de s'enfuir… Soudain, la fourgonnette de Middleton Electric jaillit de la forêt, les phares allumés et l'accélérateur au plancher. Le Vior vit Nora au volant qui fonçait sur lui à plein régime. Mais avant de s'élancer sur cette proie qu'il désirait plus que tout, un grésillement l'interpella… car Jacob avait disparu en laissant derrière lui un détonateur illuminé de mauve avec seulement une seconde au compteur. Combiné avec l'énergie que le pylône soutenait à des mètres au-dessus du sol, cette déflagration colorée fut des plus électrisante, visible à des kilomètres. Un courant surpuissant dévora le métal et le Vior rugit dans la souffrance. Sa peau charbonnée se désagrégeait et son corps paralysé se liquéfiait. Dans un cri de rage, Nora chargeait vers cette tempête électrique. Elle se leva du siège conducteur, enroula un fil au volant et se précipita à l'arrière de la fourgonnette en passant à travers les dizaines de bidons d'essence débouchonnés. Elle percuta les portes de son épaule, puis sauta dans le vide tandis que le véhicule continua sa course folle vers le pylône. Incapable de bouger, le Vior fut frappé de plein fouet et l'explosion qui en suivit fut tel un plein chargement de dynamite.

– NORA !!! hurla Zoe qui émergea de la forêt en courant à travers l'onde de choc, ayant vu l'explosion se produire beaucoup trop près de son amie. Les garçons, Grace !

Ceux-ci sortirent de leur cachette, puis se propulsèrent vers les débris enflammés, dont une roue de la fourgonnette qui bondissait dans la clairière. Mais tout à coup, Nora releva la tête, l'air désorienté et les cheveux en broussailles.

– Tu m'as fait une de ces peurs, ma vieille ! s'écria Zoe en se jetant au cou de son amie. Tes cheveux… Ça va ?

– O-O-Oui… je crois, répondit-elle en observant le pylône et les restes de la fourgonnette partir en fumée. Et là… t-tu penses qu'il est assez mort ?

Toutes les deux rigolèrent, puis leurs amis vinrent les rejoindre.

– Rien de cassé ? demanda Thomas.

– Waouh ! s'exclama Jacob, les bras en l'air. Vous avez vu ÇA ?!

– J'arrive pas à croire qu'on a réussi, ajouta Grace.

– Le slogan de mes parents n'est pas si mauvais après tout, dit-il en rigolant avec ses amis.

– Euh… Ce n'est pas pour gâcher le moment, bredouilla Nora qui regardait droit devant. Mais je… je vais sans doute tomber dans les pommes… Ouais… À plus…

Puis elle s'écrasa sur le dos tel un arbre, suivit de l'énorme pylône électrique qui s'écroula dans un vacarme ahurissant.

À l'entrée du parc, les policiers de New Haven consolidaient leur défense. Quelques pompiers et ambulanciers couraient dans tous les sens, venant en aide aux officiers dans le besoin. Ayant entendu ce vacarme sur leur radio, des policiers de Newport s'étaient joints à la cause, sans savoir ce qui se passait exactement. Personne ne croyait les blessés qui déliraient à propos de l'ombre tueuse d'un loup ou d'un chien géant. Malgré que des enfants se trouvaient toujours dans le parc, le sergent Blake se tenait droit devant ses hommes, la tête haute, sale et des bleus pleins les bras. Soudain, une Firebird 1968 argentée arriva en trombe dans le stationnement et s'arrêta à quelques centimètres d'un officier qui tomba à la renverse.

– Hé ! mais vous êtes malade ! s'écria-t-il.

– Hé ! mais t'es dans le chemin ! répondit Seth en sortant de l'auto.

Tandis qu'il enjambait l'officier bouche bée, Ethan, lui, tentait de retrouver ses amis en boitant.

– Tu les vois ? demanda-t-il, affolé.

– Non, tout ce que je vois c'est des demoiselles en détresse ! … Eh merde, elles portent toutes la moustache.

– Je vais de ce côté et toi… toi tu…

Lorsque Ethan s'interrompit, Seth remarqua ses yeux remplis de peur, ainsi que l'homme qu'il fixait attentivement.

– Tu t'appelles Ethan Blake, pas vrai ? lui demanda-t-il.

– Oui…

– Tu es donc le fils de ce charmant sergent de police Robert Blake ! Ça explique bien des choses.

– T-Tu le connais ?!

– Une vieille connaissance… Bon, viens avec moi.

– A-A-Attends, tu fais quoi ?! répliqua Ethan. S'il me voit ici, je suis mort !

– Fais-moi confiance, il ne te fera rien.

Ethan soupira, puis décida de suivre Seth.

– Sergent Blake ! s'exclama celui-ci.

– M-Monsieur Anderson ?! sursauta Robert, mais quand il vit son fils, son visage tourna au rouge. Qu'est-ce que tu fous là toi ?!

– Oh, oh, oh ! s'interposa Seth en poussant discrètement le sergent sur une voiture avant de lui replacer son insigne. On se concentre, d'accord ? Je vois cette belle barricade d'hommes armés et toutes ces lumières rouges et bleues qui scintillent… Mais je me demande pourquoi. Surtout que moi et mon équipier, ici présent, nous avons aperçu une sorte d'explosion mauve et des trucs qui brillent, puis un pylône électrique disparaître de notre champ de vision ! Donc, un rapport ne serait pas de refus.

– B-Bien sûr, monsieur Anderson, répondit le sergent en dévisageant son fils du coin de l'œil. N-Nous avons reçu un appel étrange de nos confrères qui, semble-t-il, étaient pourchassés par un animal de taille inhabituelle lors d'une poursuite avec une fourgonnette et nous…

– Quelle sorte d'animal ? Un écureuil décoiffé ?

— N-Non, un chien géant ! répondit Robert d'un ton formel. Un loup, d'après nos experts.

— Vous avez des experts dans votre service ?! sursauta Seth d'un air intrigué. Bon, vous avez un problème de caniche surdimensionné, vous l'avez suivi jusqu'ici et vous avez sorti l'artillerie lourde. Et maintenant, est-ce qu'il reste quelqu'un à l'intérieur du périmètre ?

— Personne de vivant, monsieur ! jura-t-il sur son insigne.

Le téléphone d'Ethan vibra, ce qui fit sourire Seth.

— Vous êtes certain de ne pas vouloir changer votre réponse ? dit-il à l'oreille du sergent Blake. Ça ferait une belle tache sur une carrière impeccable si par malheur des enfants furent abandonnés dans une situation de crise, non ?

Robert se raidit, puis sa respiration s'accéléra.

— I-I-Il y avait des jeunes, m-mais ils m'ont menacé d'une arme et j'ai dû m'enfuir afin de sauver mes hommes… et ma vie !

— Courage et bravoure ! s'exclama Seth en regardant par-dessus l'épaule du sergent. Donc, je présume que les jeunes en question sont ceux qui rappliquent à l'instant ?

Surpris, Robert se tourna dans la seconde.

— Sergent Blake ! cria un officier. Des adolescents sont revenus de la forêt et ils disent que la bête est morte, écrasée sous un pylône à environ trois kilomètres d'ici !

— Laissez-lui une minute ! répondit Seth à sa place. Vous, mon cher sergent, occupez-vous de vos hommes. Je vais prendre la relève avec ces jeunes.

— J-Je…

— Allez, du vent !

Puis il poussa Robert de sa main et alla rejoindre Nora et ses amis. Sans se préoccuper de son père, Ethan courut vers elle et la serra dans ses bras.

— Aïe.

— D-Désolé, s'excusa-t-il. Rien de cassé ?

– J'ai mal partout… Et j'ai perdu une dent…

– Oh, je…

– Mais je suis contente de te voir, très contente ! dit-elle en l'enlaçant à son tour. Qu'est-ce qui t'est arrivé à la jambe ?

– C'est rien… J-Je croyais que vous étiez morts.

– Toujours en un morceau, mon vieux ! dit Thomas d'un sourire.

– Bon sang, Ethan, t'aurais dû voir ce truc partir en fumée ! s'exclama Jacob en gesticulant. Mes parents vont me tuer, mais ça valait le coup !

– Il a même sauvé Grace, ajouta Zoe tandis que celle-ci prit la main de son sauveur. Ce grand magicien au râteau pas magique pour deux sous, droit devant la bête !

– Il a pas fait ce que je crois ? Cette scène avec…

– Oh oui ! s'écria Jacob. Et c'était GRANDIOSE !

– Hé, Seth, pas mal tes petits bidules de verre, affirma Thomas.

– Alors là, les mioches, je dois dire que je suis impressionné ! s'exclama celui-ci devant ces jeunes qui venaient de vivre l'enfer, mais fiers de ce qu'ils avaient accompli. Vraiment du beau travail !

– Avoue que tu pensais pas qu'on y arriverait !

– J'avoue ! Quand j'ai vu la station de radio, j'étais sûr que vous seriez en dessous !

Ils éclatèrent de rire. Cependant, la bonne humeur du groupe retomba lorsqu'ils entendirent le sergent Blake déverser sa colère sur un de ses hommes, cette rage d'avoir été traité de la sorte il y a peine quelques minutes.

– Tenez, dit soudainement Zoe aux côtés de Seth qui lui remit son téléphone.

– Merci, ma grande…, dit-il lorsque quelque chose à l'écran attira son attention.

– J'sais pas s'il est possible de faire quoi que ce soit, mais je me suis dit que vous, vous pourriez peut-être.

Seth la regarda rejoindre ses amis, puis ses yeux chavirèrent à nouveau sur son téléphone…

– Un problème ? lui demanda Nora.

– Il te reste des cristaux ?

– Oui, quelques-uns, dit-elle en lui donnant son sac.

Mais Seth se contenta de fouiller à l'intérieur et d'en prendre deux.

– Attendez-moi ici…

D'un pas calme, il traversa la foule d'ambulanciers, de pompiers et d'officiers, puis alla retrouver le sergent Blake qui continuait de s'acharner sur un de ses hommes. D'un sourire, il l'attrapa par la chemise, puis l'amena à l'arrière d'une ambulance.

– Qu'est-ce qui vous prend ?! demanda Robert.

– Monte.

– D-D'accord…

Une fois à bord, Seth ferma les portes, ordonna au chauffeur de patienter à l'extérieur et enleva sa montre.

– C'est à propos des jeunes ? demanda nerveusement le sergent, assis à l'intérieur d'une ambulance vide. J-Je n'avais pas le choix. Mes hommes ne…

– Mets ça à ton poignet.

Robert obéit, puis au moment où la montre fut bien attachée, Seth lui posa une main sur la bouche et le bascula sur le dos d'un bon coup dans les jambes. Pendant que cet homme se débattait, il prit un cristal orange, le plaça sur le verre et tourna le cadran. Une vive lumière orangée apparut, et quand la fumée colorée pénétra dans le corps de Robert, Seth retira sa main.

– Veux-tu savoir pourquoi tu n'arrives pas à crier ? demanda-t-il au sergent crispé sur le plancher. Parce que l'air contenu dans tes poumons vient de s'enflammer… La douleur est si vive, si intense, que le corps humain ne peut pas survivre à un cristal orange plus de trente secondes. Toutefois, avec le temps, on s'est rendu compte que lorsqu'on utilise un vert à un moment bien précis, cela permet de préserver la victime et de garantir sa survie.

Il prit alors un cristal vert et l'activa au poignet de Robert.

– Ce qui est horrifiant, c'est que de cette façon, la victime peut ressentir les pleins effets et n'en garder aucune séquelle physique, continua Seth en regardant l'arrière de l'ambulance se remplir de végétation, accompagnée de quelques fleurs. Par contre, cela va laisser une marque dans ton esprit, et ce cauchemar que tu vis en ce moment va revenir te hanter jour après jour… Cette impression de suffoquer. Cette douleur quand tes muscles et tes organes se liquéfient avant de se reconstruire, puis de se consumer à nouveau, encore et encore… Tu es en train de brûler vif… De cuire tel un porc sur le feu !

Tandis que Seth sortait son téléphone de ses poches, le sergent Blake se contractait de douleur dans le silence, les veines gonflées, prêtes à exploser.

– Par chez moi, mes ancêtres appelaient ça le Tourment du soleil, flamboyant, mais silencieux. Ils le faisaient subir aux meurtriers, aux violeurs… ainsi qu'à ceux qui battaient leur femme et leurs enfants.

Seth lui montra alors une vidéo filmée par Zoe dans une cabane quelconque dans un parc non loin d'ici… celle de Robert lorsqu'il frappa Nora au visage en la menaçant. Les yeux du sergent devinrent ronds, remplis non pas de haine, mais d'effroi.

– Tu vois, je peux comprendre ton geste, poursuivit Seth en rangeant son téléphone. Tu la menaces. Elle te menace. Tout le monde se menace. Tu perds le contrôle… Bon ! Ce qui m'inquiète, vois-tu, c'est ton fils. Il m'a parlé de toi, et quand j'ai vu cette vidéo, j'ai tout de suite compris à quel genre d'homme il faisait face. Il n'y a rien au monde qui justifie de briser un enfant au point qu'il soit incapable de se reconnaître. Oh ! J'aurais pu ne pas t'emmener dans cette charmante ambulance. J'aurais pu continuer de réconforter ton fils, lui dire qu'il s'en remettra et que cela se terminera un jour… Le problème, c'est que c'est faux, car toute sa vie son esprit endurera le mal que tu lui as fait. Alors, mon cher Robert, c'est à ton tour de souffrir… de vivre jusqu'à ta mort avec une blessure qui ne guérira jamais !

Sans regret, Seth récupéra sa montre au poignet du sergent Blake, puis sortit gentiment de l'ambulance avant de refermer les portes, laissant derrière lui cet homme qui subissait à présent le pire moment de son existence… Il discuta ensuite avec le chauffeur, et sans poser de question, celui-ci remonta dans son véhicule et quitta le parc national, les gyrophares allumés.

– C'est mon père là-dedans ? demanda Ethan qui vint le rejoindre avec ses amis.

– Problème de cœur. Sueurs froides… Il va s'en remettre.

– C-Comment faites-vous ça ? s'interrogea Nora.

– Faire quoi ?

– Vous incruster de la sorte. Vous êtes policier ?

– Non ! sursauta Seth. L'uniforme ne me va pas du tout…

– ANDERSON !! s'exclama la forte voix d'un haut gradé du service de police de New Haven qui arrivait à l'instant, un vieil homme droit à la moustache bien garnie.

– Chef de police Lewis ! répondit Seth en lui serrant la main. Vous avez perdu du poids ! Vous ressemblez maintenant à Willie Nelson ! Mais avec une moustache…

– Pouvez-vous m'expliquer ce bordel et pourquoi m'a-t-on réveillé au beau milieu de la nuit ?! Ma femme était folle de rage ! Et où est le sergent Blake ?

– Comment est la santé de cette chère Martha ?

– Oh, elle est en pleine forme ! répondit le chef Lewis d'un grand sourire, comme si tout ce qui se déroulait autour de lui disparut.

Seth lui chuchota aussitôt à l'oreille. Pendant quelques minutes, les deux hommes gesticulèrent, hochèrent la tête, pointèrent à gauche et à droite, puis le chef Lewis se remonta la moustache et alla voir ses hommes.

– Gary, Arnold, Scott, venez ici ! ordonna-t-il à ses officiers qui arrivèrent en courant.

– Oui, monsieur ! répondirent-ils à l'unisson.

– Beau boulot, mes petits gars ! À présent, vous allez me remballer tout ça et évacuer les derniers blessés ! Vous ferez en sorte qu'il ne reste rien, pas même une trace, et vous vous arrangerez avec le service des pompiers ainsi que la compagnie électrique de Newport pour qu'ils nettoient ce foutoir dans le parc.

– M-Mais monsieur…

– Et une dernière chose, mes petits gars, ajouta le vieux chef Lewis en s'avançant. Je ne veux pas un seul journaliste dans le coin, ou même qu'un de mes officiers parle de quoi que ce soit à qui que ce soit… Je me suis bien fait comprendre ? Vous avez vu un loup, il était gros, mais ce n'était qu'un loup.

– C-C-Ce loup, i-il était gigantesque et il se…

– Ce n'était qu'un loup ! Un animal dangereux, non loin de la ville de Newport et de la banlieue de New Haven, pouvant mettre en danger les habitants et les touristes… Personne n'a besoin de le savoir. Notre travail c'est de les protéger, pas de causer une panique générale. Compris ?

– O-Oui, monsieur…

– Pardon ?

– OUI, CHEF !! reprirent-ils ensemble.

Tandis qu'ils s'attelèrent à la tâche, Seth s'approcha.

– Vous croyez que ce sera suffisant ? lui demanda le chef Lewis.

– Non… Elle vous rendra visite au courant de la journée.

– Entendu… C-Comment va-t-elle ?

– Elle refuse toujours de s'éloigner de la maison, soupira Seth.

– Et pour Walter ?

– Je m'en suis occupé.

– Bien ! rigola le chef Lewis. Car ce vieux bougre me doit encore vingt dollars !

Les deux hommes se serrèrent à nouveau la main, et c'est alors que

Nora remarqua un petit tatouage sur le poignet du chef Lewis, trois petits cercles formant un triangle… Celui-ci les salua, puis alla veiller à ce que tout se déroule selon son bon désir.

— Qu'est-ce que c'était que ça ?! dit Thomas d'un air abasourdi.

— Vous connaissez le chef Lewis ? demanda Zoe.

— Un vieil ami, répondit Seth.

— Je croyais que c'était moi ton vieil ami ? s'interrogea une voix derrière eux.

C'est alors que Norman, ce vieillard étrange de l'hôpital à la queue de cheval grisaillée, apparut de nulle part, vêtu cette fois d'un uniforme d'ambulancier en sirotant un soda d'un restaurant bon marché. Seth lui serra aussitôt la main. Derrière, une grosse bonne femme de près de 300 lb se pointa le bout du nez, Petra, habillée tel un officier de Newport dans une tenue trop serrée. Sans attendre, celle-ci prit Seth dans ses bras, suivi d'une embrassade.

— Alors, le jeunot, commença Norman. T'aurais pu nous le dire que ces gamins étaient avec toi.

Petra les dévora du regard en replaçant son insigne. Curieusement, ses cheveux étaient devenus blonds.

— Tu les as croisés avant moi, répondit Seth. Tout se passe bien pour Walter ?

— Aucun problème, répondit Petra de son accent allemand des plus imposant. Je vais le récupérer tout à l'heure. S'il ne se réveille pas avant…

— Nickel ! T'es la meilleure.

Petra rougit.

— T'as trouvé ton coupable ? demanda Norman.

— Uh-huh, une vieille connaissance à toi et Walter.

— Ça explique pourquoi le bureau à appeler…

— Ils veulent que tu gardes un œil sur moi ? supposa Seth.

— T'inquiète, mon grand, répondit Norman en rotant. Moi et la grosse on va faire le ménage derrière toi à Newport.

— Merci.

— Ça restera entre nous. Pas vrai, mon canari ?

— J'ai envie de te menotter et de t'abandonner dans cette fichue forêt, grogna-t-elle.

— L'amour ! s'extasia-t-il. Brrr ! J'en ai des frissons ! Que ferais-tu sans moi ? Et que ferais-je sans mon canari ?! Ô que je t'aime, toi !

Norman fonça sur elle et s'écrasa le visage en pleine poitrine. À ce geste, Petra ricana. Et ainsi, en se chuchotant à l'oreille, ils partirent tous les deux vers d'autres horizons.

— Sérieusement, c'est qui ces deux clowns ?! s'interrogea Jacob, la bouche grande ouverte.

— Bah, tu sais, ils sont un genre de… de truc qui… un couple un peu bizarre… des amis de longue date avec…, répondit Seth sans vraiment savoir quoi dire pour aussitôt changer de sujet. Bon, ce n'est pas que je déteste l'ambiance avec toutes ces demoiselles à moustaches et ces belles lumières, mais j'ai un travail à finir.

— Ethan nous a expliqué, s'interposa Nora. Et on vient avec vous !

— Sérieux ?! dit-il d'un haussement d'épaules. Si vous insistez…

Seth se dirigea alors vers la vieille Firebird, puis monta à bord et sortit son téléphone qu'il mit sur haut-parleur.

— C'est la voiture de Tyler ? s'interrogea Grace.

— Ouais. Il va bien.

— Dommage pour lui…

— T'appelles qui ? demanda Ethan, appuyé sur la carrosserie.

— Ma femme…, soupira Seth.

La première fois, personne ne répondit, mais après plusieurs tentatives, quelqu'un décrocha enfin.

— *Tu veux quoi ?* dit la voix d'une femme mécontente.

— Salut Abi…

— *J'ai pas le temps, alors accouche… Tu veux quoi, Seth ?*

— La version courte… J'ai besoin de savoir quand la Source de Newport est censée se réveiller.

Il y eut un moment de silence.

– Une Source ? chuchota Jacob.

– *Il est trop curieux lui. Allez, je raccroche…*

– Non, attends, Abigail ! insista Seth. C'est Vincent… Je ne sais pas comment, mais il a une Porte en sa possession, et il a l'intention de l'activer avec l'un des cristaux de Walter.

Il y eut un autre moment de silence.

– *Tu sais pourtant que…*

– Disons seulement que l'heure a sonné.

Encore une fois, le silence, mais soudain, Nightrun s'alluma et une minuterie se mit en route… Deux heures et cinquante-trois minutes.

– *Tu l'as enfin convaincu…*, souffla Abigail. *Si t'as raison, Vincent n'a pas encore tenté d'activer sa Porte. Alors je vais faire en sorte que le central ne s'en aperçoit pas.*

– Merci, je…

– *Et fais-moi plaisir, Seth… Demande à un de tes gamins à côté de ta belle bagnole grise de me prendre une vidéo pour que je puisse me souvenir de ce moment !*

La ligne coupa dans la seconde, et tout le monde scruta les alentours afin de retrouver cette Abigail.

– Comment elle sait qu'on est là ? s'affola Jacob, la tête en l'air. Elle nous observe d'un satellite, d'un drone ?!

– Peut-être, mais je dirais plutôt un couple mal agencé…, soupira Seth en sortant de l'auto pour saluer discrètement Norman et Petra au loin. Vous êtes certains de vouloir venir ?

– Après ce qui s'est passé cette nuit, on ne va sûrement pas arrêter maintenant, affirma Ethan. Mais c'est quoi ta minuterie ? Et cette Source… Cette Porte ?!

– En gros, Vincent sera à un endroit précis quand le temps sera écoulé, répondit Seth en faisant signe à un officier de le rejoindre. Il s'agit d'une plage au nord de Newport. Au moment venu, on ira le retrouver là-bas. Mais je dois vous prévenir… Ce qui va suivre risque de changer vos vies.

– Quoi, c'est pire qu'un loup géant ?!

– Pas tout à fait…

– Monsieur ? demanda l'officier.

– Où se trouve le véhicule du sergent Blake ?

– Derrière vous, monsieur, répondit-il. Voiture 13.

– Mon chiffre chanceux ! s'exclama Seth. Va dire au chef Lewis que je réquisitionne cette auto pour la nuit.

– E-Entendu, ajouta l'officier qui s'empressa d'obéir.

– Dernière chance, les mioches ! dit-il en regardant ses jeunes équipiers.

– On ne changera pas d'avis, affirma Nora.

– Mais comment comptes-tu arrêter ce Vincent avec le peu de cristaux qu'il te reste ? s'interrogea Jacob lorsque la tristesse s'installa dans ses yeux. Et en plus… j'ai perdu mon chapeau de magicien…

– Ah, le pauvre ! souffla Thomas en se moquant de lui.

– Tiens, prend une casquette de police, dit Seth qui en ramassa une au sol avant de lui écraser sur la tête. C'est pareil ! Sauf que là… j'ai pas envie de te mettre mon pied aux fesses.

– Une casquette de magicien ! s'exclama Jacob.

– Décourageant… Bon, vous êtes prêts ?

Surprise par la question, Zoe partit à toute vitesse vers un camion de pompier, discuta un instant avec un homme qui lui donna un objet, puis retourna voir le groupe.

– Allez, c'est l'heure de stopper ce malade ! s'écria-t-elle en tapant dans sa main avec une barre de fer devant ses camarades des plus renversés. Quoi ? J'ai quelque chose sur le visage ?

– T'es parfaite, ma grande, répondit Seth d'un sourire. Hé, le magicien !

– O-Oui ? demanda Jacob, surpris.

– Toi et les autres vous prenez la voiture du sergent Blake et vous me suivez, ordonna-t-il en montant à bord de la Firebird. Moi et les deux tourtereaux on va prendre celle-ci.

— Tu parles de qui ? s'interrogea Ethan.

— Il faut vraiment que t'ouvres les yeux…

— Mais c'est pas ma cop…

— Ah ! La ferme et grimpe dans l'auto ! répliqua-t-il en tirant Ethan et Nora à l'intérieur.

Ainsi, chacun rejoignit son véhicule respectif, puis ils quittèrent le parc national. Malgré la peur, le moral était à son plus haut, car après ce qu'ils venaient de vivre, ils avaient l'impression que rien ne pouvait les arrêter…

LA FEMME SANS NOM

Sur la route en direction de la plage au nord de Newport, tandis que Jacob, Thomas, Zoe et Grace suivaient à l'arrière à bord de la voiture du sergent Blake, l'incertitude et le mystère régnaient à l'intérieur de la vieille Firebird. Selon Nightrun, il ne restait que deux heures et seize minutes, mais avant quoi… Personne ne le savait, sauf Seth qui les conduisait vers l'endroit où Vincent se dirigeait. Son regard était vif, les yeux fixés droit devant. Tout comme leur chauffeur, Ethan et Nora étaient silencieux, attendant de voir ce que la nuit avait encore à leur offrir.

Après une vingtaine de minutes, ils arrivèrent en bordure de l'océan. Au nord, il n'y avait qu'une plage immense et déserte, délaissée sur des kilomètres, et au sud, Newport, dont le quart de la ville était plongé dans le noir, avec sa rangée d'hôtels surdimensionnés et les bateaux de croisière amarrés à son port.

— Ethan…, l'interpella discrètement Nora. C'est notre petit coin de plage, quand nous étions jeunes.

— Ça rappelle des souvenirs, répondit-il.

Seth tourna à droite et longea la mer, puis deux kilomètres plus loin, il emprunta une rue résidentielle sombre, là où quelques maisons furent construites au sommet d'une butte d'herbe qui dominait la plage et les vagues. Les phares éteints, il avança lentement jusqu'au bout de ce cul-de-sac et s'arrêta devant une demeure solitaire de deux étages de haut, peinturée de blanc, au toit brûlé par le soleil. Une petite clôture bordait une pelouse verdoyante balayée par le vent salé, et sur le côté, le feuillage d'un arbre ancestral entouré de fleurs surplombait une table et quelques chaises.

— Je reconnais cette maison, dit Nora en sortant de la voiture.

— Où est-ce qu'on est ? demanda Ethan.

— Chez une amie, répondit Seth en regardant les autres débarquer de leur auto en claquant les portières. Essayez de ne pas réveiller le voisinage…

— C'est ici que Vincent se trouve ? s'interrogea Thomas.

— Non, mais il sera sur la plage un peu plus au nord d'ici une heure et quarante-deux minutes, répondit-il en jetant un coup d'œil à la minuterie de Nightrun. Bon, vous tous, écoutez-moi très attentivement…

Chacun s'approcha sur-le-champ, intrigué par le ton plus sérieux que Seth utilisa.

— Celle qui habite cette maison est une personne importante… Si elle vous pose une question, vous répondez, sinon, vous la fermez. On va attendre que Vincent se pointe dans le coin. Quand ce sera le temps, on n'ira à sa rencontre, mais d'ici là… aucune blague douteuse, aucun bruit inutile, aucune lumière. Le calme et rien d'autre. Compris ?

— Euh, je crois, dit Ethan.

— Cette personne, elle s'appelle comment ? demanda Zoe.

— Elle n'a pas de nom…

Tous le dévisagèrent.

— Ce que je veux dire…, reprit Seth. C'est que vous ne devriez pas être ici, et par conséquent, son nom est sans importance.

— Tant de mystère ! ricana Ethan.

— Il s'agit de celle à qui je rends des comptes.

— Ta supérieure habite dans le coin de Newport ?! s'interrogea Jacob.

Soudain, la porte de la maison s'ouvrit et un gros labrador brun sortit en trombe. Seth se retourna aussitôt et l'animal lui sauta dessus, la queue s'agitant frénétiquement.

— Il t'attendait, dit une jeune femme dans l'obscurité qui alluma une bougie.

En voyant Seth s'amuser avec ce chien, Ethan se souvint du chiot sur la photographie de sa fille. Une oreille blanche… Le même.

— J'en déduis que c'est à cause de vous cette coupure de courant ? demanda la femme en s'approchant, illuminée par la faible lueur d'une flamme qu'elle protégeait de sa main. Ce cher Loki et moi n'avions pas vu Newport s'éteindre de la sorte depuis longtemps… Rien de mieux que de revenir à la simplicité et le calme, sans technologie pour brouiller nos esprits.

Elle était grande, dans la mi-vingtaine, vêtue d'une paire de jeans et d'un t-shirt gris. À son poignet, un mince bracelet de verre blanc, sans fermoir ni attache. Son visage était ravissant, des yeux bleu ciel, avec de longs cheveux noirs se baladant avec le vent. Elle avait une façon étrange de s'exprimer, surtout pour son âge, car sa voix était envoutante, dégageant une forte maturité.

— Abi vous a téléphoné ? lui demanda Seth en caressant Loki.

— Elle m'a seulement prévenue que tu risquais de passer cette nuit. Mais bien qu'elle ne m'ait pas dit pourquoi, je me doute de la raison…

— Elle est super belle, chuchota discrètement Jacob.

Seth lui frappa sans attendre sur la casquette.

— Jacob ! rouspéta Nora.

— Quoi ?!

La femme sourit.

— Venez, dit-elle en retournant à l'intérieur. Seth, veux-tu un café ?

— Avec plaisir, mademoiselle, répondit-il d'un ton qui ne lui ressemblait guère, faisant signe à ses équipiers de le suivre.

L'intérieur de cette maison était de bois, tout comme le vieux plancher qui craquait à chaque pas. Des meubles de couleurs variées supportaient une multitude de dessins et de photos dans des cadres faits à la main, dont plusieurs montraient une fillette aux cheveux noirs avec une vieille dame, s'amusant dans le sable face aux vagues. Dans le salon, les fenêtres étaient grandes ouvertes, laissant pénétrer une brise qui virevoltait de minces rideaux blancs… Tandis que la femme se dirigeait dans la cuisine, Seth demanda à Jacob, Thomas, Zoe et Grace de l'accompagner à l'extérieur en empruntant une porte sur le côté. Une fois sous cet arbre ancestral, il orienta un télescope vers la plage.

— Vincent va arriver là-bas dans environ une heure et demie, dit-il en pointant au loin. Lorsque vous le voyez, vous me prévenez.

— Comment sais-tu ça ? demanda Thomas.

— Il va tenter d'activer un objet très particulier, mais il doit le faire à un endroit et un moment précis, répondit Seth en vérifiant la direction du vent. Loki va le sentir arriver… Il déteste la lavande.

La langue sortie, celui-ci s'assit à côté de ses nouveaux amis.

— Je n'aime pas trop les chiens, grommela Zoe avec sa barre de fer.

— Le mien n'est pas comme les autres, affirma Seth en lui secouant les oreilles. Pas vrai, mon beau ?

— Si vous le dites, souffla-t-elle en approchant délicatement la main avant d'être léchée dans son intégralité. Beurk !

Seth retourna à l'intérieur lorsqu'il vit la femme avec une tasse de café fumante.

— Merci, mademoiselle, dit-il.

— Tu es exaspérant avec tes « mademoiselle », soupira-t-elle. Allez, viens me raconter.

— Mais avant, pour le gamin, vous n'auriez pas un vert ?

— Seth…, soupira-t-elle à nouveau. Fais comme chez toi…

— Merci, dit-il en montant aussitôt l'escalier.

Dans le salon, gentiment assis sur un vieux canapé, Ethan et Nora les attendaient, intrigués de savoir ce qu'ils faisaient ici. La femme alluma une bougie sur une table basse, puis se posa dans un fauteuil.

Seth revint au même moment en dévalant l'escalier comme un éléphant qui, lui, les aurait déboulées. Il lança sa monte à Ethan, suivie d'un cristal vert. Sachant très bien ce qu'il devait en faire, celui-ci l'attacha à son poignet et plaça la pierre sur le dessus. Mais lorsqu'il tourna le cadran, la femme se leva en moins de deux afin d'examiner la blessure de cette jambe qui saignait sur son plancher. Sa main était douce, mais à la fois froide tel un cadavre. Dans une intense lumière colorée, cette brume verdâtre fit son travail et s'évapora autre part…

— D'ici quelques minutes, il ne restera qu'une simple cicatrice, dit-elle en retournant dans son fauteuil.

Étrangement, ni herbe ni fleur ne poussèrent dans le salon de cette femme sans nom.

— À voir l'état dans lequel vous vous trouvez, j'en déduis que cela ne s'est pas passé comme prévu, supposa-t-elle en attrapant un bloc de feuilles et un crayon avant de dessiner d'une oreille attentive.

— Vincent a utilisé un cristal noir, mais ces gamins se sont occupés du Vior sans problème, répondit Seth en sirotant son café. Presque sans problème…

— Leur fais-tu confiance ?

— Celui-ci m'a sauvé la vie, dit-il en pointant Ethan. Et celle-là… c'est la voisine de Walter.

— Nora Clarke…

— V-Vous me connaissez ? demanda Nora, surprise.

— Disons que je connais Walter, dit-elle lorsqu'une goutte de sang coula de son nez qu'elle essuya sans broncher. Alors Seth, pour que tu sois ici, je présume que Vincent a trouvé une Porte, n'est-ce pas ?

— C'est exact, répondit-il.

— Et tu t'apprêtes à solliciter mon aide, je me trompe ?

— C'est exact…

— Pourquoi donc ? demanda la femme. Bien que je t'aie autorisé à te débarrasser de Vincent, je n'aime pas que ce soit à cet endroit… si proche de la maison.

— Et c'est pour ça que j'ai besoin de vous, soupira Seth en ingurgitant le reste de son café. Je crois que son frère n'est pas au courant. Ce que je cherche à savoir, c'est pourquoi... Je suis conscient que vous avez plus important à faire, mais il se passe quelque chose et je veux savoir quoi !

Pendant un moment, la femme continua de dessiner sans dire un mot, puis détacha la feuille et la déposa sur la table. Nora fut surprise par ses talents, car en quelques minutes à peine, elle venait d'esquisser en détail un haut château et une ville magnifique, une gigantesque cité circulaire.

— Laisse-moi y réfléchir, dit-elle en commençant à griffonner autre chose. Et es-tu certain de vouloir faire ça ?

— Non... mais c'est la seule solution.

— Combien de temps reste-t-il ?

— Un peu plus d'une heure.

— Dans ce cas, en attendant, va tenir compagnie à ton chien, ainsi que ces jeunes que tu as abandonnés dehors.

— Je préfère rester ici. Je ne veux pas que vous...

— Loki ne t'a pas vu depuis des mois, répliqua-t-elle en regardant Seth du coin de l'œil qui refusait de quitter son salon. Alors, va le voir... C'est un ordre !

Ne pouvant contester, il obéit, puis laissa Nora et Ethan en compagnie de cette femme sans nom. Lorsqu'il fut à l'extérieur, celle-ci sourit.

— Bon, maintenant qu'il est parti, vous pouvez arrêter d'agir comme si vous vous trouviez en face d'une reine, dit-elle. Vous ne me devez rien, alors on se détend...

— Q-Qui êtes-vous ? demanda Nora, un peu gênée.

— Seulement une ancienne étudiante de l'Université de Newport en histoire de l'art ! Rien de plus. Qui crois-tu que je sois ?

— Je l'ignore...

— Disons que d'entendre Seth vous parler de cette façon soulève quelques questions, ajouta Ethan. Et sauf votre respect, surtout en raison de votre âge… Vous le connaissez depuis longtemps ?

– Depuis toujours. Il est comme un frère pour moi, mais il s'accroche encore à de vieilles traditions, malgré mes tentatives répétées à les lui faire oublier.

– Et vous… vous êtes comme lui ? demanda Nora.

– Magicienne ?! sursauta la femme. Non, pas du tout.

– Qui êtes-vous alors ?

Une fois son dessin terminé, elle retira la feuille et la remit à son invitée. Il s'agissait de deux corbeaux, fusionnés, l'un à l'autre, qui se chamaillaient pour un cristal.

– Merci, dit Nora. Qu'est-ce que c'est ?

– L'emblème d'une famille…, répondit la femme en regardant Seth sous cet arbre ancestral. Je sais que vous avez des questions plein la tête, et c'est compréhensible. Malheureusement, Seth et moi avons beaucoup à cacher. Par conséquent, vous comprendrez qu'il m'est impossible d'y répondre adéquatement.

À ces mots, un corbeau apparut sur le rebord d'une fenêtre. Il croassa, puis observa Nora et Ethan de ses yeux noirs.

– Néanmoins, je peux vous résumer la situation, continua la femme qui semblait habituer à la présence de cet invité à plume. Il y a sur Terre une énergie en son sol, une énergie datant d'une autre époque. D'un côté, nous avons l'Ordre, un groupe de gens qui tente de la préserver, de l'empêcher de tomber entre de mauvaises mains. De l'autre, nous avons les Corrompus… Pour eux, cette énergie n'a aucune importance. De nos jours, ils s'efforcent de survivre à l'ombre, attendant quelque chose. Et ce « quelque chose » est précisément ce qui inquiète Seth, car il a peur que le frère de Vincent remonte jusqu'à moi… Voyez-vous, dans mon cas, je ne me trouve ni d'un côté ni de l'autre, je suis en plein milieu pour une tout autre raison.

– Tellement de questions…, soupira Ethan d'un air abattu.

– Et je peux t'assurer que tu en auras davantage d'ici une heure, ajouta la femme.

Submergée par la curiosité, Nora ne comprenait rien. Cette poursuite avec ce loup démesuré, cet homme sombre qui s'en était pris à Zoe et qui transforma à jamais James... Comment tout ceci était-ce possible ? C'est alors qu'une photo sur la table basse attira son attention, celle d'une dame au visage réconfortant à côté d'une fillette aux cheveux noirs qui tenait la main d'un jeune homme droit comme un soldat, ainsi qu'une personne que Nora connaissait bien... Walter.

– Qui est-ce ? demanda-t-elle.

– Là, c'est moi, répondit la femme en pointant la jeune fille. Le grand garçon constipé dans la vingtaine c'est Seth... Et là c'est bien sûr Walter, ainsi que Matilde, sa sœur, celle à qui appartenait cette demeure.

– J'ignorais qu'il avait une sœur.

– Avant que cela vous traverse l'esprit, aucun d'eux n'est un parent éloigné. Ce n'était que deux étrangers, qui, en quelque sorte, nous ont adoptés afin de nous offrir un toit, nous donnant ainsi le sentiment d'être une vraie famille... Des gens formidables ! Matilde jouait le rôle de la figure maternelle, et Walter celui de l'oncle souriant qui avait toujours une histoire à raconter. Ce fut des années formidables... Mais... il y a quatre ans, Vincent a chamboulé nos vies et la santé de Matilde commença à dépérir. Puis quelques mois plus tard, la mort l'emporta...

– Je suis étonné que Seth n'ait pas tué cette espèce de malade depuis le temps ! s'exclama Ethan en frappant farouchement sur la table, renversant un cadre qu'il replaça d'un air embarrassé. J-Je suis désolé...

– Ne t'en fais pas, ricana la femme, suivi d'un long soupir. Plus d'une fois, il a eu l'occasion de tuer Vincent, mais... c'est moi qui ai exigé qu'il l'épargne.

– Pourquoi ?! demandèrent-ils.

— Car chacun de nos gestes a des répercussions… Le frère de Vincent est plus puissant, et de ce fait, il a une certaine emprise sur son cadet. La Corruption lie les Corrompus les uns aux autres, ainsi, le plus sombre prend le contrôle de ceux qui lui sont inférieurs, une sorte de hiérarchie, si l'on veut. Vincent a toujours opéré selon le bon vouloir de son ainé. Toutefois, ce qu'il va tenter cette nuit est inhabituel. Il semble agir par lui-même… Ce n'est pas rare qu'un Corrompu développe un semblant de conscience. La Corruption n'a pas été conçue pour engendrer des monstres, mais pour manipuler l'esprit des hommes en utilisant ce qui les affecte le plus, ce qui les rend malléables… Nous sommes plus vulnérables dans la tristesse que dans la joie… Bien sûr, notre esprit est fragile, et la Corruption déclenche automatiquement une dépression incontrôlable dont elle tire les ficelles, devenant ainsi ses pantins. Une fois dans notre esprit, elle augmente nos pulsions les plus viles et masque nos sentiments les plus nobles. Mais l'âme est une force en soi, de même que nos souvenirs qui l'ont modelée. Et donc, la Corruption peut parfois être désorientée, si je puis dire…

Elle prit ensuite une autre feuille, puis dessina à nouveau. Ne voulant guère la déranger, Ethan et Nora l'observèrent vider ses émotions sur une simple feuille de papier. Plus le temps passait, plus ses gestes étaient brusques, ses pensées tourmentées.

— Vous savez pourquoi des gens de tous les jours, malgré la dépression, ne s'inclinent pas face à l'adversité ? demanda la femme. Parce que dans la noirceur, ils y trouvent un certain réconfort, une force qui leur permet de surmonter l'insurmontable. Qui leur permet de penser d'une façon bien différente et de créer des choses que nul ne peut imaginer… Comment composer une symphonie grandiose et bouleversante, sans avoir déjà vécu la colère et la tristesse ? Comment un peintre, un maître, peut-il représenter la folie ou la mort, sans avoir croisé son chemin… L'obscurité n'est pas aussi méprisable que l'on croit.

Le corbeau croassa à nouveau. La femme retira la feuille, puis la glissa sur la table. Cette fois, ce dessin était plutôt sombre, griffonné sous l'effet de la souffrance. Il s'agissait d'une ombre à l'image d'un homme carbonisé. Au sommet de sa tête sans visage, une couronne se voilait dans le noir.

— V-Vous êtes vraiment douée, dit Ethan, fasciné par cette femme.

— Je te remercie, lui dit-elle. Pour moi, l'art est libérateur. Je transpose mes sentiments et je peux ainsi les regarder afin de les étudier, de les supporter… Quand je suis arrivée dans cette maison avec Seth, j'étais perdue, loin de ma vie d'autrefois. J'étais très jeune, mais le dessin m'a permis de comprendre ce qui m'entourait. Tout ce que je voyais, je le dessinais. Cela me donnait l'impression de ne pas être ici, de contempler le monde à travers une vitre… Chacun d'entre nous fait face à ses problèmes d'une manière différente. Seth, par exemple, était beaucoup plus vieux que moi, et de rester dans cette demeure le rendait fou. Il s'est donc lancé dans la seule chose qu'il connaissait, la violence. Grâce à Walter, il a rejoint l'Ordre, un groupe de gens avec qui il a une certaine affinité. Ils ne partagent pas toujours les mêmes idéaux, mais il met tout de même à leur contribution une partie de son savoir, ainsi que ses talents.

— Si je comprends bien, vous et ce groupe bizarre pour qui Seth travaille ne voulez pas tuer Vincent à cause de son frère ? demanda Ethan.

— Ils ont peur, répondit la femme. Et avec raison… Par contre, il est temps pour eux de faire ce pour quoi l'Ordre fut fondé, il y a plus de deux mille ans. Si vous refusez d'affronter vos peurs, elles finiront par vous dévorer, ainsi que ceux qui vous entourent…

Ennuyé par toutes ces histoires grotesques de magicien que Jacob débitait, Seth revint à l'intérieur, suivi de Loki qui s'empressa d'aller voir Ethan en remuant la queue.

— Aucun pingouin en vue, soupira-t-il en dévisageant le dessin de cet homme sombre sur la table qu'il chiffonna avant de le mettre dans sa poche. Vous ne devriez pas dessiner ça…

— Ne trouves-tu pas étrange de vouvoyer une fille de mon âge encore aujourd'hui ? lui lança-t-elle, les yeux au ciel. Mets un genou au sol tant qu'à y être.

– Si vous voulez, je peux le…

Furieuse, la femme lui jeta son bloc de feuille et se leva de son fauteuil.

– T'es qu'un abruti, s'écria-t-elle. Le sais-tu ?!

– Mais…

– Elle a pas tort, marmonna Ethan.

– Ne la ramène pas !

La femme s'appuya contre le comptoir de la cuisine, puis soupira.

– Cela fait presque vingt ans qu'on est ici…, dit-elle. Ne penses-tu pas qu'il serait temps de passer à autre chose toi et moi ?

– Peut-être…

– Te souviens-tu lorsque tu m'accompagnais à l'école ? Comment crois-tu que je me sentais quand tu m'appelais « mademoiselle » devant les autres enfants ?

– J-Je ne sais pas…

– Tout ce que je te demande depuis que je suis gamine c'est de me traiter comme ton égal… C'est quand la dernière fois que tu m'as appelé par mon nom ?

– Euh…

– Jamais ! répondit-elle à sa place.

– Mais j'ai promis à votre mère de…

– Tout ce qu'elle t'a fait promettre c'est de prendre soin de moi, pas de m'emmerder avec les politesses ! rétorqua-t-elle d'un ton sé-vère. Et sais-tu quoi, j'en ai marre… Alors, si tu veux que je t'aide avec Vincent, tu vas me le demander gentiment, et ce, en utilisant mon nom.

Seth figea sur place, puis hésita dans le silence.

– C'est si difficile que ça ? s'interrogea Nora d'un air consterné.

– Uniquement pour lui, affirma la femme en regardant l'horloge au mur. Tic, tac, tic, tac… Si j'étais toi, je me dépêcherais.

Le corbeau croassa de plus belle, énervant Seth au plus haut point.

– AH ! La ferme, sale mouette ! riposta-t-il en le faisant déguerpir de sa main. Ça va ! J'ai compris… Est-ce que vous… Est-ce que tu pourrais m'aider avec Vincent ?

– Je crois que je n'ai pas été assez clair.

– Celia… est-ce que tu pourrais m'aider avec Vincent ? reprit-il en s'en mordant les lèvres.

Pendant un instant, la femme le dévisagea, puis ouvrit les bras.

– Et je veux un câlin, dit-elle d'un sourire taquin.

– Il ne faut pas exagérer quand même…

– Vas-y ! ordonna Ethan.

Seth s'approcha lentement et Celia l'attrapa aussitôt avant de poser la tête sur son épaule, les yeux fermés. Pris au piège, Seth soupira, puis ferma les yeux à son tour en l'enlaçant. Les oreilles en l'air, Loki parut surpris.

– Nous ne sommes pas du même sang, dit Celia d'un ton mélancolique. Mais j'aurais tant aimé que tu sois mon frère, juste pour que tu me prennes dans tes bras quand j'étais triste, quand j'avais peur… quand j'étais seule…

Assise sur le canapé, Nora les regardait avec envie. Cela faisait si longtemps qu'elle n'avait pas serré ses parents dans ses bras, un membre de sa famille, n'importe qui… Son regard se tourna vers Ethan, puis elle appuya sa tête sur son épaule, prête à s'endormir. Gêné par ce geste, celui-ci ne savait pas quoi faire. Il tenta alors de placer son bras sur son amie telle une marionnette désordonnée, mais lorsqu'il vit Seth qui le fixait droit dans les yeux, il s'immobilisa.

– Quoi ?! lui demanda Ethan.

– Non, rien ! rigola-t-il.

– Bon, ça va bientôt être l'heure, dit Celia en repoussant Seth. Tu as des détonateurs avec toi ?

– Moi j'en ai, affirma Nora en fouillant dans ce sac à bandoulière qu'elle portait toujours à l'épaule. À vrai dire… il n'en reste qu'un.

— Ça suffira.

Elle monta l'escalier, puis revint deux minutes plus tard avec un cristal rouge qu'elle lança à Nora. Lorsque celle-ci l'attrapa, elle eut l'impression de suffoquer et le laissa tomber par terre.

— J-J-Je suis désolée, dit-elle en regardant Ethan ramasser le cristal.

— Tiens, dit-il en le posant sur la table. Ça va ?

— O-Oui, c'est la fatigue…

Tandis que Nora tapotait du doigt le cristal rouge comme s'il était vivant, Celia se tourna vers Seth.

— Tu ne lui as rien dit ? murmura-t-elle à son oreille.

— Je n'ai pas osé, répondit-il. Je craignais qu'elle réagisse mal à cette nouvelle… De plus, c'est difficile de lui expliquer avec des mots.

— Je vais voir ce que je peux faire, soupira Celia d'un ton en colère. Walter aurait dû la tenir loin !

— Ne lui en veux pas. Il est vieux. Il n'a plus toute sa tête.

— Ce n'est pas une raison !

Ethan et Nora se tournèrent vers elle.

— Et j'y pense, continua Celia en agrippant Seth par le collet. Qu'est-ce qui t'as pris de les emmener combattre Vincent ?!

— Ils en ont trop vu. Cette réalité les frappera un jour ou l'autre.

— Ce ne sont que des enfants…, souffla-t-elle. Ils n'ont pas grandi comme toi, sur des terres ravagées par la guerre, ne dormant que d'un œil, craignant l'envahisseur. Mais… tu as raison… Ils en ont trop vu. Et malheureusement, il n'y a rien que je puisse y faire.

— En passant, mademoi…

— Recommence.

— En passant ! J'ai dit à Lewis que tu t'occuperais de ses officiers.

— Lesquels cette fois ? bougonna Celia.

— Hmm… la totalité du poste de police de New Haven…

Sans aucune expression, elle le dévora du regard.

— Tu m'énerves, le sais-tu ?

— Hé ! Ce n'est pas de ma faute !

Soudain, Loki grogna et Zoe arriva en trombe avec sa barre de fer.

— V-Vincent est là, bégaya-t-elle.

— Excellent ! s'exclama Seth. J'avais peur qu'il change d'idée.

— Qu'est-ce qu'on fait maintenant ? demanda Jacob qui vint se joindre à eux tandis que Thomas et Grace observaient cet homme sombre à travers le télescope.

— Eh bien, je vais lui parler et on improvisera à mi-chemin, répondit-il en tournoyant les clés de la Firebird à son doigt.

— C'est tout ?! s'interrogea Ethan, le revolver de son père à la main. Ça ressemble encore à un de tes plans foireux.

— Mes plans ne sont pas « foireux » ! rétorqua-t-il en s'avançant de la porte d'entrée. Ils manquent seulement de finesse…

— Même Loki sait qu'ils le sont, ajouta Celia lorsque le chien, malgré sa taille, tenta de se cacher la tête sous les coussins du canapé.

— Toi, mon beau, tu viens avec moi, soupira Seth en dévisageant Loki qui hésita avant d'obéir, les oreilles basses.

Et ainsi, tous les deux sortirent de la maison…

— Il nous laisse comme ça ?! dit Zoe en les regardant par la fenêtre monter à bord de la vieille Firebird argentée.

— Sans ses cristaux, Seth va se faire démolir, affirma Jacob, les yeux fixés sur le sac à l'épaule de Nora.

— Et nous, qu'est-ce qu'on fait ? demanda Ethan.

Celia sourit, puis rejoignit Thomas et Grace sous cet arbre ancestral avant de faire signe à tous de la suivre vers la plage. Ils ignoraient ce que cette femme mystérieuse avait derrière la tête, mais ne pouvant abandonner Seth, ils descendirent en direction de l'océan les poings serrés, armés d'un revolver, d'une barre de fer et d'un simple cristal rouge…

LA PORTE

La nuit était sur le point de s'achever. Quelques minutes avant l'aube, Vincent marchait dans le sable en direction de cet océan qui paraissait infini. Les étoiles miroitaient sur l'eau, une impression étrange de se trouver entre deux univers, parallèles l'un à l'autre… Sur cette plage solitaire, accompagné par le son des vagues qui s'échouaient sur le rivage, cet homme sombre ferma les yeux, puis soupira de soulagement comme si tous ses cauchemars disparaîtraient bientôt. Il sortit une montre de son gilet et sourit en regardant les aiguilles s'approcher de l'heure fatidique. Au bout d'un moment, il la rangea, puis retira un objet de son sac en velours accroché à sa ceinture, une pyramide de verre et de métal foncé gravée d'un milliard de lignes, de points et de cercles tel un labyrinthe microscopique. À sa base triangulaire, un socle d'or remontait sur les pointes, et en son centre, une ouverture de la taille d'une bille. Son cristal noir à la main, Vincent sourit à nouveau… mais soudain, une voiture arriva en haut de la colline d'herbes. Les phares engloutirent les étoiles, puis ils s'éteignirent en même temps qu'un moteur musclé.

— C'est pas Tahiti, mais c'est pas si mal, dit Seth en observant l'endroit comme si c'était la première fois. C'est tranquille… Et cette vue sur la ville. J'adore !

Vincent se retourna d'un air mécontent, mais résigné, et le regarda s'asseoir dans le sable.

— Tu n'es pas censé être mort ? lui demanda-t-il dans le seul but d'ouvrir la conversation.

– T'as raison ! sursauta Seth. Peut-être que je le suis, à présent un fantôme qui revient te hanter ! … En passant, t'aurais pas cette chose avec laquelle tu m'as empalé ? C'est pas à moi. Et si je la perds…

– Lorsque j'ai vu cette arme, je croyais que c'était une autre invention de cette chère madame Anderson, dit-il en sortant ce manche métallique d'une rare beauté, confectionné avec soin. Mais loin de là… Splendide objet, quoiqu'inutile.

Il le lança à quelques mètres telle une vulgaire babiole.

– Franchement, Vincent, soupira Seth en fixant du regard cet autre objet que son rival tenait à la main. Tu l'actives ta Porte ou t'attends qu'il neige ?

– Que manigances-tu ?

– Moi ? Absolument rien, répondit-il en croquant dans cette pomme oubliée au fond de son manteau. Je relaxe en espérant que tu te décides un jour… T'en veux une bouchée ?

– Tes plans laissent à désirer, mais tu en as toujours un…

– Oh ! J'oubliais. T'as ressenti la mort de ton caniche ?

– Il a disparu avant ou après qu'il ait broyé les os de tes jeunes collaborateurs ?

– Dommages collatéraux, comme beaucoup avant eux. C'est triste, je les aimais bien… Bon, vas-y ! Je te donne jusqu'à ce que j'aie fini ma pomme, sinon je l'active pour toi.

D'un sourire, Vincent plaça son cristal noir dans le socle de la pyramide qui scintilla à ses extrémités. Une lueur rosée se précipita à travers le verre, suivant un chemin bien précis parmi les gravures. Devant ce spectacle, son visage s'illumina de joie et ses mains tremblèrent, incapables de tenir l'objet qui poussait vers le sol tel un puissant aimant. Lorsque ce fut trop pour lui, il lâcha la pyramide qui percuta le sol avec une telle force que le sable se souleva dans les airs sur plusieurs mètres sans jamais retomber, maintenu en suspens par une gravité désorientée. La terre vibra, et aussitôt, la pyramide s'ouvrit et une lumière électrisante commença à former à son sommet un cercle aussi haut que deux hommes. Et ainsi, une ligne rose entailla l'espace et le temps pour ne laisser qu'une grande porte circulaire donnant vue sur cette nuit étoilée.

– C'est… magnifique…, murmura Vincent, en extase.

Le sable autour de la pyramide redescendit au sol, puis cet homme sombre s'approcha de cette ouverture qui ne touchait terre, les bras tendus.

– Après toutes ces années…, dit-il en la regardant de ses yeux qui réfléchissaient cette vive couleur. Après tant de sacrifices, je vais enfin la rencontrer… celle qui m'appelle depuis si longtemps et qui…

– C'est pas trop tôt ! s'exclama Seth en balançant son cœur de pomme.

Vincent le dévisagea du coin de l'œil.

– Maintenant que t'as activé ton jouet, on va pouvoir rentrer se coucher ! continua-t-il en se relevant. J'ai besoin de sommeil… et d'un mets chinois. Je crève la dalle. Tu m'accompagnes ? C'est moi qui régale !

– Qu'est-ce que tu racontes ?! s'interrogea Vincent, furieux qu'il gâche ce moment.

– Tu voulais activer cette Porte… Eh bien, elle est là ! Félicitations ! Il ne te reste qu'à trouver le lapin blanc et le suivre au fond de son trou ! Quoique, je me demande s'il y a des lapins dans le coin… Un écureuil albinos, tu crois que ça fonctionnerait ?

– J'ai menti plus tôt. Ton sens de l'humour ne me manquera pas.

Seth éclata de rire.

– Vincent, Vincent, Vincent… Si seulement t'avais pris le temps de fouiller dans ma tête, ou celle de Walter, ça t'aurait peut-être évité de gaspiller tes efforts et tes précieux petits cristaux noirs. Eh non ! Tu t'es contenté d'un de mes vieux souvenirs sans chercher plus loin. Car crois-moi, il y avait beaucoup à découvrir. Donc, laisse-moi te poser cette question. Maintenant que ta Porte est activée, comment comptes-tu l'ouvrir ?

Le silence s'abattit, et pendant un instant, Vincent parut dérouté.

– Un problème ? demanda Seth. Veux-tu savoir pourquoi t'arrives pas à répondre ?

– Vas-y…, dit son rival d'un air des plus intrigué.

– Tu vois, ces objets servent bel et bien à activer des portes, de là leur nom très original ! Par contre, ce que t'ignores… c'est qu'elles ne s'ouvrent pas de ce côté-ci, mais de l'autre.

Vincent serra le poing.

– Et comme tu peux le constater, il n'y a personne à la maison, ajouta Seth en observant les astres miroiter sur l'eau. Une sécurité simple, mais efficace… Je suppose que ceux que nous appelons les Anciens se servaient de ses objets pour traverser. Néanmoins, cette énergie qu'ils utilisaient a disparu avec eux, à présent noircie. Et donc, le mieux que tu peux faire aujourd'hui c'est de sonner à la porte et d'attendre qu'on t'ouvre ! Reste à savoir jusqu'où s'étire ta patience…

Face à ce cercle lumineux et coloré, Vincent était abattu, coincé devant cette ouverture sans possibilité de la franchir.

– Tu le savais depuis le début, n'est-ce pas ? soupira-t-il d'un léger sourire. J'en déduis que l'Ordre a modifié ces Portes avant de connaître ce petit détail ?

– Perspicace, pour un pingouin à senteur de lavande, répondit Seth. Tout ce que t'aurais pu découvrir dans ma tête… Mais ce qui m'intrigue, c'est pourquoi ton frère ne t'a pas expliqué leur fonctionnement.

Le regard de Vincent se resserra.

– Oh, tu l'ignorais ?! Hmm, ton frère te cache beaucoup de choses.

– Il a ses raisons, grogna-t-il.

– Si tu le dis… Donc, cette Porte, où l'as-tu trouvée ?

– Ça ne te regarde pas, rugit Vincent, énervé par la conversation, enragé par la situation.

– J'sais pas pourquoi. Une intuition… Mais je suis convaincu que tu l'as volée à ton frère et que…

— Je ne lui ai rien volé ! RIEN !!! hurla-t-il, enragé.

Sa réaction fut si inattendue, que Seth songea à sortir son revolver.

— J'ai passé des années à chercher cet objet, continua Vincent, incapable de se contrôler. J'ai sacrifié une existence entière, ainsi que la vie de plusieurs… T-Tu ignores le prix de cette… d-de cette chose ! Mon frère, lui, il se l'est appropriée. Rien d'autre !

— Quel intérêt ?! demanda Seth, intrigué. Il sait qu'il ne peut pas l'utiliser. Alors, pourquoi ?

— Il connaissait son fonctionnement…, répéta Vincent en boucle en fixant ce grand cercle lumineux. Jamais il ne me l'a dit, et pourtant, je suis son frère. Je ne suis qu'un pantin, une marionnette aux ficelles usées qui ne demande qu'à se débarrasser de ses entraves… Et mon frère, il n'est que manigances, nous regardant du haut de son trône imaginaire, complotant, manipulant chacun d'entre nous…

— Ô ! Quelle déception ! s'exclama Seth en ricanant. Et à la fin, tu te retrouves coincé ici à attendre que cette Porte s'éteigne… Bon sang que t'as l'air con !

À ce commentaire, Vincent se téléporta devant son rival, puis l'attrapa par le cou et le souleva du sol.

— Que je ne puisse pas traverser de l'autre côté est une chose, mais ne croit pas que tu as l'avantage sur moi… mon ami ! dit-il, furieux.

— T'as quand même l'air con ! bredouilla Seth, les dents serrées.

Cet homme sombre le frappa dans les côtes afin de le faire taire, suivit d'un autre coup qui lui fracassa les os. D'un aboiement, Loki sortit de l'ombre, fonça sur Vincent et le mordit à la jambe. Celui-ci relâcha Seth et tenta de se débarrasser de cet animal gênant qu'il agrippa par la gueule avant de l'écraser sous son genou. Bien que Loki soit un chien imposant, Vincent parvint à le maîtriser sans le moindre problème.

— Je le reconnais ! s'exclama-t-il en le maintenant dans le sable. Il a grandi !

— Lâche-le ! ordonna Seth, la main sur ses côtes en miettes.

— Si je dois rester ici, il est temps que je te remette à ta place, grogna Vincent en pressant sur la gorge de Loki qui gémissait de douleur.

— ARRÊTE !!!

— Toi et Walter, cela fait trop longtemps que vous me mettez des bâtons dans les roues. Ma patience à ses limites. Et notre belle amitié vient d'expirer !

D'un geste brusque, Vincent brisa la nuque de Loki dans un son abominable et la respiration de Seth s'arrêta. Hors de lui, il chargea tête baissée, mais Vincent le freina dans son mouvement et lui plaqua ses mains noircies sur les côtés de son visage…

En un battement de cil, ils se retrouvèrent tous les deux face à ce chalet solitaire au milieu d'une paisible forêt dont la porte rouge était grande ouverte. Bouleversé par la mort de Loki, Seth resta devant les marches et laissa Vincent y entrer. Il savait que ce n'était qu'un souvenir dans son esprit, mais sans aucun désir de le revivre.

— N'as-tu pas envie de la revoir ? lui demanda Vincent dans le cadre de la porte. N'as-tu pas envie de serrer ta fille dans tes bras ? De sentir son odeur et d'entendre sa voix ?

— Je t'emmerde…

Cet homme sombre disparut dans un nuage de cendre et frappa Seth d'une droite en plein visage ; puis une autre ; encore et encore… Presque sans connaissance, Vincent l'attrapa par le collet et le traîna de force jusqu'à l'intérieur de la demeure.

— Tu vas la revoir que tu le veuilles ou pas ! dit-il avec autorité.

— JE T'EMMERDE !!! hurla Seth lorsque la semelle d'une botte le réduit au silence.

— Regarde, dit Vincent en lui relevant la tête. Regarde ta fille…

Assise sur un vieux canapé, une guitare à la main, Elizabeth jouait une mélodie que son père lui avait apprise. La bouche en sang, celui-ci ferma les yeux…

– Elle avait du talent pour son âge, dit Vincent, bercé par la musique. Quand je suis arrivé ici, j'étais envouté ! Mes oreilles frétillaient de bonheur… Du moins jusqu'à ce que ta femme débarque armée jusqu'aux dents. Elle est un peu trop rapide sur la gâchette, si tu veux mon avis… Tu sais, dans l'esprit de ta fille, avant que je transforme chacun de ses rêves en cauchemars, elle et moi avions eu une longue discussion. Elle t'adorait, et son souvenir le plus fort fut immortalisé sur cette photographie que tu as dans ta poche, sa première leçon de guitare… Une enfant courageuse ! Sois heureux d'apprendre qu'elle ne s'est pas laissée faire. Nul doute, il s'agissait bien de ton sang qui coulait dans ses veines.

– Achève-moi, qu'on en finisse…, marmonna Seth.

– Le plus horrible dans cette histoire, c'est que tu ne me détestes pas. Beaucoup se demandent pourquoi, mais tous les deux, nous savons la raison… J'aurais pu tuer ta femme cette journée-là. J'aurais pu corrompre ta fille, lui offrir une vie de cauchemars, une vie qui te terrifie… C'est ce que mon frère m'ordonna pourtant. Au lieu de ça, je les ai épargnés, car je ne suis pas un monstre. Bien sûr, ta femme a fini en fauteuil roulant, mais ta fille… c'est toi qui l'as tuée…

À ces mots, Seth se perdit dans le chagrin.

– Tu as tout essayé pour la ramener vers la lumière, continua Vincent. Jour après jour ; jonglant entre ton enfant et ta femme à l'hôpital… Cependant, lorsque cette charmante Abigail rentra enfin à la maison, les disputes commencèrent, et peu à peu, tu négligeas cette pauvre Elizabeth… Tu cherchais des solutions, tandis que ta fille avait seulement besoin de temps et de toi à ses côtés. Du temps, mon ami… Il est vrai qu'elle a enduré un mal effroyable en ma présence, mais ce que tu as fait toi, la délaisser… c'est ce qui l'a tuée…

Voulant mettre fin à ce qui l'entourait, Seth résista de toutes ses forces. Ce rêve devint alors embrouillé, puis Elizabeth disparut. Furieux, Vincent le souleva dans les airs et le lança contre la table de la cuisine comme un vulgaire jouet. Dû au choc, Seth perdit le contrôle, et tel un fantôme, Elizabeth réapparut à ses côtés.

– Ça va ? lui demanda-t-elle.

– C-Ce n'est rien…, répondit Seth en s'assoyant au sol comme si tout ceci était normal.

Un corps faible, incapable de concevoir ce qui se passait, la raison l'abandonna et son esprit était maintenant à la merci de Vincent, pouvant ainsi lui faire vivre tout ce qu'il désirait…

– Mais, tu saignes ?! sursauta Elizabeth. Bouge pas, je reviens !

Elle courut à la salle de bain et revint avec une trousse de premiers soins. Sans attendre, elle s'agenouilla et nettoya le sang sur le visage de son père avec un peu d'alcool.

– Aïe…

– Fais pas le bébé, riposta Elizabeth.

– C'est toi qui me dis ça, soupira Seth. Je me rappelle encore quand t'avais cinq ans et que tu t'enfuyais en courant parce que…

– … parce que j'voulais pas mettre d'eau sur une piqûre de moustique, continua-t-elle. Je la connais… Mais j'suis plus une enfant !

Seth sourit, puis un petit être poilu arriva au galop, un chiot brun à l'oreille blanche. Il contourna le canapé, évita une chaise en dérapant et fonça sur ses maîtres.

– Loki ! s'écria Seth en se laissant lécher le visage.

– Beurk, papa… j'crois pas que ce soit hygiénique, fit remarquer Elizabeth.

– On s'en fout, ça brûle moins que l'alcool.

– Dis aussi que je suis pas assez bonne infirmière pour toi…

– T'es la meilleure ! s'exclama Seth en embrassant le front de sa fille. Mais lui il est plus rapide !

Elizabeth lui donna un coup sur l'épaule et son père tira la langue.

– Maman a dit qu'il ne pouvait pas venir avec nous voir oncle Walter et grand-mère Matilde, dit-elle en prenant Loki dans ses bras.

– Je vais m'arranger avec ta mère, dit Seth d'un clin d'œil. Hors de question que ce pauvre Loki reste tout seul ! Et si…

Soudain, Elizabeth laissa couler une larme, une larme de sang.

– Pourquoi t'étais pas ici ? demanda-t-elle à son père.

– J-Je comprends pas, dit-il en essuyant la joue de sa fille, tachant sa peau d'un rouge qui refusait de partir. Qu'est-ce qui t'arrive ?!

– Quand cet homme est venu à la maison… pourquoi t'étais pas avec moi ? demanda Elizabeth en sanglotant, ses yeux gorgés de sang. Pourquoi tu ne m'as pas protégée…

Un liquide sombre commença à se déverser du plafond, un goudron épais, et le soleil disparut. Loki s'enfuit en courant et cette noirceur s'empara de toute chose dans la maison. Les meubles et le plancher se recouvrirent de cendres, puis l'air virevolta des étincelles rougeoyantes. Seth était impuissant, écrasé sous le poids d'un souvenir trop lourd à supporter, un cauchemar enfoui au plus profond de son âme… Elizabeth se releva, les yeux dégoulinant de sang. Son père tenta de la retenir près de lui, mais sa main glissa et sa fille fit quelques pas.

– Tu m'avais promis d'être toujours là pour moi, dit-elle en frissonnant. Maintenant, tout est froid… glacial et vide…

– Je n'ai… Je ne pensais pas que…

– À cause de toi, je ne reverrais plus jamais maman. Je ne reverrais plus jamais le soleil, les vagues et l'océan… Et cette maison… ce n'est plus la mienne désormais…

Seth se redressa, les genoux fragiles, puis un des bras d'Elizabeth prit feu. Sans broncher, elle observa les flammes, ne pouvant ressentir la douleur.

– Elli… Pardonne-moi…

Celle-ci sourit.

– Viens avec moi, dit-elle, la main tendue. Ne m'abandonne pas une deuxième fois…

À ces mots, le cœur de Seth se tordit de chagrin. Dans cette pièce cendrée, tandis qu'un père se tenait devant le souvenir de sa fille dévorée par le passé, un homme sombre s'approcha.

– Tu n'es pas obligé de te torturer, lui dit Vincent en passant ses doigts dans les cheveux dorés d'Elizabeth. La noirceur n'est pas le mal incarné… Elle pourrait te permettre de vivre aux côtés de cette chère enfant pour l'éternité. Rejoins-la et plus jamais le mal ne t'atteindra.

Seth avança la main, à deux doigts de chavirer vers le néant, mais une parcelle de raison remonta à la surface.

— Pourquoi…, dit-il, troublé. Pourquoi fais-tu ça ?

— Je n'ai pas envie de te tuer, avoua Vincent. Ensemble nous pourrions trouver un moyen de traverser ces Portes. Regarde ce monde. Regarde ce que la Terre est devenue. Nos ancêtres ont donné leur vie pour préserver un endroit peuplé d'êtres méprisables. Ne sacrifie pas ton existence en vain… Qu'est-ce que ce monde t'a apporté ?

À ces mots, les yeux d'Elizabeth s'emplirent d'un bleu électrisant.

— Beaucoup plus que tu ne le crois, répondit Seth d'un sourire en l'apercevant. Bien que ma fille ne soit aujourd'hui qu'un souvenir… elle ne sera jamais un cauchemar.

— J'ai trouvé, lui dit-elle. Tu es prêt ? Ça va secouer !

— VAS-Y !!!

— Qu'est-ce que…

Vincent sursauta quand Elizabeth percuta le plancher de son poing enflammé. Une violente bourrasque s'en suivit et emporta les meubles, les murs et les cendres. Le sol les engloutit l'un après l'autre et les transporta au fin fond de la France en 1916, au cours de la Grande Guerre. Ils échouèrent dans les tranchées, essuyant des tirs de mortier, la tête basse pour ne pas se faire décapiter par les mitrailleuses. Illuminés par les explosions, des soldats se précipitaient dans tous les sens, leur fusil à l'épaule. Terrifié par ce brusque changement, Vincent se tenait parmi les cadavres, des hommes morts au combat qu'il connaissait bien… autrefois des compagnons d'armes.

— VINCENT !! hurla un capitaine français.

À l'appel de son nom, celui-ci se retourna, mais un soldat d'à peine vingt ans passa devant lui en courant, le jeune homme qu'il était jadis.

— Oui, capitaine !

— Allez prévenir votre frère de préparer ses hommes pour l'assaut !

ordonna le capitaine en se protégeant le visage.

— Bien, capitaine !

Tandis que les balles lui sifflaient aux oreilles, le jeune soldat rebroussa chemin. Pendant sa course, des hommes vomissaient de peur et d'autres regardaient la photo souillée d'êtres chers qu'ils ne reverront jamais… Quand il comprit que ce n'était qu'un souvenir, Vincent remonta la tête sous un ciel noirci par la fumée. Les détonations étaient si puissantes que son cœur ne fonctionnait que par intermittence. C'est alors qu'il vit au loin une jeune fille marcher dans la boue entre les fils barbelés… Elizabeth.

— Qui es-tu…, lui demanda Vincent lorsqu'elle vint le rejoindre.

— C'est déroutant de ne pas être aux commandes, n'est-ce pas ? dit-elle en le dévisageant. Ainsi que de revivre les moments les plus durs de son existence.

— T-Tu ne peux pas être comme moi ! bégaya-t-il, toujours troublé par ce qui l'entourait. Et non seulement c'est impossible, mais tu es MORTE !

Vincent tenta de reprendre le contrôle, mais avant qu'il ne frappe le sol de son poing, Elizabeth l'attrapa par le bras.

— Oh non ! Pas cette fois ! dit-elle en lui craquant le bras au point de le briser. On va se promener toi et moi !

Un obus explosa à quelques mètres de leur position et la terre s'envola, les emportant sur les côtes de la Normandie en 1944… Avec ses compagnons dans une barge de débarquement, Vincent voguait vers une plage recouverte de cadavres. Des balles résonnaient sur les parois d'acier de ces cercueils flottants et les avions de chasse découpaient de leurs mitrailleuses l'eau rougeâtre de sang.

— Quelques mois avant ta grande transformation ! s'exclama Elizabeth entre deux soldats à dévisager cet homme sombre dans son uniforme militaire d'antan. C'est ton frère qui t'a fait cadeau de la Corruption, non ? Si seulement il t'avait prévenu avant de t'offrir ce calvaire… Tu étais pourtant un homme bon, un héros qui as sauvé la vie de ses amis à plusieurs reprises.

– C-Comment peux-tu remonter aussi loin dans mes souvenirs ?! demanda Vincent, fou de rage en jetant son casque au sol. Et pourquoi je ne contrôle rien ?!

Les vagues percutaient le bateau à l'approche d'un grand combat.

– Ton frère et toi, vous avez appris comment utiliser vos dons par essais et erreurs… Moi, quand j'étais jeune, ce sont mes semblables qui me l'ont enseigné !

Le bateau fonça sur la plage et la proue tomba dans le sable. Les mitrailleurs ennemis en haut de la falaise balayèrent les soldats avant même qu'ils n'aient eu la chance de débarquer. Prisonnier entre la confusion et la réalité, Vincent escalada la paroi de l'embarcation et plongea sous l'eau, mais lorsqu'il remonta à la surface, le paysage changea à nouveau… C'était la nuit dans une forêt en bordure de la frontière allemande. Derrière les arbres, Vincent et ses hommes se cachaient d'un convoi militaire qui roulait en direction d'un village.

– C'est ton frère qui t'a ordonné de prendre d'assaut cet endroit, dit Elizabeth en pointant le clocher d'une église. Et c'est là-bas que ta vie fut volée…

– N-Non, je… Il m'a…

– Je sais que tu ne t'en rappelles pas. Tu crois même qu'il t'a transformé après la guerre en te racontant cette histoire de moutons et de loups. C'est peut-être vrai, mais j'en doute, car j'ai le sentiment que ton cauchemar a commencé ici.

– C-Comment tu…

– Il y a un trou dans ton esprit… un énorme trou ! affirma-t-elle. Plusieurs mois de ta vie se sont volatilisés, et les prochaines minutes sont tout ce qu'il te reste de cette nuit… N'est-ce pas étrange ?

Lorsque le convoi ennemi disparut, les soldats se mirent en marche vers le village, mais Vincent demeura à sa place, l'air désorienté. Il se perdait dans ses pensées, tentant de retrouver la mémoire. Rien à faire.

– Je n'ai trouvé que des souvenirs fragmentaires, dit Elizabeth.

Mais à travers ces fragments… j'ai reconstitué ceci…

Sous ses pieds, Vincent vit de la pierre taillée ainsi que des tapis dorés, non de l'herbe et de la terre… Au-dessus de sa tête, il vit la voûte grandiose d'une église ainsi que des vitraux colorés, non le ciel noir par une nuit de guerre… Et autour de lui, il vit la mort ainsi que la cruauté, des villageois innocents exécutés, ainsi que des soldats allemands souillés de leur sang. Les larmes aux yeux, Vincent s'approcha lorsqu'il s'aperçut que parmi les cadavres se trouvait aussi ses compagnons d'armes troués de balles, déchiquetés par un être abject. Son regard plongea ensuite sur cette arme fumante qu'il tenait dans les mains, des mains noircies telles du charbon.

— C'est juste avant ce moment que tu as réalisé que ton frère n'était plus le même, quand il t'a ordonné de les exécuter, eux et tes hommes, affirma Elizabeth à ses côtés. Tu ne comprenais pas, et bien sûr, tu as refusé… Et c'est à cet instant que la Corruption te dévora l'esprit, devenant son pantin.

— C-Ce n'est pas moi, réfuta Vincent, dominé par le chagrin devant ces corps ensanglantés. J-Jamais mon frère ne m'aurait demandé une telle chose !

— Tu en es certain ? Avant votre transformation, toi, tu n'étais qu'un homme. Mais lui, il était déjà un monstre… Toutes ces horreurs qu'il a commises et dont tu as été témoin. Tu ne peux pas le réfuter !

— C'est impossible… Je ne me rappelle de rien !

— Évidemment, car à un moment au cours des années qui ont suivi, il a joué avec ton esprit afin d'effacer ces souvenirs. Cependant, ses talents de l'époque laissaient à désirer.

— Qu'une marionnette aux doigts noircis…, murmura-t-il, désarçonné. Un pantin… Un pingouin à senteur de lavande…

— Triste histoire, je l'avoue, mais qui ne répond pas à ma question !

— Que veux-tu de moi ?

Elizabeth s'approcha, puis se transforma en une tout autre personne, une femme, pieds nus aux longs cheveux noirs, vêtue d'une paire de jeans et d'un t-shirt gris.

— Je veux savoir pourquoi tu as tenté de traverser cette Porte ! exigea Celia.

— Vous ! Je vous ai déjà vue… dans l'esprit de cette enfant…

Elle l'agrippa par le gilet et le plaqua contre une colonne de pierre.

— Ton frère connaît leur fonctionnement, alors, comment se fait-il que tu l'ignores ?!

Vincent ne répondit pas, mais le fait d'y penser dévoila la réponse.

— Tu… Tu essayais de t'enfuir, souffla Celia. Tu lui as repris cette Porte, et non seulement pour donner un but à ton existence, mais aussi dans l'espoir de quitter ce monde… Tu as peur…

— Je dois avouer que c'est décevant lorsqu'on est la victime, dit-il en la repoussant. J'ai appris à aimer la noirceur afin qu'elle me guide vers ma destinée, vers celle qui m'appelle… Mais mon frère l'a abandonnée. Ses ambitions dépassent l'entendement, car à présent, il joue selon ses propres règles…

— Je peux comprendre l'intérêt que tu as envers cette Porte. Lui, par contre… Pourquoi ?

— Seul mon frère le sait, répondit Vincent en regardant le corps mutilé d'un garçon d'une dizaine d'années. Depuis l'enfance, il est imprévisible. Malgré cela, ses actions sont calculées et réfléchies, car il sait très bien ce qu'il fait… Nous pourrions dire que mon frère est fou, dément, déséquilibré, chaotique ! Mais il n'en est rien…

— Que sais-tu ? Que prépare-t-il ?!

— Je l'ignore… Et pour être franc, j'espérais ne plus être ici pour le découvrir. Il ne me fait plus confiance depuis des années, et avec raison… Pour lui, ce monde n'est qu'un vaste échiquier, et chaque vie n'est qu'un pion. Pour ma part, ce que j'ai vécu me suffit. Bien que la Corruption m'ait transformé à jamais, ce sont les horreurs de la guerre qui m'ont depuis longtemps métamorphosé… Que des pions… Nous ne sommes que des pions… Et je ne suis que le fou du roi ! … Qui sait, ma présence ici n'est peut-être pas le fruit du hasard. Peut-être est-il déjà au courant de ton existence…

– J'en doute.

– Ne sois pas si sûre de toi, car il n'y a pas que mon frère dont tu devrais te méfier.

À ce commentaire, Celia fut intriguée. D'un pas léger, Vincent se dirigea à l'extérieur sous les arbres d'un jardin aux abords de l'église.

– Que veux-tu dire par là ? lui demanda-t-elle.

– Tu le sais déjà, vu qu'à cette question, une réponse s'est dévoilée.

– L'Ordre…

Vincent acquiesça d'un sourire.

– De nos jours, cette organisation n'est plus aussi noble qu'autrefois, dit-il. Prends garde au loup dans la bergerie qui observe tes beaux petits moutons, car tapis dans l'ombre… il les dévorera tout rond…

Malgré cet avertissement, Celia comprit que cet homme sombre n'avait aucune mauvaise intention. Lentement, les feuilles des arbres s'envolèrent, la terre se changea en une rue pavée, l'odeur nauséabonde de la guerre fit place à un parfum de fleurs et le soleil fit son apparition… Ils se transportèrent en 1937, face à un petit café parisien qui longeait la Seine avec vue sur la cathédrale Notre-Dame. Tandis que Celia se posait à une table sous un cerisier et qu'un serveur déposait une tasse de café accompagnée d'un croissant chaud, Vincent regardait ce qui l'entourait tel un enfant, car en ces lieux si précieux à ses yeux, la Corruption n'existait plus… Au son d'un accordéon, des gens se promenaient entre les vieilles voitures et contournaient les hauts lampadaires en fer forgé. Un couple, main dans la main, admirait ces artistes qui tentaient de vendre leurs œuvres sur le trottoir. Les yeux fermés, Vincent inspira profondément afin de s'enivrer de l'odeur réconfortante du pain frais et de la rosée du matin.

– Tu viens ? dit Celia en lui présentant une chaise de l'autre côté de la table.

D'un sourire, Vincent se joint à elle.

– Pourquoi ? demanda-t-il en prenant la tasse de café.

– Ce qui est déplaisant quand je fouille dans vos têtes, à toi et tes semblables, c'est que j'y trouve parfois des choses magnifiques, des émotions, répondit-elle en poussant le croissant devant lui. Des souvenirs qui me montrent la personne que vous étiez jadis avant de succomber à la noirceur. Et cela rend la suite d'autant plus difficile…

– C'est ici que ma route s'achève, n'est-ce pas ? demanda Vincent, résigné.

– Hélas, ton dernier repas, répondit Celia. Bien que la Corruption reprendra le dessus lorsque je libèrerai ton esprit, ta vie, elle, devra prendre fin…

Sa tasse de café à la main, Vincent prit son croissant et s'appuya confortablement contre le dossier de sa chaise, puis admira un vieux souvenir, car tous les jours, il déjeunait à cet endroit.

– Merci…, dit-il, soulagé.

Et ainsi, ces deux opposés contemplèrent les rayons du soleil qui scintillaient à la surface de la Seine, attendant le moment où ce rêve devra se terminer…

De retour sur la plage au nord de Newport, cette Porte, cette pyramide de verre était toujours active, formant ce cercle de lumière coloré au-dessus du sable. Les yeux fermés, Seth était à genoux et sous l'emprise de Vincent. Mais derrière cet homme sombre, Celia lui tenait la nuque de la main, et de l'autre, un cristal illuminé de bleu… Tandis que les étoiles accompagnaient les vagues, tous les trois revinrent du monde des rêves l'un après l'autre. Le premier fut Seth qui parvint à peine à se relever. Le deuxième fut Vincent, désorienté en raison de son esprit qui se noircissait à la suite d'un bref instant de lucidité. Ses muscles se tordaient dans la souffrance, son âme ravagée une seconde fois… À nouveau dominé par la Corruption, une rage immense le submergea, puis il leva les yeux vers Celia qui revenait de son voyage.

– C'est l'heure, affirma-t-elle en rangeant son cristal bleu.

– Ce que tu viens de me faire vivre…, dit Vincent en serrant les poings. Ne crois pas pour autant que je vais plier le genou et attendre la mort.

– Je n'y comptais pas trop, dit-elle en s'éloignant.

Celia siffla de ses doigts, puis un aboiement se fit entendre au sommet de la crête. Lorsque Vincent vit Loki revenir d'entre les morts, il sourit, car il comprit depuis quand cette femme le tenait sous son emprise. Avait-il lui-même activé cette Porte, ou l'avait-on fait à sa place ?

– Si près et à la fois si loin…, soupira-t-il. Avoir su, Seth, que ta « famille » cachait tant de secrets.

– Si seulement tu savais, dit-il en reculant, les yeux fixés sur cet homme sombre devant ce cercle électrisant.

– Bien que je veuille fuir ce monde, j'ai toujours rêvé de la rencontrer. Cette voix… Ce rêve de retourner à elle et d'enfin avoir une raison de vivre… Ce rêve, mon ami, il était si beau.

– À ton tour de voir un rêve se transformer en cauchemar.

– Je vis déjà de cauchemars…

– Celui-ci sera ton dernier.

Quelqu'un s'approcha rapidement en direction de Vincent, puis il fut surpris par une entaille à l'arrière des jambes qui le força à mettre un genou au sol. Il tourna la tête, puis il aperçut un jeune homme à la casquette de magicien armée d'une épée de verre s'évanouir dans la nuit. Avant de se relever, Thomas arriva de l'autre côté et l'assaillit d'un coup de poing après l'autre. Vincent riposta, mais son agresseur disparut.

– Je suis impressionné ! dit-il d'une voix imposante.

Dans un cri de colère, Zoe sortit de l'ombre et frappa Vincent au visage avec sa barre de fer. Il s'élança vers elle, mais avant de l'attraper, Ethan fit feu sur lui avec le revolver de son père et le toucha au bras, ensuite à la jambe, suivi de l'épaule. Bien que l'arme soit déchargée, il continua de tirer quelques coups… Vincent tituba, puis éclata de rire, comme si son corps était blessé, mais que son esprit n'avait rien.

– Seigneur, vous avez du courage ! s'exclama-t-il de rage. Toutefois, ce ne sera pas suffisant… PAS CONTRE MOI !!

– T'as raison, mon pote, affirma Ethan.

À ces mots, Vincent parut apeuré, surtout quand Nora arriva aux côtés de son ami avec un tube de verre dans lequel elle inséra un cristal rouge… Pris de panique, il tenta de disparaître, mais une balle tirée en plein cœur l'empêcha d'aller où que ce soit.

– Ça c'est pour ma fille, dit Seth, son pistolet à la main et fumant.

Nora lança le tube illuminé de rouge dans les airs, puis il se planta dans le sable aux pieds de ce personnage faible en couleur.

– Et ça…, dit-elle. C'est pour Scarlett et Walter, pauvre con !

Sa main noircie posée sur le vide de son cœur, devant ce rêve circulaire et coloré qu'il ne pouvait atteindre, Vincent sourit une dernière fois.

– Enfin libre…

Le tube implosa dans la seconde et engouffra les alentours, puis une gigantesque explosion rougeoyante emporta cet homme sombre afin de le réduire définitivement en cendres. La Porte se referma lorsqu'elle fut soufflée par l'onde de choc qui repoussa les vagues vers l'océan. Tout un chacun fut propulsé en arrière par une sphère suffocante de fumée rouge qui ne laissa qu'un brouillard éphémère, ainsi qu'une douce pluie.

– Bon sang ! s'écria Jacob, du sable plein la bouche.

– Rien de cassé ? demanda Ethan en aidant Nora à se relever.

– Je crois, répondit Thomas au loin.

Une brume colorée continua de caresser le sol chaud sur plusieurs mètres, une brume vivante qui se dissipait peu à peu vers le néant. Un après l'autre, ils sortirent de l'ombre, puis s'approchèrent d'un large cratère de sable noirci rempli d'eau bouillonnante tel un immense chaudron.

– Il est mort pour de bon ? s'interrogea Zoe, les cheveux mouillés.

– J'espère pour lui, répondit Nora, tandis que Loki confirma d'un aboiement.

Elle jeta sa barre de fer dans le trou, suivi d'un soupir de soulagement. Enfin, cet homme pouvait disparaître de ses pensées et de celles de tous ces jeunes à New Haven qui avaient croisé son chemin. Mais malgré la victoire, l'image de Scarlett Bradford revint les hanter, car bien qu'ils aient vaincu le mal, cela ne ramènera pas celle qui succomba à son ombre, ainsi que plusieurs autres avant elle… Du haut de la crête, le téléphone de Seth à la main, Grace alla les rejoindre. Quand elle le remit à son propriétaire, Nightrun se lança aussitôt, puis les haut-parleurs s'activèrent d'eux-mêmes et une respiration se fit entendre, celle d'Abigail.

— T'as ce que tu voulais ? lui demanda Seth en regardant la lueur de l'aube à l'horizon sans une once d'émotion.

— *Merci…*

— Pourquoi ? dit-il en sortant la photo de sa fille. Même si Vincent est mort… elle ne reviendra pas.

— *Je sais… mais je peux à présent lui dire au revoir… Quelque chose que tu devrais faire toi aussi avant qu'Elli ne t'emporte avec elle.*

À ces mots, Seth songea à abandonner ce souvenir d'entre ses doigts, de laisser cette simple photographie s'envoler avec le vent, mais Celia posa la main sur son épaule et il la rangea dans sa poche.

— C'est ce que j'attends depuis sa mort…

— *Et c'est pour cette raison qu'on s'est quittés… Tu te fais du mal jour après jour, volontairement. Tu l'as dit toi-même, elle ne reviendra pas… Passe à autre chose avant qu'il ne soit trop tard.*

— Jamais…

Le silence fut roi.

— *Dans ce cas, je te souhaite bonne chance… Et Celia… merci…*

Celle-ci sourit et la ligne coupa.

À la suite de cette conversation, l'ambiance était funèbre.

— Je suis désolée de t'avoir fait vivre ça tantôt, s'excusa Celia en appuyant la tête sur l'épaule de Seth.

— Qu'un rêve…, soupira-t-il en secouant les oreilles de Loki.

— Si tu as envie de la revoir, tu n'as qu'à me le demander. Parfois, cela peut nous aider à avancer.

— Tu adores ça, revivre de vieux souvenirs, mais ce n'est pas pour moi. Le passé est le passé… seul l'avenir compte à présent.

— V-Vous êtes donc comme Vincent ? s'interrogea Nora, sachant très bien la réponse. Comment est-ce possible… Tout ça ! Ce Vior… Ces cristaux… Cet homme…

— Un monde cache beaucoup de secrets, car tant de gens le peuplent, répondit Celia. L'histoire nous a enseigné qu'il est préférable d'agir ainsi afin d'éviter que des innocents souffrent inutilement… ou davantage. Et d'un autre côté, si quelqu'un apprenait ce que je suis ou ce que Seth est capable de faire, comme bien d'autres tels que lui, nous serions enfermés, étudiés, transformés en armes. Et de ce fait, jamais plus ce monde ne vivrait un moment de paix…

Des centaines de questions traversaient l'esprit de ces jeunes face à une réalité qui les dépassait.

— Alors… c'est fini ? demanda Jacob.

— T'en as pas eu assez ? ajouta Ethan qui balança le revolver de son père dans l'océan.

— J'sais pas, répondit-il en observant les dernières étoiles. Je me sens vide… Insignifiant…

— J'avoue que le retour à la vie normale va être… bizarre…

— J'te le fais pas dire, soupira Thomas.

— C'est étrange de réaliser qu'il y a autre chose au-delà de notre petit monde, pas vrai ? souffla Celia. Pendant un instant, on cherche notre place ; on s'interroge sur notre existence, à savoir si elle a un but ; puis on se demande quoi faire du temps qui nous est imparti…

Sur ces mots, l'aube fit son apparition et les premiers rayons de soleil éclaircirent le ciel. À ce moment, chacun scrutait le fond de ses pensées, ces amis réunis devant l'endroit où un homme chamboula leur vie… Mais Seth fronça les sourcils et se tourna vers Thomas.

— T'es fan de musique, non ? lui demanda-t-il.

– Euh, oui… Pourquoi ?

– T'aurais pas quelque chose pour nous remonter le moral ? Je déteste nos têtes d'enterrement. On se croirait à des funérailles.

Celui-ci sortit son téléphone rempli à ras bord de chansons adaptées à toutes les situations, défila l'écran quelques secondes, et soudain, une mélodie retentit.

– Hmm, ça te va ? demanda Thomas, incertain.

– Parfait ! répondit Seth d'un clin d'œil.

Au son de cette musique d'ambiance, les visages déprimés disparurent et firent place aux sourires, car le temps n'était pas aux pleurs.

– Bon ! s'exclama brusquement Zoe qui prit le téléphone des mains de Seth. Allez, c'est l'heure de la photo !

– T'es pas sérieuse…, souffla Jacob tandis que son amie le poussa vers les autres. Hé oh, doucement !

La langue sortie, Loki aboya, puis aida cette jeune fille à ramener tout le monde en un seul et beau troupeau.

– Elle est toujours comme ça ? demanda Celia, les bras croisés.

– Excentrique et impulsive ? ajouta Seth. Aucune idée, mais elle…

– Vous aussi ! ordonna Zoe. Tous les deux !

– Ma grande, pas question que je…, s'interrompit-il lorsqu'elle le foudroya du regard. Si t'insistes…

– Pourquoi pas, ricana Celia.

Une fois collés les uns aux autres, Zoe releva le téléphone face au groupe et tout le monde sourit pour ce moment mémorable qu'aucun n'aurait pu refuser…

LAVANDE

Le soleil se leva enfin sur ce matin des plus coloré. Sous ce ciel saturé de jaune et de bleu, Thomas fit jouer une chanson après l'autre et ses amis en profitèrent pour se détendre. Tandis que Zoe dansait sur la plage et que Jacob discutait avec Grace, Ethan, lui, s'amusait avec Loki. De leur côté, Seth et Celia les regardaient d'un air joyeux et essayaient d'oublier le passé… Mais quelqu'un attira leur attention, Nora qui se promenait à l'écart, laissée à elle-même.

– Me prêterais-tu ton téléphone ? demanda Celia.

– Qui veux-tu appeler ?

– Une vieille connaissance…

Elle prit le téléphone et s'éloigna un instant… Quelques minutes plus tard, elle revint et le rendit à Seth.

– Et alors ? lui demanda-t-il.

– Prépare-toi… elle arrive.

Celia le réconforta d'une tape sur l'épaule, puis l'encouragea à la suivre.

Nora marchait en bordure de l'eau, scrutant le sol. Au bout d'un moment, elle retrouva ce qu'elle cherchait, cette pyramide de verre et de métal sombre, soufflée au loin par l'explosion. Lorsqu'elle se pencha pour la ramasser, elle remarqua ce cristal noir enfoncé dans le sable. Elle avança les doigts, puis retira rapidement la main quand un souvenir la frappa, un cauchemar oublié. Ce vide. Cette respiration. Cette présence… Cette voix…

– L'entends-tu à présent ? demanda Celia qui vint se joindre à elle. La voix d'une femme qui résonne dans tes pensées ?

– J-Je comprends pas, répondit Nora, troublée. Depuis cette nuit chez Walter… Quelque chose cloche… J'ai… J'ai l'impression de ne plus être la même.

– Sois sans crainte, rien n'a changé, soupira Seth. Mais…

– Mais quoi ?

– Quand t'as touché ce cristal noir la première fois, t'as été capable de percevoir d'où il venait, ce à quoi il est lié, dit-il en récupérant le cristal dans le sable en utilisant son manteau tel un gant avant de le ranger dans sa poche. Ce ne sont que des émotions qui s'évaporent tel un rêve, mais un jour… ce rêve te reviendra…

– De quoi est-ce que vous parlez ? demanda-t-elle, surprise.

Seth reprit possession de son sac que Nora tenait toujours à l'épaule, puis attrapa un cristal jaune qu'il lui déposa dans la main.

– Détends-toi, dit-il en lui refermant les doigts. Je veux que tu penses à quelque chose de joyeux, un moment agréable… Ou encore une personne que t'aimes bien.

Nora joua le jeu et scruta le fond de ses pensées. Sur le coup, rien ne lui vint en tête. Des souvenirs à l'école. Ses anniversaires. Ses parents et ses amis. Son enfance à la plage… Ces moments passés en compagnie de son meilleur ami. Ses yeux chavirèrent vers Ethan au loin et tout à coup…

– Seth ! grogna Celia, désespérée. Arrête ça…

Nora se tourna vers cet homme qui se retenait de rire, la tête à peine cachée derrière le collet de son manteau.

– Vous n'êtes pas drôle ! s'écria celle-ci.

– D'accord, d'accord, dit-il d'un sourire. Bon, écoute-moi très attentivement… Tu vois cette plage autour de nous ?

– Oui…, répondit Nora, incertaine.

– Maintenant, ferme les yeux, ordonna Seth d'un ton formel, mais agréable. Au-delà des mondes, un univers recouvre le nôtre. Sombre et infini, il n'est en réalité que lumière et réconfort, chaleur et proximité… Visualise cette plage sur laquelle nous nous trouvons, tout le sable qu'elle contient… Imagine… que chaque grain est à ton service, pouvant suivre le geste de tes doigts et la volonté de tes pensées… Que vois-tu dans l'obscurité ?

— Rien, dit-elle, confuse.

— Bien sûr, car il n'y a pas d'ombre sans lumière et que tu ne peux voir à travers le néant, continua-t-il. Ne regarde pas avec tes yeux ou ton esprit, mais plutôt avec ton âme, car cette force qui est l'essence même de ton existence est déjà de l'autre côté… Visualise cette plage. Imagine chaque grain qui la constitue. Que vois-tu dans l'obscurité ?

— R-Rien, dit-elle à nouveau lorsqu'une sensation étrange vint la chatouiller. Attendez… J-Je vois… une étincelle…

— Que fait-elle ?

— Elle… virevolte ! répondit-elle, son cœur battant à mille à l'heure. Elle danse avec ma voix…

— Qu'une seule étincelle ? ricana Seth. Je suis certain qu'elles sont plusieurs ! Cette plage, Nora, tu t'en souviens, non ? Chaque grain est une étincelle, et cette lumière n'attend qu'une chose.

— L-L-Laquelle ?

— Que tu ouvres les yeux, puisqu'en ce jour, tu ne craindras plus jamais l'obscurité…

Tout à coup, une lumière jaillit d'entre les doigts de Nora au son d'étincelles crépitantes. Celle-ci sursauta, mais le sourire de Seth l'apaisa. Lentement, elle ouvrit la main sur ce petit cristal jaune qui brillait, sa peau projetant une chaude et faible lueur.

— C-Comment est-ce possible ? demanda-t-elle, sous le charme.

— Nous sommes pareils, répondit-il. Tout comme moi, cette énergie coule dans tes veines… Tu peux la ressentir, la transformer. Un don singulier que tes ancêtres t'ont légué. Ce n'est pas pour rien que le jaune t'attire… N'as-tu pas éprouvé quelque chose lorsque tu tenais un cristal entre tes mains ? Malgré qu'elles soient divisées en plusieurs couleurs, ces énergies étaient autrefois en parfaite symbiose, une énergie pure et unique engendrée par un peuple que nous appelons les Anciens. Et cette voix que t'as entendue… Ce que tu as vu dans ce cristal noir… Je dois te prévenir…

– D-De quoi exactement ? demanda Nora lorsque Seth reprit le cristal jaune de ses mains.

– Ce rêve dont je te parlais, celui qui reviendra un jour te hanter…

– Oui…

– Eh bien… c'est maintenant que ça va se produire.

Aussitôt, Nora eut l'impression qu'un train la percuta de plein fouet, et dans un cri d'agonie, elle se retrouva autre part…

Sur cette plage au sable désormais noir, les vagues s'échouaient sur un rivage désert. Çà et là, des rochers stratifiés tels des lames. Newport s'était volatilisé, ainsi que les hôtels et cet ancien quartier résidentiel. Rien de visible à des kilomètres… Nora regardait autour d'elle d'un air apeuré à la recherche de ses amis, puis tomba à genoux lorsqu'elle tenta de bouger, car son corps refusait de lui obéir. À ses côtés, un vieux cerf-volant planté dans le sol telle une croix.

– I-Il y a quelqu'un ?! cria-t-elle.

Aucune réponse.

Elle fit un effort surhumain, puis parvint à se relever avant de déambuler sur cette plage délaissée.

– Quelqu'un… n'importe qui…, murmura-t-elle, frigorifiée.

Le vent se leva, un vent glacial venu d'outre-tombe, suivi d'une forte odeur de lavande. Nora frissonna quand elle respira ce parfum qu'elle haïssait. Soudain, un bourdonnement lointain retentit.

– Ethan ?! s'exclama Nora, certaine qu'il s'agissait de son ami. ETHAN !! T-Tu m'entends ?!

Ce bourdonnement s'amplifia, jusqu'à devenir insupportable. Telle une onde de choc, ce bruit terrassa la plage et Nora retomba à genoux, les deux mains sur les oreilles.

– ASSEZ !!! hurla-t-elle dans l'espoir de faire cesser ce calvaire.

Le vent, si violent, essayait de l'emporter. Une main enfoncée dans le sable, se protégeant le visage de l'autre, Nora vit quelque chose se rapprocher, une ombre semblable à un loup démesuré, un Vior au corps goudronné et à la peau calcinée. Celui-ci bondit sur elle, mais le sol se fracassa en mille morceaux et elle bascula vers le néant… Durant sa chute, elle perdit le contrôle sur ses émotions qui se retournèrent contre elle, martelée par la peur, le désespoir, la honte, la haine, la tristesse, l'abandon. Les plus effroyables émotions de son existence revinrent la tourmenter et chaque souvenir se transforma en cauchemar… Le néant se changea en nuages, puis Nora tomba du ciel avant d'atterrir brutalement dans l'océan. À peine capable de maintenir la tête hors de l'eau, elle sombra vers les profondeurs. Elle se noyait dans l'obscurité, son corps sur le point de l'abandonner… C'est alors qu'elle fut poussée vers le rivage comme si une énorme main l'attrapa au passage. Nora s'écrasa sur la plage et se vida les poumons gorgés d'un liquide noir visqueux. Lorsqu'elle releva la tête, elle vit au-dessus d'elle une ombre titanesque à l'image d'une femme sans yeux aussi haute qu'un gratte-ciel. Ses jambes n'étaient que goudron se déversant à chacun de ses pas. Le sol tremblait, et à l'instant que cette géante se pencha pour observer cette jeune fille tel un insecte, elle relâcha un cri si puissant que l'océan disparut, ne laissant que du sable noir… Quand Nora ouvrit les yeux, elle était seule, qu'un désert sombre à perte de vue. Désorientée, elle avança vers l'inconnu…

Durant des heures, la bouche sèche, elle marcha à travers ce vaste espace aride, vouée à la solitude. Son corps était si faible, son esprit si confus, qu'elle ne remarqua pas le loup qui la suivait, un loup adulte au pelage blanc comme de la neige. Au bout d'un moment, Nora tomba de fatigue, incapable de continuer… La tête sur le côté, les yeux entrouverts, elle vit cet animal s'approcher, puis se transformer en l'ombre de cette femme inconnue, à présent de taille normale. Celle-ci s'agenouilla et chuchota à son oreille… À ces paroles obscures, les yeux de Nora s'emplirent d'eau, son visage détruit par la tristesse, son corps écrasé sous le poids d'un châtiment trop lourd à supporter. Sa vie n'était rien en ces lieux imaginaires. Qu'un cauchemar qui revenait la hanter.

– Nora, écoute-moi…, souffla Celia de ses yeux luisants de bleu qui apparut derrière cette femme. Ce ne sont pas des mots, mais des sons, et seul un Corrompu peut entendre sa voix comme elle se doit. Pour nous, ce n'est que torture…

– A-Aidez-moi… pitié…, tenta-t-elle de dire en levant la main.

– Tu n'as pas besoin de mon aide, car ici, tu es chez toi…

Une douce brise se leva.

– Regarde !

À ces mots, le sable s'envola et cette femme — cette ombre — disparue lentement telle une statue de cendre, ne laissant qu'un souvenir disparaître vers le néant…

Nora revint de son voyage en larmes, et lorsque Celia l'aida à se relever, elle se blottit dans ses bras, horrifiée par ce qu'elle venait de vivre.

– C-C'est ce qu'ils ressentent… à l'intérieur ? demanda-t-elle sous l'émotion.

– Oui… J'ai de la compassion pour la plupart d'entre eux. Ce qu'ils doivent supporter. Contrôlés par cette noirceur… La mort est un cadeau. La Corruption n'est qu'un fardeau.

– J'ai l'impression d'être partie depuis si longtemps…

– Et pourtant, cela ne fait que quelques secondes, affirma Celia en lui remontant le menton. Ne bouge pas, tu te sentiras mieux.

Ses doigts s'illuminèrent de bleu, puis elle posa la main sur le front de Nora, dont la peur et le chagrin la quittèrent aussitôt.

– Qu'un rêve, rien de plus.

– M-Merci…, dit-elle en se frottant la tête. C'est froid.

– Une sensation réconfortante.

– C'est étrange…

– Quoi donc ?

– J'ai faim…

Celia ricana un bref instant.

— Je regrette d'avoir dû te laisser vivre ce moment. Beaucoup de tes semblables n'auront jamais à le supporter, mais parfois, ils y sont obligés.

— J'avais presque oublié que j'étais… que j'étais…

— Magicienne ? dit Celia lorsque quelque chose la perturba. C'est déconcertant, je te l'accorde. Par contre, ce n'est pas la première fois que tu découvres tes dons…

Nora leva les yeux, puis réalisa qu'elle n'était pas sur la plage en compagnie de ses amis, mais plutôt dans une maison, celle de son enfance… Elle sourit, enivrée par le passé. Elle se souvenait de tout. L'escalier en bois dont elle glissait sur la rampe. Le salon avec les vieux canapés de cuir brun devant le foyer de brique rouge. Le grand couloir ensoleillé de l'entrée. La cuisine aux portes d'armoires peinturées d'un jaune qu'elle aimait tant, et à l'étage, sa chambre aux mille images.

— J'adorais cette chambre, dit-elle en y pénétrant. Ma mère photographiait absolument tout quand j'étais jeune et j'accrochais les plus belles sur mes murs… Cette maison me manque… Là ! C'est moi et Ethan un été à la plage. Et celle-ci, c'est quand Walter m'a appris à faire du vélo. Pauvre de lui… Je n'étais pas très bonne.

D'un air songeur, malgré tout ce qui l'entourait, Celia se contenta de regarder dans une autre direction.

— Un problème ? s'interrogea Nora, une vieille peluche à la main. C'est franchement impressionnant ce que vous pouvez faire.

— Nora, où se trouvent ces photographies aujourd'hui ? lui demanda-t-elle. Des souvenirs si importants tels que ceux-ci, on les conserve dans un album, un coffret, une boîte, bien rangée dans un endroit proche de soi. Mais toi, où les as-tu mises ?

— Eh bien, dans le… Euh… Dans le…

Nora scruta le fond de ses pensées. Rien.

— Étrange, n'est-ce pas ? demanda Celia. Et cette maison, quand fut-elle rénovée ?

– Quand j'avais… Hmm…

– Comment oublier une telle chose…

Nora ne comprenait pas. Elle remarqua alors cette femme aux cheveux noirs qui regardait une pièce de l'autre côté du couloir. Et donc, elle décida d'aller voir… Il s'agissait d'une chambre décorée d'un papier peint verdâtre avec une multitude de bateaux à voile. Sur un mur, une bibliothèque remplie de livres et de petites voitures. Sur un autre, un coffre à jouets au pied d'un lit pour enfant. Et au centre, un garçon d'à peine cinq ans qui s'amusait avec des dinosaures en plastique. Avec ses cheveux bruns en broussailles, il était vêtu d'un t-shirt de superhéros et d'un jeans aux genoux tachés de boue.

– Q-Qui es-tu ? demanda Nora, intriguée par sa présence.

Celui-ci resta silencieux.

– Voici Liam, lui présenta Celia en s'approchant pour jouer avec le garçon. C'est ton frère…

Nora figea sur place.

– Mais je n'ai pas de frère ! réfuta-t-elle. C'est quoi cette histoire…

– Que tu me croies ou non, ce petit bonhomme est bien de ta famille. Fort comme son père. Pas vrai, mon grand ?

Il sourit à ce compliment.

– Ça n'a aucun sens ! J-Je m'en souviendrais… I-Il ne…

– La vérité, vois-tu, c'est qu'avant cette nuit, nos chemins se sont déjà croisés par le passé…

– Liam ! s'écria une petite voix depuis l'escalier, celle de Nora, âgée de huit ans et vêtue d'une robe fleurie.

– Je suis dans ma chambre !

– Te voilà ! dit-elle en cachant quelque chose.

– C'est quoi derrière ton dos ? demanda Liam.

– Tiens, cadeau ! dit Nora en reniflant une tige de lavande en fleurs qu'elle lui remit. Je l'ai trouvée avec papa en revenant de chez Ethan.

– Waouh ! Merci ! s'exclama-t-il, fou de joie. Mais tu veux pas la garder ? Tu adores l'odeur.

— Ma boîte en est remplie ! répondit-elle en gesticulant. J'y pense… Qu'est-ce que tu fais dans ta chambre ? Il fait gros soleil dehors.

— Maman veut que je reste tranquille, dit-il d'une voix triste. Elle parle au téléphone dans son bureau…

— Mais moi, j'suis pas au téléphone ! ricana Nora d'un air taquin. Alors, tu viens jouer dehors ? C'est l'heure de notre grande aventure quotidienne ! Qu'allons-nous découvrir aujourd'hui ? Des monstres ? Des pirates ? Les deux en même temps !

D'un sourire enfantin, Liam prit sa tige de lavande et attrapa la main de sa sœur avant de dévaler l'escalier… Au passage, ils s'arrêtèrent pour espionner leur mère dans son bureau, mais ce charabia d'adulte ne les intéressait guère. Ils continuèrent donc leur aventure vers le salon où ils tombèrent sur une bataille, des chevaliers en plein combat contre un dragon. Nora sauta sur le divan, puis agrippa un coussin pour se protéger des flammes. Liam glissa sur le tapis et s'empara d'un bout de bois devant le foyer pour combattre l'ignoble bête ! À eux deux, ils furent victorieux et les réjouissances se poursuivirent dans la cuisine, car un festin royal les attendait — c'est-à-dire quelques biscuits venant du garde-manger.

— Longue vie au Roi Liam ! s'écria Nora, une brique de jus à la main lorsque sa mère passa la tête en travers de la porte.

— Soyez sages, tous les deux, dit-elle, vêtue d'une veste en jeans familière, avant de retourner à la tâche.

— Oui maman ! répondirent-ils à l'unisson.

— Nora, on fait quoi maintenant ? demanda Liam, impatient.

— Euhm… laisse-moi réfléchir…

Sa sœur se leva de sa chaise, puis bondit sur un ustensile qu'elle brandit telle une épée, un œil fermé.

— Et si nous allions côtoyer les pirates ?! proposa-t-elle en imitant un vieux loup de mer.

– Oh oui ! s'écria Liam. J'adore les pirates !

– En avant, moussaillon !

Nora fouettait l'air de son ustensile de cuisine sous les yeux de son petit frère ébahi, mais lorsqu'elle recula contre une porte, une sensation étrange vint la chatouiller.

– Pourquoi tu t'arrêtes ? demanda Liam quand il vit sa sœur devant la porte menant à la cave. Tu sais que maman et papa veulent pas. Cette porte. On n'a pas le droit, Nora.

– Je sais, je sais…, dit-elle, sans cesse dérangée par cette agréable sensation. Ça chatouille…

– Tu dis toujours ça. Mais la porte, elle a pas de bras pour te chatouiller.

– Et si… Et si on allait voir ?

Incertain, Liam baissa la tête.

– Non, maman va nous gronder…, dit-il d'une voix chagrinée en regardant sa tige de lavande. De toute façon, t'as pas la clé. Papa l'a cachée.

– Cette clé ? dit Nora qui la sortit de sous sa robe.

– P-Pourquoi on va pas dehors ? E-Et notre aventure ?

– Eh bien, aujourd'hui, elle se trouve au fond de cette sombre cave. Là où des monstres nous attendent !

– Non, j'veux pas… J'ai peur du noir.

– Aucune raison, s'étonna Nora. Je suis là pour te protéger. J'suis ta grande sœur. Rien à craindre !

Liam hésita dans le silence, mais il voulait tant s'amuser avec elle. À contrecœur, il se leva, puis agrippa la main de Nora qui ouvrait déjà la porte.

Lentement, ils descendirent les marches en bois vers cette cave humide et poussiéreuse. Une fois en bas, terrifié par la noirceur, Liam se colla contre sa sœur. Nora trouva l'interrupteur, puis une faible lumière s'alluma au plafond.

— Tu vois, pas de monstres dans les environs, dit-elle pour le réconforter.

— J'aime pas cette cave, grelotta Liam. Elle me fait peur…

— J'avoue qu'elle est sinistre.

— On peut remonter maintenant ?

— Laisse-moi une minute. Ça doit venir de quelque part…

— Quoi ?

— Ces chatouillis…

Angoissé par ce qui l'entourait, Liam se réfugia dans un coin mieux éclairé, puis se protégea de sa tige de lavande. Cette cave n'avait rien de spécial — une comme une autre —, remplie de bidons de peinture, d'outils, de vieux meubles et de boîtes. Nora cherchait partout, guidée par une curieuse sensation.

— Tu l'as trouvé ? demanda Liam à l'autre bout de la cave.

— Non, pas encore ! répondit Nora, montée sur un large coffre. Je suis certaine que c'est par ici !

— Dépêche-toi… J'ai peur…, murmura-t-il lorsqu'un bruit le fit sursauter. NORA ?!

— Ça va, répondit celle-ci. J'ai basculé et je suis tombée sur…

Assise sur le sol, elle vit ce que ce coffre contenait, un sable jaune étincelant répandu autour d'elle, le responsable de ses chatouillements, car cette sensation fut si forte, qu'elle n'entendait plus son frère l'appeler… Cette poussière si magnifique. Subjuguée, Nora se perdit dans ses pensées, puis approcha la main, les yeux fermés. Elle apercevait une plage, un soleil, suivit de la vie que ce dernier engendrait. Ses rayons si chauds, nécessaires à l'existence d'un monde. Dans son esprit, une lumière jaillit, formée d'étincelles qui dansaient à sa volonté. Le corps de Nora se contracta, puis se réchauffa. Une sensation réconfortante. Soudain, elle sentit quelque chose, un objet plutôt lourd de la taille d'une bille difforme. Quand elle ouvrit les yeux, un petit cristal était apparu au creux de sa main… ainsi qu'un incendie qui dévorait la cave de ses flammes.

– Liam ?! hurla aussitôt Nora en se relevant, prise de panique. LIAM !!!

Une fumée âcre voilait son chemin. Elle trébucha sur de vieux magazines en cendres en tentant de rejoindre son frère, mais une étagère lui tomba dessus.

– MAMAN !!!

Celle-ci déferla dans la cave, le bras devant le visage pour se protéger de la chaleur quand une bourrasque de feu remonta le mur. Katherine vit sa fille d'un côté qui essayait de se dégager, et de l'autre, son jeune fils sans connaissance encerclé par le brasier. En cet instant, cette femme dû faire un choix abominable… la vie de sa fille… ou celle de son garçon… Par instinct, elle se précipita vers Nora. Une poutre du plafond craqua sous la chaleur intense, puis une autre chuta à ses côtés en lui frôlant le visage. Katherine cria de douleur, une main sur la joue, mais elle se releva sans broncher avant de soulever l'étagère et de prendre sa fille dans ses bras. La cave ne serait bientôt plus que braises ardentes, et lorsqu'elles remontèrent les marches sur le point de céder, Nora aperçut Liam parmi les flammes… une tige de lavande à ses pieds…

– J'ai bien sûr effacé ce souvenir de ton esprit, dit Celia qui se tenait dans le couloir à contempler Katherine courir vers l'extérieur, en larmes avec sa fille dans les bras. Toutefois, cette odeur particulière est restée avec toi, ce parfum de lavande que tu appréciais tant… autrefois…

– Je… Je…

Aucun mot ne sortait de la bouche de Nora qui observait sa mère au loin tandis que le plancher se fracassait sous ses pieds. Elle sortit à son tour, puis se regarda, plus jeune, droit dans les yeux. La fillette n'avait aucune émotion ; qu'une larme à son œil et un cristal jaune dans la main… La maison prit feu en un éclair et Walter arriva en courant, tentant même d'y entrer, retenu par des voisins.

– Les semaines qui ont suivi furent très difficiles pour tes parents, raconta Celia d'une voix pleine d'amertume en transportant Nora dans un cimetière de New Haven.

Envahie par la tristesse, celle-ci tomba à genoux devant une pierre tombale sans date avec le nom de Liam Clarke.

— À la suite des évènements, les restes de ta demeure furent détruits et vous avez vécu chez Walter quelque temps. Malgré le chagrin et les problèmes financiers que cela a engendrés, tes parents essayèrent de passer à autre chose, suffisamment du moins pour aller de l'avant.

— Et moi…, demanda Nora, affligée par son passé.

— Toi, ce fut très différent, car tu ne l'as jamais accepté… Cela a pris des semaines avant qu'un mot sorte de ta bouche. Tu ne mangeais plus. Tu dormais à peine. Au bout d'un moment, Walter m'a demandé de te rencontrer, histoire de voir si je pouvais alléger ta peine… J'étais douée, même à l'époque, mais je n'arrivais pas à t'apaiser. Cette tristesse se transforma en colère, puis en rage. Tu es devenue incontrôlable, violente, autant envers les autres qu'envers toi. Tu étais brisée… Sans doute que j'aurais pu te venir en aide à la longue, néanmoins, pas sans te torturer. Il est plus facile d'éradiquer un souvenir que de le modifier, surtout un aussi fort que celui-ci. Au bout de trois mois, ne sachant plus quoi faire, tes parents m'ont donc demandé un service d'envergure… effacer tes souvenirs et les remplacer. Par contre, ce n'est pas simple. Déjà, cela exige des efforts considérables, et pour que cela passe inaperçu, j'ai dû jouer avec l'esprit de beaucoup de gens dans le but d'enrayer ton frère de leur esprit. Tes voisins. Des membres de ta famille. Les enfants à l'école. Le facteur. Tes amis d'enfance. Tous ceux qui avaient de près ou de loin entendu son nom. Cela m'a pris des mois, et dans le monde des rêves… des années… J'ai accepté sans rien réclamer en retour, néanmoins, je ne pouvais pas y arriver seule. Comment se débarrasser des preuves matérielles ? Compte d'épargne. Acte de naissance. Une simple photo de famille envoyée à un oncle éloigné. Tes parents ont donc contacté l'Ordre… En échange, ils devaient tous les deux travailler pour eux, une chose que ta mère repoussait depuis toujours.

Celle-ci étant fine négociatrice, une maison toute neuve comme supplément afin d'expliquer l'énorme trou sur sa pelouse…

Devant la tombe de Liam, un bouquet de lavandes en fleurs fut déposé. Nora le prit dans ses mains, puis s'enivra de son parfum.

– Tu n'as jamais détesté cette odeur, affirma Celia. Tu lui as seulement attribué un horrible souvenir.

– C'est de ma faute… Si je l'avais écouté… Si je…

– Tu ne pouvais pas savoir… Pour tes semblables, cette première transformation est importante afin de vous lier à l'autre côté. Toutefois, on ne peut la contrôler, cette pulsion à l'intérieur.

Silencieuse, durant de longues minutes, Nora resta à genoux devant le dernier repos de son frère oublié. Le regret la dévorait, incapable de se rappeler.

– Puis-je vous demander un service ? dit-elle en se relevant.

– Plaît-il ?

– J'aimerais récupérer ces souvenirs…

Celia détourna le regard.

– Je vous en prie ! Je suis convaincue que vous en êtes capable… S'il vous plaît.

– Malheureusement, Nora, c'est impossible… Une fois effacé, un souvenir disparaît à jamais. Tout ce que j'ai préservé de ce jour, c'est ce que tu as vu…

Celia s'approcha, puis posa la main sur son épaule.

– Cependant…, dit-elle, je peux te présenter une personne qui sera heureuse de te parler de lui.

– Qui donc ?

– Ta mère…

Sur cette plage aux abords de Newport, Nora se réveilla aux côtés de Celia, celle-ci lui tenant la tête d'une main, un cristal bleu de l'autre. Non loin d'eux, ses amis discutaient avec Seth qui essayait de leur inventer une histoire rocambolesque afin de leur expliquer la situation. Soudain, une femme avec une cicatrice sur le visage, habillée d'un tailleur noir, descendit la crête…

— Qu'est-ce que ma mère fait ici ?! demanda Nora en l'apercevant.

— Elle a insisté pour venir, même si, je crois, ce sera que de courte durée, répondit Celia. Je ne pouvais pas te montrer ces souvenirs sans sa permission…

D'un sourire rayonnant, Katherine s'avança en direction de sa fille, mais au passage, elle cogna brusquement Seth d'une droite en pleine figure.

— Embarque-la encore dans une de tes histoires et je te rentre la tête dans les poumons ! hurla-t-elle, folle de rage.

— Toujours un plaisir de te voir, Kate, grogna-t-il. T'as pas perdu la forme !

Elle le frappa aussitôt d'un coup pied entre les jambes et Seth plia en deux.

— B-B-Bonjour, madame Clarke, dit Ethan, les yeux ronds.

— Ha, bonjour les enfants ! dit-elle en replaçant son tailleur. Rien de cassé ?

— N-Non, répondirent-ils en dévisageant Seth qui se décoinçait la quincaillerie tandis que Loki lui léchait le visage.

— Grace ! Ça fait longtemps. Tes parents vont bien ?

— Oui, oui…

Elle continua son chemin d'un sourire, observée par sa fille.

— Aucun doute, c'est ma mère…, soupira Nora.

— Elle détestait Seth bien avant ce jour, tu peux me croire, ajouta Celia qui alla à sa rencontre. Je suis heureuse de vous revoir, Katherine.

Celle-ci pencha la tête par respect, puis se tourna vers Nora, qui, dévorée par la honte, n'osait pas lever son regard sur elle.

— Maman, je…

Sans attendre, sa mère la serra dans ses bras, les larmes aux yeux.

— Je suis tellement désolée, dit-elle.

– Pourquoi ? Tout est de ma faute…

– Ne dis pas cela… Tu n'étais qu'une enfant.

– Il serait toujours en vie si j'avais pris la peine de l'écouter…

– Tu sais, Nora, je repense à ton frère et à toi chaque minute de ma vie. Ce qui est arrivé à Liam est tragique, certes, mais il s'agissait d'un accident, rien de plus… Ton père et moi aurions dû t'en parler, t'expliquer ce qu'il y a en toi au lieu de l'enfermer.

– V-Vous le saviez… Comment ?

– Parce que nous sommes semblables. Le même don… Et pendant longtemps, je l'ai caché, car je voulais que mes enfants profitent de la vie. Tu n'es en rien responsable de ce malheur… Liam t'adorait… Et toi, tu le rendais si heureux. Vos aventures quotidiennes à travers la maison ! Ton seul crime, Nora, c'est de lui avoir offert une vie des plus joyeuse…

Réconfortée par ces paroles, sa fille posa la tête sur son épaule. Toutefois, un jeune homme avec une casquette de magicien courut vers eux, les bras dans les airs, afin de gâcher ces retrouvailles.

– Je dois te demander, commença Celia avant que Jacob n'arrive. Que feras-tu pour tes amis ?

– J-Je sais pas, soupira Nora en séchant ses larmes. Pour l'instant, je dois réfléchir…

– Et vous, mademoiselle ? s'interrogea Katherine d'un ton sérieux.

– Il m'est impossible d'effacer tout ce qu'ils ont vu sans créer une boucle interminable. Trop de gens sont impliqués. Trop de détails. Heureusement, Vincent n'a rien engendré de fâcheux à New Haven, sauf pour cette pauvre enfant…

– Merde, j'avais presque oublié Scarlett.

– Ton langage ! répliqua Katherine.

– Maman…

– Par contre, j'espère que personne n'aura vent de cette histoire, souffla Celia d'un air inquiet. Et pour ce qui est de la police… Un loup, sans plus. Ils passeront pour des incompétents auprès de leurs confrères de Newport, mais c'est la solution la plus simple.

— NORA ! cria Jacob, encore à bonne distance. Désolé, madame Clarke…

— Tu n'as pas changé, mon cher Middleton, dit-elle en embrassant le front de sa fille. J'allais partir de toute façon.

— Déjà ?! sursauta Nora. P-Pourquoi ? Tu viens d'arriver…

— J'ai un certain… travail à finir, répondit-elle d'un clin d'œil en lui montrant un tatouage dissimulé à son poignet, sous sa montre, trois cercles formant un triangle. Mais avant tout, je voulais m'assurer que tu allais bien, toi et tes amis. Je n'ai pas envie de te perdre… Pas vrai Seth ?!

À l'écart des autres, un homme ronchonna.

— C'est étrange de se retrouver à cet endroit après tant d'années, se remémora Katherine. J'aimerais revenir dans le passé… Ou simplement revenir ici les weekends. Profiter du soleil. Respirer l'air salé de l'océan…

— Et pourquoi pas recommencer comme avant ? demanda Nora.

Katherine sourit.

— Un jour, peut-être, dit-elle en regardant sa montre. Mais pas aujourd'hui, hélas… Nora, je pense qu'on a besoin de discuter en tête-à-tête, tu ne crois pas ? Alors, que dirais-tu de manger avec moi à la maison ce soir ?

— D-D'accord ! répondit-elle, séduite par cette invitation.

Elle enlaça sa fille une dernière fois, puis se pencha à son oreille.

— Le passé est le passé, seul l'avenir compte à présent, lui murmura-t-elle avant de s'éloigner.

Heureuse d'avoir vu sa mère après une nuit comme celle-ci — même si ce n'était qu'un court instant —, Nora la salua d'un grand sourire. En retournant à sa voiture, Katherine frappa à nouveau Seth entre les jambes lorsqu'il tenta de la saluer à son tour.

— Bon sang, Kate ! rugit celui-ci. Une fois c'était pas suffisant ?!

— Non ! Abrutis…

En moins de deux, le reste du groupe rejoignit leur amie, apaisée par le simple bruit de l'océan qui s'échouait sur le rivage.

– Ça va, Seth ? lui demanda Ethan.

– Là, je suis certain de ne plus avoir d'enfants…, grommela-t-il en titubant.

– J'oubliais ! s'interposa Jacob qui remit à Celia ce magnifique manche d'épée de verre rétractable. S-Seth m'a dit que c'était à vous.

– Merci, jeune homme.

– OH ! Oui, Nora ! s'exclama-t-il aussitôt, tout excité. Il nous a aussi raconté que t'avais traversé une espèce de grand…

– Il se foutait de notre gueule, affirma Ethan, les yeux au ciel.

– Tu crois vraiment tout ce qu'on te dit, soupira Thomas.

– Même la partie à propos de la maison qui se changeait en…

– Oui.

– Et l'ours bizarre avec le cristal qui…

– Oui…

– Et même le truc avec le clown quand…

– Ouais !

Abattu, Jacob retira sa casquette, la tête basse.

– Mais de quoi leur as-tu parlé ?! demanda Celia, consternée.

– Oh, oh, oh ! s'exclama Seth en s'approchant d'elle. Qu'est-ce que j'étais censé leur raconter comme conneries pour expliquer ton voyage dans sa tête ?!

– Je ne sais pas, répondit-elle d'un ton sarcastique à haute voix. Peut-être que je l'aidais simplement à retrouver ses esprits après sa mésaventure avec ce cristal noir. À comprendre pourquoi sa mère nous connaît, nous, des amis de Walter… Qu'en penses-tu, Seth ?

– Ah, oui… Vu comme ça…

– Et maintenant ? demanda Nora, voulant changer de sujet au plus vite.

— Rien, répondit Seth. Vous retournez à vos petites existences de mioches et moi je continue à pourchasser mes pingouins à senteur de lavande.

— On va pas finir dans des sacs mortuaires ? s'interrogea Zoe.

— Quels sacs mortuaires ?! ajouta Celia, confuse.

— Oh ça ! Il n'y en a pas…

— Tu te fous de nous ?! beugla Ethan.

— Alors, pourquoi nous avoir entrainés là-dedans ?! demanda Thomas.

— On est que des gamins, bougonna Jacob.

— Uniquement parce que vous aviez foutu la merde et que vous…

— … et qu'on devait nettoyer, continua Nora.

— Exact ! s'exclama Seth. Faites pas la gueule. Je chassais des Corrompus et des Viors bien avant votre âge. Et de plus, vous êtes encore en vie, non ?

Soudain, une idée traversa l'esprit d'Ethan.

— Et si je venais avec toi ? demanda-t-il. Je pourrais t'aider avec tes pingouins.

— J'dirais pas non, mais crois-moi… ça ne te plairait pas, répondit Seth en dévisageant Nora d'un drôle d'œil. De toute façon, t'as déjà de quoi t'occuper ici !

— Qu'est-ce que tu racontes ?

Celia se mit à rire, puis partit avec Loki. Avant de la suivre, ses amis se regardèrent, un sourire en coin, laissant Nora et Ethan seuls sur le rivage.

— Attendez ! s'exclama-t-il. Où est-ce qu'ils vont…

— C'est étonnant que vous en soyez encore à ce stade-là, souffla Seth. Sérieusement, les mioches… Cette vie est trop courte pour la gaspiller comme deux cons qui jouent à cache-cache !

— J'suis pas sûr de…

Rouge comme une cerise, Nora s'approcha d'Ethan, puis l'embrassa avant même qu'il n'ait eu le temps de réagir. Les yeux fermés, celui-ci s'abandonna à ce moment.

— Les jeunes de nos jours…, soupira Seth en s'éloignant. Trouvez-vous une chambre ! Il y a une centaine d'hôtels là-bas !

Devant l'océan et sous le regard d'une cité de verre, ils profitèrent de l'un et l'autre, ces amis d'enfance, qui depuis toujours refoulaient leurs sentiments. En cet instant, plus rien ne les troublait, car leurs problèmes s'envolèrent avec le son des vagues…

Seth remonta vers le reste du groupe qui regardait la scène de loin, puis fit l'inventaire dans son sac.

— Que vas-tu faire de cette Porte ? lui demanda Celia.

— La donnée à Abi pour qu'elle la mette en lieu sûr, répondit-il. Ça et le cristal noir… Cet avertissement de Vincent… L'Ordre… T'as rien vu d'autre dans sa tête ?

— Rien dans ce sens, répondit-elle, égarée dans ses pensées en observant ce cratère de sable noirci se remplir d'eau avec la marée. Je suis triste pour lui…

— Vincent ?! ricana Seth. Je le préfère six pieds sous terre. Encore plus profond si possible…

— L'enfer que nous avons vécu dans le passé par sa faute. Cette rancune envers Walter, jadis… Elli… Comment lui pardonner… Pourtant, au-delà de la Corruption, il n'était pas mauvais. Et veux-tu savoir le plus drôle ? Il te voyait sincèrement comme un ami…

— Il ne va pas me manquer pour autant, tu peux me croire.

— Qui sait… Peut-être va-t-il revenir te hanter.

Seth cessa de respirer.

— Et alors, vos Portes ! s'interposa Jacob à la première occasion afin d'en apprendre davantage. On peut vraiment voyager avec ? À travers l'espace et tout ?! Ou une autre dimension ! Ou dans les…

— Voyager est un grand mot, rétorqua Seth pour le faire taire.

— Et est-ce que toi et elle vous…

— C'est fou comme le temps passe vite ! répondit-il à la hâte en se tapant dans les mains. Bon ! Quelqu'un a envie de mets chinois avant que je reprenne la route ?

— Tu n'es pas sérieux, s'étonna Celia, déçue qu'il ne reste pas plus longtemps.

— Je vais revenir, dit-il tandis que Loki, les oreilles basses, gémissait afin d'attirer l'attention de son maître. Prends soin d'elle, mon beau !

— C'est toi qui es censé me protéger, soupira Celia en détournant le regard.

— Pourquoi vous ne restez pas ici ? demanda Zoe.

— Et couper le gazon en robe de chambre tous les weekends ? Non merci… Je dois vérifier si ce que Vincent a dit est vrai.

— Tu n'as pas besoin de t'en charger, fit remarquer Celia. Encore moins maintenant.

— Je dois le faire…

— Bon sang, Seth ! Encore aujourd'hui, tu es incapable de te poser à un endroit, profiter de la vie… Rien ne t'oblige à partir. Il y a bien assez de place dans cette maison pour nous deux. Et si je t'ordonne de rester ?

— Je vais revenir, dit-il à nouveau. Je te le promets.

— Si tu continues comme ça, c'est une promesse que tu ne pourras pas tenir

— Elle a raison, mon pote, ajouta Thomas. Tu finiras comme mon père, comme Scarlett, comme ta fille. Ou comme Vincent… Prends des vacances au moins. La plage, c'est génial, non ?

Seth sourit, puis replaça son sac à bandoulière.

— Allez, je vous souhaite bonne chance, les mioches, dit-il en serrant la main de Thomas, suivis d'un clin d'œil à Jacob. Et toi, ne perds pas ta casquette de magicien, elle pourrait te servir…

Seth lança les clés de la Firebird à Grace et Zoe lui sauta aussitôt dans les bras. Au bout d'un moment, elle le libéra en versant une larme qu'il essuya d'un sourire avant de saluer Nora et Ethan, toujours en bordure des vagues. Sans dire un mot, il partit en direction de Newport, puis tout à coup, il disparut vers d'autres horizons dans un nuage de lumière jaune, laissant derrière lui une amie et des jeunes qui venaient de passer une nuit qu'ils n'oublieront jamais…

À la suite des évènements, chacun reprit sa vie… tout simplement. Grace décida de rendre la voiture à Tyler, malgré l'envie irrésistible de l'écraser avec. Walter sortit de l'hôpital en après-midi. Il avait dû s'enfuir en jaquette, les fesses à l'air, puisque les médecins étaient prêts à le disséquer vivant en raison de son rétablissement miracle après cette fièvre qu'aucun d'eux n'expliquait… Grâce à Norman et Petra, les journaux de Newport ne firent aucune mention d'une bête gigantesque ; seulement qu'un pylône électrique s'était effondré au cours d'une opération policière. Le lendemain, Celia fut aperçue en compagnie du chef Lewis au poste de police de New Haven afin de jouer avec l'esprit des officiers pour être sûre qu'ils ne conserveraient aucun souvenir de cette nuit mouvementée. À l'occasion, Nora lui rendait visite à sa maison sur la plage histoire de prendre des nouvelles et de lui tenir compagnie ; cette femme sans nom, mystérieuse, tourmentée par le souvenir d'une ancienne vie… Malgré sa relation avec Ethan, Nora décida de ne rien lui dire à propos de ses dons. Ses parents, ainsi que Walter, gardèrent le secret, et à la longue, cela tomba dans l'oubli. Sa mère et elle retrouvèrent cette complicité d'antan. Chaque soir, pendant une heure, Katherine se libérait de son travail afin de raconter à sa fille l'histoire de son frère. Ainsi, petit à petit, les souvenirs de Liam se reformèrent dans l'esprit de Nora. Pour une raison ou une autre, jamais ses parents ne lui divulguèrent les détails concernant leur vrai travail… Pour ce qui est de Zoe, elle s'était remise de sa rencontre avec Vincent, mais parfois, la douleur du passé revenait la hanter, une douleur qui ne partira jamais complètement. Thomas, lui, abandonna son travail à la quincaillerie et reprit son poste dans l'équipe de football de l'école, car un beau matin, un certain montant d'argent apparut comme par magie sur le compte bancaire de sa mère. Un jour plus tard, il reçut une carte postale en provenance de Tahiti.

J'ai décidé de suivre ton conseil.
Toi, gamin, profite de la vie à présent.
PS : La plage c'est chiant !

De son côté, Jacob retourna à ses jeux vidéo et ses films fantastiques. Le chef Lewis en personne était venu expliquer à ses parents pourquoi leur fourgonnette avait fini sa course dans un pylône électrique, une histoire abracadabrante qui impliquait des officiers en poursuite et la réquisition de leur véhicule. Sa casquette de magicien termina sa carrière accrochée au mur, et tous les soirs, il s'endormait en la regardant, les yeux remplis de rêves… Pour ce qui est du sergent Robert Blake, personne ne sait vraiment ce qui lui est arrivé, mais sa femme le récupéra quatre jours plus tard en larme devant la porte de la maison. Par la suite, il lui arrivait de sourire en présence de son fils… Le jeune James Perkins ne fut jamais retrouvé, et sa famille, croyant qu'il s'agissait d'une fugue, abandonna les recherches. À l'école, une cérémonie fut donnée en hommage à Scarlett Bradford, mais Victoria n'était pas présente, et aucun élève ne l'avait revu depuis la fin tragique de sa sœur…

Dans un cimetière derrière l'église de New Haven, Nora portait une robe noire et avait, pour une fois, décidé de laisser sa veste à la maison. Habillé avec élégance, Ethan se grattait l'entrejambe afin de se décoincer le pantalon.

— Je déteste ça, grogna-t-il tandis que Nora lui replaçait sa cravate.

— Ce n'est que pour aujourd'hui.

— Et j'ai l'air ridicule !

— T'es parfait, dit-elle en l'embrassant. Allez, viens.

Main dans la main, ils traversèrent ce cimetière aux tombes surplombées d'arbres verdoyants et remontèrent vers un groupe de gens vêtu de noir. Ils se faufilèrent discrètement pendant qu'un homme lisait un texte émouvant, et enfin, ils prirent place face à un cercueil entouré de fleurs rouges — la couleur préférée de Scarlett. Dans le silence, Nora laissa tomber la main d'Ethan et attrapa délicatement celle d'une jeune fille à ses côtés… Victoria sourit lorsqu'une larme coula le long de sa joue.

– Merci…, murmura-t-elle.

Une seule nuit avait bouleversé la vie des adolescents d'une petite ville du nom de New Haven. Un nouveau monde s'était ouvert devant eux et avait fait ressortir de sombres émotions, des émotions enfouies au plus profond de leur être. Mais c'est parfois dans la noirceur que l'on trouve la lumière, la force d'avancer à travers le mal, afin de le vaincre pour qu'il retourne vers le néant et qu'il y reste à jamais… Nora tourna la tête quand une petite voix fut portée par le vent, une voix familière. Elle vit alors une pierre tombale sans date, et à sa base, un bouquet de lavandes. Heureuse, elle ferma donc les yeux, puis s'enivra de merveilleux souvenirs…

FIN

TABLE DES MATIÈRES

@mhelist